Der verschwundene Unsichtbarkeits-Anzug

Sarah Rubin

Der verschwundene Unsichtbarkeits-Anzug

Aus dem Englischen von Sophie Zeitz

CHICKEN HOUSE

Eins

Ich arbeitete gerade an meinen Berechnungen zur Goldbachschen Vermutung, aber ich kam nicht weit. Vielleicht, weil schon die besten Mathematikerinnen und Mathematiker des zwanzigsten Jahrhunderts daran gescheitert waren. Vielleicht aber auch, weil von der Seite ein Hagel von Spuckekügelchen auf mich einprasselte und mich vom Denken abhielt.

»Muss das sein?« Ich warf einen wütenden Blick über den Gang.

Kevin Jordan grinste, Strohhalm im Mundwinkel. »Was denn?«, fragte er mit Unschuldsmiene.

»Das weißt du genau.«

»Nein, keine Ahnung.«

Ich hätte an diesem Morgen einfach im Bett bleiben sollen. Kevin Jordans Gesicht war das eines Engels, wie Michelangelo sie in die Sixtinische Kapelle gemalt hat, aber er hatte einen Charakter wie Fußpilz.

Ich holte tief Luft und zählte innerlich Primzahlen, bis sich der Drang legte, ihm den Bleistift ins Gesicht zu bohren. Ich kam bis 101.

Mrs Wright hatte Kevin neben mich gesetzt, damit mein guter Einfluss auf ihn überging. Als würden gute Noten abfärben. Doch leider hatte sich Kevin das ganze Schuljahr der Aufgabe gewidmet, so dumm zu bleiben, wie er war. Und nach hundertachtzig Tagen mentaler Folter hatte ich die Nase gestrichen voll.

Ich war fest entschlossen Kevin zu ignorieren und bei einer mathematischen Theorie voranzukommen, die die Menschen seit dem Jahr 1742 beweisen wollten. Warum? Ich liebe die Herausforderung.

Kevin schoss noch einmal, aber ich reagierte nicht und so nahm er ein Mädchentrio in der letzten Bank ins Visier. Er legte den Kopf in den Nacken und berechnete die benötigte Kraft und die Flugbahn, der die Papiergeschosse bis zu ihrem Ziel in der fünften Bankreihe folgen mussten.

Dann blies er.

Für jemanden, der in Mathe nur Fünfen schrieb, hatte er erstaunlich wenige Probleme mit der praktischen Anwendung von Parabeln. In der letzten Reihe ertönte Quieken und Kreischen, als es Spuckekügelchen regnete. Kevin musste mindestens ein Dutzend in den Strohhalm geladen haben.

»Kevin Jordan.« Mrs Wright kam hinter ihrem Pult hervor. Ihr krauses Haar stand in der feuchten Hitze in alle Richtungen ab, wodurch sie noch verrückter aussah als sonst.

Kevin lächelte engelsgleich. Man konnte über seinen blonden Locken fast einen Heiligenschein aufleuchten sehen. Doch Mrs Wright war immun gegen seinen Charme.

»Du kennst das ja.« Sie zeigte zur Tür.

Mrs Wright sah ihm hinterher, als er aus dem Klassenraum schlenderte, auf dem Weg zur Bank vor dem Zimmer der Rektorin. Wenn er den Abschluss machte (*falls* er den Abschluss machte), sollten sie ihm zu Ehren eine Messingplakette an der Bank anbringen. Nachdem die Tür zugefallen war, wanderte Mrs Wrights Blick zu mir. Sie schüttelte enttäuscht den Kopf, als wäre Kevin Jordans Spuckekugel-Geballer irgendwie meine Schuld. Ich biss mir auf die Zunge und konzentrierte mich wieder auf meine Gleichung.

Doch ich kam nicht weit.

Diesmal lag ein perfekt gefaltetes Dreieck aus blau liniertem Papier auf meinem Heft. Ich sah mich um. Eigentlich gehöre ich nicht zu den Mädchen, denen die Leute Briefchen schreiben.

Zwei Tische weiter hinten und einen nach links winkte mir Sammy Delgado junior zu. Sammy war ein schmächtiger Junge mit dunklem Haar und den passenden Ringen unter den Augen. Bis vor Weihnachten hatten Sammy und ich noch nie ein Wort gewechselt. Ich bin eher eine Einzelgängerin. Doch ich hatte einen gewissen Ruf an unserer Schule: Ich war die Richtige, wenn es um Rätsel ging, die gelöst werden mussten. Und als Sammy ein Problem hatte, bei dem er nicht weiterkam, wandte er sich eben an mich.

Rätsel sind eigentlich auch nur Textaufgaben. Manche sind

leicht, manche kompliziert, aber sie laufen immer nach dem gleichen Schema ab. Du suchst nach der Antwort auf eine Frage und es schwirren jede Menge Informationen herum. Das Schwierige ist, aus dem Wust an Fakten die wichtigen auszusieben und die richtige Gleichung zu finden. Dann musst du nur noch x isolieren.

In Sammys Fall lautete die Gleichung ungefähr so: (seltsame Kratzgeräusche in der Nacht) + (megaunheimliche Villa) = x.

Nach Sammys Rechnung war x = Gespenster herausgekommen. Aber ich konnte schnell aufdecken, dass die »Gespenster« eine Eichhörnchenfamilie waren, die einen der vielen Geheimgänge des Hauses bewohnten. So hatte ich den Fall gelöst und einen überaus beharrlichen Fan gewonnen.

Ich faltete den Zettel auseinander.

STRENG GEHEIM / VERTRAULICH
Hallo, Alice,
weißt Du noch, wie ich Dir erzählt habe, ich helfe Dr. Adrian Learner bei der Arbeit? Wir haben einen Riesendurchbruch erreicht. Heute stellt mein Dad ihn vor. Du musst unbedingt kommen. Ich kann hier nicht sagen, worum es geht, weil es streng geheim ist, aber Du wirst Deinen Augen nicht trauen! Es wird toll!
Sammy
P.S. Du kannst nach der Schule mit mir fahren. Dad schickt einen Wagen.
P.P.S. Zerstöre diese Nachricht, wenn Du sie gelesen hast.

Sammy wollte mich schon seit Monaten überreden mit zu ihm nach Hause zu kommen und genauso lange weigerte ich mich. Heute war der letzte Schultag vor den Sommerferien und in seiner Torschlusspanik fuhr er anscheinend schwerere Geschütze auf. Er wusste einfach nicht, wann er aufgeben sollte.

Sammys Vater gehörte ein Forschungszentrum namens Delgado Industries. Natürlich war ich neugierig. Ich hätte wahnsinnig gern ein richtiges Forschungszentrum besichtigt. Aber Delgado Industries brüstete sich mit seiner Geheimhaltungspolitik und ich glaubte keine Sekunde lang, dass Sammy auch nur in die Nähe von echter Forschung gelassen wurde. Zwar hatte Sammy angedeutet, dass sich sein »streng geheimes« Projekt mit Unsichtbarkeit befasste, doch ich war überzeugt, sein Dad hatte sich die Sache nur ausgedacht, um sich Sammy nach der Schule vom Leib zu halten. Seit Jahren wurde an einer Technologie geforscht, die unsichtbar machen sollte. Falls ausgerechnet Sammy Delgado junior das Geheimnis lüften würde, fraß ich einen Besen.

Ich zerknüllte die Botschaft und stopfte sie in das Fach unter dem Pult. Anscheinend musste ich mich wieder hinten rausschleichen. Hätte Sammy wirklich eine Methode erfunden, sich unsichtbar zu machen, konnte ich ihn wenigstens leichter ignorieren. Andererseits, woher sollte ich dann wissen, dass er nicht die ganze Zeit neben mir stand? Bei der Vorstellung lief es mir eiskalt den Rücken hinunter und ich versuchte den Gedanken abzuschütteln. Unsichtbarkeit gab es in Science-Fiction-Filmen, nicht in der Realität.

Es klingelte und die Klasse stand auf. Ich schob mein Zeug in den Rucksack und machte mich dann schleunigst auf den Weg zur Tür, bevor Sammy fragen konnte, ob ich die Nachricht erhalten hatte. Aber ich war nicht schnell genug.

»Hey, Alice, warte.« Auch wenn er so klein war, dass er in der Menge unterging, übertönte Sammys hohe Stimme den Trubel. Ich drängelte mich zügiger durch den Strom der Schüler in den Gängen. Warum Leute nicht in der Lage sind, geordnet ein Gebäude zu verlassen, ist eines der großen Rätsel der Menschheit, aber heute kam mir das Chaos gerade recht. Ich bin nicht groß, aber ich hatte kein Problem, mir mit den Ellbogen den Weg durch die Menge zu bahnen. Sammy ist einen halben Kopf kleiner als ich und lange nicht so durchsetzungsfähig. Er wurde im Gedränge hin- und hergeworfen wie die Kugel in einem Flipperautomaten, bis ich seine Stimme kaum noch hören konnte.

Ich verschwand um eine Ecke zum hinteren Foyer, das zum anderen Ende des Parkplatzes führte. Es war ein großer quadratischer Raum mit einem abgetretenen roten Teppich. Links lag das Büro der Schulpsychologin, rechts das Zimmer der Rektorin (mit der Kevin-Jordan-Bank vor der Tür, auf der Kevin Jordan saß). Draußen regnete es in Strömen. Ich hätte warten können, bis der Regen nachließ, aber die Vorstellung, Sammy zu begegnen, war noch unattraktiver als die Aussicht, auf dem Nachhausweg durchweicht zu werden. Also kramte ich meinen Fahrradschlüssel aus der Tasche und wappnete mich für den Sprint ins kühle Nass.

»Hey, Professor, viel Spaß im Regen.«

»Danke, Kevin. Viel Spaß bei der Standpauke.«

»Werd ich haben.« Er grinste.

Ich verdrehte die Augen und lief los. Ich zählte meine Schritte. Bei drei war ich nass, bei zehn glucksten meine Schuhe, und als ich mein Rad erreichte (achtunddreißig), fühlte ich mich, als hätte mich jemand in den Pool geworfen. Ich brauchte drei Versuche, um das Schloss aufzukriegen, weil mir das rutschige Metall immer wieder aus den Fingern glitt.

Ich rollte gerade meine Kette auf, als vor mir zwei Männer aus dem Regen auftauchten, wie Schauspieler, die vor dem Vorhang auf die Bühne traten. Zwei Gorillas in schwarzen Anzügen und schwarzen Krawatten, die zu schmal für ihre breiten Schultern waren. Der Linke hielt einen übergroßen schwarzen Schirm in der Hand und man sah ihnen an, dass sie überhaupt keine Lust hatten, den zu teilen. Das Merkwürdige war, dass sie direkt auf mich zutrabten.

Ich senkte den Kopf und verstaute mein Fahrradschloss, wobei ich mir alle Mühe gab, die zwei Paar Schuhe zu ignorieren, die sich in mein Blickfeld schoben.

»Alice Jones?«, grunzte der eine.

»Wer will das wissen?«, fragte ich. Ein Regentropfen lief mir bis zur Nasenspitze und blieb dort hängen.

»Mr Delgado möchte dich kennenlernen.«

»Mr Delgado? Sammys Vater? Sagen Sie ihm, er soll sich einen Termin geben lassen.« Mir gefiel der Ton des Mannes nicht.

Offenbar gefiel ihm meiner auch nicht.

Bevor ich wusste, was passierte, hatte er mich hinten an meinem T-Shirt gepackt und meine Füße hoben vom Boden ab. Ich ließ das Rad fallen und strampelte, aber es nutzte nichts.

»Hey!«, schrie ich, während die Gorillas mich zur offenen Tür einer schwarzen Limousine eskortierten.

Ich schlug um mich, aber der Mann, der mich festhielt, hatte in etwa die Größe eines Kleinstaats, und egal wie viel Kraft ich aufbrachte, er zuckte nicht einmal mit der Wimper. Zumindest wenn ich es mit konventioneller Kraft versuchte. Also änderte ich die Taktik, klammerte mich an ihm fest, schlang die Beine um seine und verhakte die Füße. Er taumelte, verlor die Balance und stürzte um wie ein Mammutbaum. Leider stürzte auch ich und landete hart mit dem Rücken auf dem Asphalt. Die Luft blieb mir weg und kein Keuchen schien zu helfen.

Verschwommen nahm ich wahr, wie der Regen und jede Menge Flüche auf mich einprasselten. Dann wurde ich wie ein Kartoffelsack hochgehoben und die Welt stand kopf. In den Pfützen auf dem Parkplatz spiegelte sich der stürmische Himmel. Ich beobachtete Füße, die auf mich zurannten. Mit seinem flatternden Regencape sah Sammy aus wie ein Racheengel. Wäre mir nicht so die Luft weggeblieben, hätte ich laut gelacht, so skurril war das Ganze.

Zwei

Als ich die Augen aufschlug, blickte Sammy auf mich herab. Wir waren auf dem Rücksitz eines fahrenden Wagens.

»Du bist wach.«

Ich bekam jetzt schon Kopfschmerzen von seinem unterwürfigen Grinsen und dem Hundeblick. »Dich haben sie auch erwischt, Sammy?«

Langsam setzte ich mich auf, obwohl mein Rücken stark protestierte. Wenigstens bekam ich wieder Luft.

»Ich werde immer von der Schule abgeholt«, sagte Sammy.

Endlich dämmerte mir, was gerade passierte. Nachdem Sammy mit seinen Einladungen immer wieder bei mir abgeblitzt war, hatte er schließlich seinen Vater gebeten mich zu entführen. Was war eigentlich sein Problem?

»Ich bin so aufgeregt. Dad freut sich schon dich kennenzulernen. Ich habe ihm erzählt, wie du das Rätsel der Gespenster in der Wand gelöst hast. Er war echt beeindruckt.«

»Darauf wette ich.«

Sammy grinste. Er saß auf seinen Händen und rutschte herum wie ein Vierjähriger, der versucht ein Geheimnis zu bewahren. »Ich bin so gespannt auf dein Gesicht, wenn Dad Onkel Adrians Erfindung vorstellt. Du wirst Augen machen. Und ich habe ihm zum Durchbruch verholfen, weißt du?« Er holte Luft, dann fuhr er fort: »Natürlich darfst du niemand ein Sterbenswörtchen sagen. Ich darf nämlich eigentlich gar nicht ins Labor. Den Brief hast du zerstört, oder? Dad sagt, es lauern überall Spione.«

»Klingt ja nach einer bahnbrechenden Erfindung«, murmelte ich und sah aus dem Fenster.

Wir waren auf der Route 30 und verließen die Stadt in Richtung Main Line. Es herrschte Berufsverkehr und die Blechlawine kam nur langsam voran. Ich rüttelte am Türgriff. Die Tür ging nicht auf. Die Gorillas hatten die Kindersicherung aktiviert. Im Stillen taufte ich den Fahrer Bruno und seinen Beifahrer Brutus, denn vorstellen würden sie sich wohl eher nicht.

»Aus Sicherheitsgründen«, brummte Bruno, ohne sich umzudrehen. Ich kämpfte gegen den Drang, von hinten gegen die Lehne zu treten, und kam beim Zählen bis 211 (die siebenundvierzigste Primzahl).

Was für ein Vater schickt zwei Gorillas, um seinen Sohn von der Schule abzuholen und eine Klassenkameradin zu entführen? Und warum merkte Sammy nicht, dass es schräg war? Ich fragte mich, ob er so alle seine Freunde fand.

»Toll«, murmelte ich. »Ganz toll.«

»Ja, oder?«

Ich nahm mein Handy heraus und schickte meinem Vater eine SMS, damit er sich keine Sorgen machte. Ich wollte nicht, dass er die Polizei rief, wenn ich nicht nach Hause kam. Er schrieb den Kriminalreport für die *Daily News*, eine der Tageszeitungen in Philadelphia, und es war ihm lieber, wenn die Polizei *ihm* einen Gefallen schuldete statt umgekehrt. Dann lehnte ich den Kopf gegen die Scheibe und beobachtete, wie die Stadt in die Vororte überging.

Irgendwann bogen wir in eine kilometerlange Auffahrt ein und hielten direkt vor der Delgado-Villa: ein riesiger Klotz mit Fenstern wie Augen, die einen verfolgen. Lange, gierige Efeuranken kletterten die Mauern hinauf. Ich war erst einmal hier gewesen, an einem wunderschönen Sonnentag, als ich Sammys Eichhörnchen-Rätsel nachgegangen bin, und selbst da hatte das Haus unheimlich gewirkt. Jetzt zuckten Blitze und rollte Donner. Es fehlten nur noch Fledermäuse. Sammy und ich warteten, bis die Gorillas die Türen aufmachten. Bruno hielt den Schirm über Sammy und nahm ihm die Tasche ab. Brutus öffnete meine Tür und knurrte nur.

»Tut's noch weh?«, fragte ich. Er antwortete nicht, aber sein Blick sagte mehr als tausend Worte. Ohne Hilfe stieg ich aus dem Wagen in den Wolkenbruch.

Während ich an Sammy vorbei über den Kies sprintete, fuhr ein weißer Transporter heran und hielt neben mehreren anderen Autos vor dem Eingang. Auf dem Wagen stand in großen Blockbuchstaben: *Kanal 4 Action News*.

Ich rannte die Treppe zur Tür hinauf, die mir im selben Moment entgegenschwang und mich fast zurück in den Regen katapultierte. Vor mir stand ein Mann Mitte zwanzig in einem perfekt sitzenden, dunkelgrauen Anzug und starrte mich an wie etwas Unangenehmes, das er unter seinem Schuh entdeckt hatte. Er trug einen Regenschirm in der Hand und zwei weitere über dem Arm.

Er rümpfte die Nase, spannte den Schirm auf und lief hastig durch den Regen auf den Transporter zu. Sammy wich aus, als der Mann an ihm vorbeikam.

»Was ist denn hier los?«, fragte ich Sammy, der die Stufen heraufstieg.

Sammy starrte den Kamerawagen an, dann sah er wieder zu mir. Er grinste so breit, dass es wehtun musste.

»Hab ich dir doch gesagt! Dad stellt Onkel Adrians Entdeckung vor«, erklärte er mit stolzgeschwellter Brust. »Komm, das wird richtig cool!«

Ohne sich noch einmal umzusehen, ging Sammy voraus. Vielleicht hatte er sich doch nicht alles nur eingebildet. Ich zögerte, aber mein Fahrrad stand noch an der Schule und ich bezweifelte, dass Bruno oder Brutus mich freiwillig nach Hause fahren würden. Seufzend folgte ich Sammy hinein.

Die Eingangshalle erinnerte an einen Eispalast. Von der Tapete über die Gemälde war alles in Weiß gehalten. Die Halle glich einem riesigen, perfekt eingerichteten Iglu. Die Klimaanlage lief auf Hochtouren. Ich zitterte, während sich um meine Füße eine Pfütze auf dem weißen Marmor bildete.

Sammy warf einen Blick auf die Uhr. »Okay, wir haben noch Zeit. Komm, wir gehen rauf in mein Zimmer und lassen uns was zum Knabbern bringen, bevor es losgeht.« Er griff nach meinem Arm und wollte mich zu der geschwungenen Freitreppe ziehen, die den Saal beherrschte, aber dann blieb er stehen. Er musterte das Wasser zu meinen Füßen und sein Ausdruck verriet mir, dass Pfützen im Hause Delgado nicht gern gesehen waren.

»Oje. Warte hier. Ich bring dir ein Handtuch. Ich bin gleich wieder da.« Auf der Treppe redete er weiter. »Ich habe tolle Bademäntel für uns. Im Partnerlook. Das wird super!«, rief er von oben und verschwand in einen Flur.

Mir lief ein Schauer über den Rücken und diesmal lag es nicht an der Klimaanlage. Mit Sammy rumzuhängen war schlimm genug, aber Partnerlook in Bademänteln? Wissenschaftlicher Durchbruch hin oder her, das ging eindeutig zu weit. Lieber wäre ich barfuß durch einen Tsunami nach Hause gewatet.

»Wir stehen hier vor der Tür, falls du was brauchst«, grunzte Brutus. »Viel Spaß.« Dann verließ er mit Bruno die Halle. Mir war klar, was er eigentlich meinte: »Versuch erst gar nicht abzuhauen.« Zumindest schloss ich das aus seinem Grinsen. Falls ich die Villa Delgado verlassen wollte, musste ich mir einen anderen Fluchtweg suchen.

Neben der Freitreppe und der Eingangstür gab es in der Halle fünf weitere Ausgänge. Meine Turnschuhe quietschten auf dem Marmor. Die erste Tür, die ich öffnete, gab den Blick auf eine Garderobe frei. Die zweite auf ein Bad. Ich schnappte mir eins der mit Monogrammen bestickten Handtücher und rubbelte mich trocken, so gut es ging. Es half zwar nicht gegen das Quietschen meiner Schuhe, aber wenigstens lief mir das Wasser nicht mehr in die Augen.

Hinter der dritten Tür rechnete ich schon mit der nächsten Sackgasse, doch stattdessen starrte ich in einen Saal voller Menschen. Und der Saal starrte zurück. Die Gespräche brachen ab. Anscheinend hatte niemand ein tropfnasses zwölfjähriges Mädchen erwartet. Ich lächelte und drückte mich seitlich an die Wand. Das Geheimnis, um nicht aufzufallen, ist, so zu tun, als gehörte man dazu. In neun von zehn Fällen überzeugt man die Leute damit. Mit etwas Glück konnte ich in der Menge untertauchen, bis Bruno und Brutus ihren Wachposten aufgaben, und dann türmen.

Der Saal sah aus, wie ich mir die Bibliothek auf einem Raumschiff vorstellte. Boden, Wände und Möbel waren ganz in Silber und Weiß gehalten und so glatt, als wären sie von einem Ingenieursteam wegen ihrer aerodynamischen Eigenschaften entwickelt worden. Die Bücherregale zu meiner Linken waren fast durchsichtig und die Bücher darauf schienen zu schweben. Drei riesige, in die Wand gegenüber eingelassene Flachbildschirme zeigten das Logo von Delgado Industries. Das Institut hatte anscheinend fünf Jahre in Folge die Silbermedaille beim Amerikanischen Preis der Wissenschaft gewonnen. Das Einzige, was nicht wie etwas aus der Zukunft aussah, waren die Klappstühle. Es gab achtzehn davon, in drei Reihen à sechs, mit Blick auf einen großen weißen Schreibtisch an der Stirnseite.

Noch bevor die Tür hinter mir zufiel, hatten mich die Reporter bereits vergessen und setzten aufgeregt flüsternd ihre Unterhaltungen fort. Jeder versuchte seinem Sitznachbarn mehr Informationen aus der Nase zu ziehen, als er selbst preisgeben wollte. Ich spürte, wie die Spannung stieg. Langsam wurde sogar ich nervös. Was immer es war, es musste ziemlich gut sein, um die Presse derart anzuheizen. Solange Sammy nicht mit den Bademänteln auftauchte, konnte die Sache lustig werden.

An der Wand entdeckte ich Erfrischungen auf einem Tisch, der in einem Stück aus perlweißem Kunststoff gegossen war. Es dauerte eine Weile, bis ich den Kaffee gefunden hatte – in einer großen Metallurne in Form einer Rakete –, doch dann schenkte ich mir einen Becher ein und betrachtete die Bücher in den Regalen. Es waren nur Autobiografien und wissenschaftliche Schriften. Ich zog gerade *Feynmans Vorlesungen über Physik und Berechenbarkeit* heraus, als mich eine Stimme zusammenfahren ließ.

»Was macht ein nettes Mädchen wie du an einem Ort wie diesem?«

Ich fuhr herum und verschüttete meinen ganzen Kaffee. Wenigstens das Buch konnte ich retten und schob es schnell ins Regal zurück.

»Dad? Was machst du denn hier?«

Er griff nach einem Stapel Servietten und wischte mir den tropfenden Kaffee vom Arm, wobei sich kaum erkennen ließ, was Kaffee und was Regenwasser war, doch Dad tat sein Bestes.

»Ich vertrete Greico aus dem Wissenschaftsteil. Sie redet seit Monaten von nichts anderem. Muss ein großes Ding sein. Schau mal, sogar Kanal 4 ist da.« Dad füllte meinen Becher auf und wir fanden zwei Plätze nebeneinander. »Aber die Frage ist: Warum bist *du* hier?«

Ich machte es mir so gemütlich, wie es in nassen Kleidern möglich ist. Dad setzte sich. Dann stand er noch mal auf, nahm den Notizblock aus der hinteren Tasche und setzte sich wieder.

»Mr Delgados Leibwächter haben mich von der Schule abgeholt.«

»Ich weiß. Ich habe deine SMS bekommen.« Er blätterte den Notizblock durch, bis er eine freie Seite fand, zückte einen Bleistift, leckte ihn an und tippte rhythmisch mit der Spitze auf das Papier. »Aber warum?« Dad schob sich die Brille zurecht und zog die Brauen hoch. »Sag nicht, Sammy hat dich entführt, um mit dir zu spielen.«

Ich verdrehte die Augen. »Nein, er wollte, dass ich mit zu dieser Pressekonferenz komme, weil er angeblich bei irgendeinem Durchbruch geholfen hat. Lass mich einfach bei dir bleiben, bis du mich nach Hause fahren kannst.«

Dad wirkte beeindruckt.

»Er hat bestimmt maßlos übertrieben. Wahrscheinlich durfte er mal den Müll rausbringen oder so was«, fügte ich leicht genervt hinzu.

»Sei nicht so hart zu dem armen Kerl. Du weißt, deine Mutter will, dass du Freundschaften knüpfst.«

»Dad. Es ist Sammy.«

»Vielleicht ist er gar nicht so schlimm, wenn du ihm eine Chance gibst?«

»Nein, Dad, ich meine, da ist Sammy. Da drüben.« Sammy stand in einem bordeauxroten Paisley-Bademantel mit seidenen Aufschlägen in der Tür. Er sah aus wie Sherlock Holmes. Es fehlte nur noch die Pfeife. Über dem Arm hatte er noch mehr bordeauxrotes Paisley. Paisley, das für mich bestimmt war. Ich duckte mich und versuchte mich in meinem Stuhl unsichtbar zu machen.

»Das ist Sammy?« Dad pfiff leise durch die Zähne. »Und er hat Dr. Learner bei seinen Experimenten geholfen?«

»Dad, bitte. Sammy hat gesagt, ich soll es für mich behalten.«

»Keine Sorge, ich bin diskret«, sagte Dad, während er aufstand und Sammy stürmisch über der Menge zuwinkte.

Sammy wirkte verwirrt, aber dann zeigte Dad auf mich und zog mich einen Platz weiter, damit wir alle zusammen sitzen konnten. Für eine gute Story würde Dad mit jedem reden. Sammy war eine Quelle, selbst wenn er eine Fliege an der Laborwand gewesen wäre, während Dr. Learner seine Experimente durchführte. Eigentlich waren mir Dads Methoden egal, aber diesmal gingen sie auf meine Kosten.

»Hi, Alice. Hier ist dein Bademantel. Ich hatte schon Angst, ich finde dich nicht, bevor die Pressekonferenz losgeht.« Auf die Idee, dass ich vor ihm geflohen sein könnte, kam er offensichtlich nicht. Er sah sich im Saal um, fuhr sich mit der Zunge über die Lippen und beugte sich dann zu weit in meine persönliche Komfortzone. »Du wirst Augen machen!«, flüsterte er. »Onkel Adrian sagt, diese Erfindung wird die Welt verändern.«

Vor weiterem Small Talk rettete mich Mr Delgado senior höchstpersönlich, der in diesem Moment eine Tür hinter dem Schreibtisch öffnete, im Türrahmen stehen blieb, den er fast ganz ausfüllte, und wartete, bis er die ungeteilte Aufmerksamkeit aller Anwesenden hatte. Mr Delgado gehörte zu den Menschen, die einen Raum beherrschen. Alles an ihm war darauf angelegt zu beeindrucken – vom Hochglanz seiner teuren Schuhe bis zum Seitenscheitel seiner perfekt frisierten Haare, von denen keine einzige Strähne aus der Reihe tanzte. Obwohl er noch kein Wort gesprochen hatte, lauschten alle andächtig.

Schließlich trat Mr Delgado ein und fuhr sich übers Haar. Einen kurzen Moment fragte ich mich, ob er nervös war. Ich warf einen Blick auf Sammy, doch er schien unbesorgt.

Mr Delgado positionierte sich exakt mittig hinter dem Tisch und ließ seinen Blick über die Menge gleiten. Als er sicher war, dass alle Aufmerksamkeit ihm galt, ergriff er das Wort.

»Sehr geehrte Damen und Herren, ich fürchte, die geplante Enthüllung des jüngsten wissenschaftlichen Durchbruchs bei Delgado Industries kann heute nicht wie geplant vonstattengehen.«

Ein dumpfes Gemurmel erhob sich, während Mr Delgado eine dramatische Pause einlegte. Aus dem Augenwinkel sah ich, wie sich Sammy die Lippen leckte. Plötzlich wirkte er doch nervös. »Leider habe ich stattdessen eine ernste Ankündigung. Unser führender Wissenschaftler und Leiter des betreffenden Projekts, Dr. Adrian Learner, ist verschwunden.«

Drei

Chaos brach aus, als die Reporter versuchten über dem Getöse ihre Fragen loszuwerden. Bleistifte kratzten über Papier, Tastaturen ratterten.

»Was soll das heißen, Dr. Learner ist verschwunden?«

»Wurde die Polizei eingeschaltet?«

»Vermuten Sie eine Straftat?«

»Gab es einen Unfall im Labor? Versuchen Sie etwas zu vertuschen?«

Dad kritzelte so schnell auf seinen Block, dass der Bleistift vor meinen Augen verschwamm. Er hatte schon drei Seiten voll, als er endlich aufstand und seine erste Frage stellte.

»Ist es richtig, dass Dr. Learner auf dem Gebiet der Unsichtbarkeit experimentierte?«, fragte er, indem er die Menge übertönte.

Kaum hatte Dad das Wort »Unsichtbarkeit« ausgesprochen, verdreifachte sich der Lärmpegel. Mir wurde flau. Ich dachte, ich hätte Dad nicht erzählt, woran Dr. Learner und

Sammy arbeiteten. Warum sollte ich? Ich glaubte ja nicht einmal selbst daran. Trotzdem bekam ich ein schlechtes Gewissen, doch Sammy hatte von alledem nichts mitbekommen. Er starrte vor sich hin, die Stirn in sorgenvolle Falten gelegt.

Mr Delgados Blick wanderte in die letzte Stuhlreihe. Ich drehte mich um. Ganz hinten saß eine Gruppe von Frauen und Männern in langweiliger grauer Kleidung, die alles schweigend beobachteten. Sie waren garantiert keine Journalisten. Ich sah sie mir näher an. Die beiden, die mir am nächsten saßen – eine Frau mit rotem Haar in einem straffen Zopf und ein Mann mittleren Alters mit Bürstenschnitt – hatten kleine Metallstecker am Revers. Doch ich konnte von hier aus nicht erkennen, was daraufstand.

Einen Augenblick dachte ich, Mr Delgado würde alles abstreiten, aber das tat er nicht.

»Ja«, sagte er langsam. Er wählte jedes Wort sorgfältig aus, als stünde er vor einem Prüfungskomitee: »Ich kann bestätigen, dass sich Dr. Learners Forschung mit Unsichtbarkeit beschäftigte.«

Die plötzliche Stille im Saal ließ meine Ohren klingeln.

»Ist Dr. Learner verschwunden, weil er seine Forschung abgeschlossen hat? Oder war seine Forschung der Grund für sein Verschwinden?«, fragte Dad mit gezücktem Bleistift, bereit sofort festzuhalten, was Mr Delgado über die Lippen kam. Der ganze Saal beugte sich gespannt vor.

Mr Delgado strich sich wieder übers Haar. Der Hauch eines Lächelns hob seine Mundwinkel kurz und verschwand ebenso schnell wieder. Ich runzelte die Stirn. Ich wurde das Gefühl nicht los, dass Mr Delgado die Sache dramatischer machte als nötig.

»Ich fürchte, ich kann diese Frage im Moment nicht beantworten. Denn wie Dr. Learner selbst sind auch seine Aufzeichnungen verschwunden.«

Sammy schnappte nach Luft und griff nach meiner Hand. Seine Finger waren schweißfeucht. Schaudernd zog ich meine Hand weg und wischte sie mir am Bein ab. Ich wusste nicht, ob er auf das Theater seines Vaters hereinfiel oder ob er sich wirklich Sorgen machte. So oder so, Händchen halten war nicht drin.

»Und er verschwand nicht auf gewöhnliche Art.« Mr Delgado drückte eine Taste auf dem Schreibtisch und hinter ihm glitt das große Gemälde zur Decke und brachte den gigantischsten Fernsehbildschirm zum Vorschein, den ich je gesehen hatte. Dann trat Mr Delgado zur Seite und nickte seinem Assistenten zu, der das Licht löschte.

Auf dem Bildschirm erschien das Bild einer Tür und eines Flurs. Das Video war stumm und stammte offensichtlich von einer Überwachungskamera. In der unteren rechten Ecke standen Datum und Uhrzeit: gestern Nachmittag, 16 Uhr. Eine Weile passierte nichts. Dann ging ein älterer Mann in einem grauen Laborkittel den Flur hinunter. Er hatte die Schultern hochgezogen, hielt einen Packen Papiere fest an die Brust gedrückt und sah sich über die Schulter um, als würde er verfolgt. Sein Gesicht war nur schwer zu erkennen, aber als er versuchte die Tür aufzuschließen, zitterten seine Hände. Ich hatte das Gefühl, er fürchtete sich vor dem, was hinter ihm war.

Auch Sammy hielt den Atem an und wartete gespannt, wer als Nächstes ins Bild kam. Aber es kam niemand.

Mr Delgado drückte eine Taste auf seinem Schreibtisch und das Video spulte vor. Zwei statische Streifen zogen sich über das Bild, ansonsten veränderte es sich nicht.

»Gestern Nachmittag hat Dr. Learner sein Labor um sechzehn Uhr betreten, es aber nicht wieder verlassen. Die Überwachungskamera hat gefilmt, wie er hineinging, aber nicht, wie er herauskam. In seinem Labor gibt es nur eine Tür und keine Fenster.«

Die statischen Linien erstarrten. Ich las die Zeit am unteren Bildschirmrand: 7 Uhr morgens.

»Als sein Laborassistent heute Morgen zu ihm wollte, war Dr. Learner nicht da.«

Mr Delgado ließ das Band ein paar Minuten weiterspielen und wir sahen, wie ein breitschultriger Mann in den Bildausschnitt trat und an Dr. Learners Tür klopfte. Er klopfte noch einmal und nach ein paar Minuten ging er über den Flur zurück. Mr Delgado ließ das Licht anmachen, ging wieder an den Tisch und drückte einen Knopf. Das Gemälde glitt herunter und schob sich vor das starre Bild von Dr. Learners Labortür.

Kaum war es hell, hagelte es wieder Fragen, diesmal noch lauter. Mr Delgado bemühte sich jede Frage, die er in dem

Lärm verstand, zu beantworten, doch es war, als versuchte er eine Lawine abzuarbeiten.

»Sind Sie sicher, dass niemand das Überwachungsvideo manipuliert hat?«

Ja, Mr Delgado war sich sicher.

»Ist das eine Art Publicity-Gag?«

Leider nein, die Angelegenheit war sehr real und sehr ernst.

»Glauben Sie, Dr. Learner hat seine Forschungsergebnisse an die Konkurrenz verkauft?«

Mr Delgado wurde dunkelrot im Gesicht. »Niemals! Dr. Learner ist nicht nur ein hochgeschätzter Mitarbeiter von Delgado Industries, Adrian gehört auch zu meinen engsten Freunden. Ich habe mit ihm studiert und weiß, dass er mich nie aus freiem Willen hintergehen würde. Falls er oder seine Forschungsergebnisse in einem anderen Labor gefunden werden sollten, bin ich fest davon überzeugt, dass man ihn mit Gewalt verschleppt hat.« Mr Delgados Stimme wurde rau. Er brauchte einen Moment, um sich zu sammeln, bevor er fortfuhr. »Deswegen bitte ich Sie um Hilfe. Delgado Industries setzt eine Belohnung von zehntausend Dollar für jede Information aus, die zur sicheren Heimkehr von Dr. Learner führt.«

Wie aufs Stichwort trat Mr Delgados persönlicher Assistent vor und übernahm die Bühne.

»Das wäre für heute alles«, sagte er. Seine Stimme klang kühl. »Mr Delgado muss sich um dringende Angelegenheiten kümmern und beantwortet keine weiteren Fragen. Neben der

Tür finden Sie unsere Pressemappen mit weiterem Material. Vielen Dank für Ihre Aufmerksamkeit.«

Alle Reporter im Saal redeten sofort durcheinander und protestierten laut. Dad saß auf der Stuhlkante und streckte die Hand in die Höhe. Ich konnte fast sehen, wie er an der Schlagzeile feilte: SPITZENWISSENSCHAFTLER VERSCHWINDET AUF RÄTSELHAFTE WEISE. Es war eine Sensation, eine Story wie aus dem Kino.

Auch ich war neugierig, und zwar nicht nur wegen des Wissenschaftlers. Seit sein Vater das Verschwinden von Dr. Learner und seinen Aufzeichnungen verkündet hatte, rutschte Sammy auf dem Stuhl herum, als säße er auf einem Ameisenhaufen. Sammy hatte sich so auf die Pressekonferenz gefreut, bei der »sein« Durchbruch vorgestellt werden sollte. Ich verstand, wenn er enttäuscht war oder sich Sorgen machte. Aber so benahm er sich nicht. Er benahm sich eher, als hätte er ein schlechtes Gewissen, und ich kam einfach nicht dahinter, warum.

»Mr Delgado, Mr Delgado«, riefen die Journalisten, aber Mr Delgado sagte kein Wort mehr. Er ließ sich von seinem Assistenten durch die Tür hinter dem Schreibtisch aus dem Saal führen und verschwand.

»Das war interessant«, stellte ich fest und stand auf. Um uns herum drängten die Journalisten an die Tische mit den Pressemappen, drückten sich die Smartphones ans Ohr und gaben die Story an die Redaktion durch. Das Wettrennen, wer die Story zuerst drucken würde, hatte begonnen. Die vier grauen Gestalten aus der letzten Reihe konnte ich nirgends mehr entdecken. Ich fragte mich, wer sie waren und was sie auf der Pressekonferenz gewollt hatten, aber ich sagte nichts. Ich wollte nicht länger bleiben als nötig. »Komm, Dad, wir sollten uns auf den Weg machen.«

»Was für eine Story!« Dad hörte mir gar nicht zu. »Ein Wissenschaftler, der die Unsichtbarkeit erforscht, verschwindet spurlos. Das riecht nach Titelseite.« Er sah zur Decke, als wartete er auf einen Geistesblitz. »SPITZENFORSCHER DER UNSICHTBARKEIT LÖST SICH IN LUFT AUF ... ODER DOCH NICHT?« Er runzelte die Stirn. »Nein, nein, jetzt hab ich's! ICH SEHE WAS, WAS DU NICHT SIEHST: FÜHRENDER UNSICHTBARKEITSEXPERTE VERSCHWINDET.« Hastig schrieb er die zwei Schlagzeilen in sein Notizbuch und setzte mit solcher Kraft drei Pünktchen dahinter, dass man es hören konnte. »Mal sehen, ob ich Mr Delgado doch noch ein paar Fragen stellen kann, ganz inoffiziell natürlich.«

Ich seufzte. Dad hatte das Story-Fieber. Also würde ich heute Abend wohl kochen müssen. Wenn Dad die Witterung einer guten Geschichte aufnahm, vergaß er völlig, dass ich existierte. Oder der Rest der Welt. Dann gibt es nur noch ihn und die Wörter, und flaschenweise Mineralwasser, das er in sich reinkippt wie ein Marathonläufer. Als Mom ihn verließ, arbeitete er gerade an einem Artikel über Polizeikorruption. Er merkte nicht einmal, dass sie weg war, bis ihm zwei Tage später die sauberen Socken ausgingen.

Während Dad sich zum anderen Ende des Saals vorarbeitete, ging ich zum Tisch mit den Erfrischungen zurück und schenkte mir noch eine Tasse Kaffee ein. An einem Tag wie heute reichte ein Kaffee einfach nicht. Sammy trottete wortlos hinter mir her. Ich hatte ihn noch nie so lange so still erlebt. Typisch – wenn ich mal Informationen brauchte, machten die Leute dicht.

»Tja, Sammy … ich weiß zwar, dass es eine Überraschung sein sollte, aber was genau war das für ein Durchbruch, den Dr. Learner mit deiner Hilfe gemacht hat?«, fragte ich.

Es dauerte einen Moment, bis Sammy begriff, dass ich mit ihm redete. Er zuckte zusammen. »Ich soll nicht darüber sprechen, bevor Dad es offiziell bekannt gibt.« Er verzog das Gesicht, als täte es ihm körperlich weh, das Geheimnis zu bewahren. »Aber es ist irre. Dr. Learner ist hyperintelligent.«

Aus dem Augenwinkel sah ich, wie Dad versuchte an Mr Delgados Assistenten vorbeizukommen. Normalerweise konnte Dad ziemlich gut das bekommen, was er wollte, aber Mr Delgados Assistent war ihm überlegen. Dads Charme hinterließ nicht den geringsten Eindruck. Ich fragte mich, woran in Mr Delgados Forschungslabor noch gearbeitet wurde. Die eigentliche Forschung, nicht das Sensationszeug, das vor allen Dingen für gute Presse sorgen sollte. Vielleicht entwickelten sie Androiden. Hätte jemand mir erzählt, Dad sprach gerade mit einem Prototyp, würde ich es fast glauben.

»Kanntest du Dr. Learner gut?«, fragte ich Sammy.

»O ja, ich besuche Onkel Adrian ständig. Er hilft mir bei

meinen Schulprojekten. Er ist super!« Sammy stockte. »Ich hoffe, es geht ihm gut.«

Die meisten Leute hätten wahrscheinlich geantwortet: »Keine Sorge, es geht ihm bestimmt gut«, aber ich hatte nicht die geringste Ahnung, was Dr. Learner widerfahren war, und ich lüge nicht gern. Also schwieg ich und trank einen Schluck Kaffee. Sammy sah mich an. Mir gefiel das Aufglimmen der Hoffnung in seinen Augen nicht.

»Vielleicht könntest du ihn finden, Alice? Du bist die beste Detektivin, die ich kenne.«

Ich verschluckte mich fast. Das Glimmen der Hoffnung war jetzt ein loderndes Feuer. Ich hoffte nur, mein Dad hatte das nicht gehört. Doch natürlich stand er direkt hinter mir und hatte alles mitbekommen.

»Ich helfe dir auch. Dann sind wir ein Team. Das wird toll!«

»Sammy, ich glaube nicht …«, begann ich, aber Dad schnitt mir das Wort ab.

»Na ja, Alice, vielleicht solltest du es versuchen. Du bist wirklich gut darin, Fälle aufzuklären.« Er grinste mich an. Ich saß in der Falle. »Aber«, sagte Dad zu Sammy, »zuerst sollten wir mit deinem Vater reden.«

»Gute Idee.« Sammy nickte heftig. »Gehen wir.«

Ich wollte Protest einlegen. Ich hatte nicht vor den Sommer über Sammy Delgados Detektiv zu spielen.

»Dad …«, setzte ich an.

»Ach, komm schon, Alice. Es kann nicht schaden, mit Mr

Delgado zu sprechen.« Dad ließ die Brauen tanzen und ich wusste, dass ich verloren hatte.

Ich mochte es nicht, dass ich manipuliert wurde. Aber sie hatten Recht. Mir fiel kein triftiger Grund ein, Nein zu sagen, bis auf die Ahnung, dass ich es bereuen würde.

»Na gut«, lenkte ich ein. »Ich rede mit Mr Delgado. Er wird sowieso nicht wollen, dass ich mich einmische.«

Vier

Hier lang.« Sammy führte uns zurück in die Eingangshalle.

»Äh, Sammy, ist dein Vater nicht in die andere Richtung gegangen?«, fragte Dad.

»Ach, das war nur die Hintertür. Dad benutzt sie, um Reportern aus dem Weg zu gehen. Es geht hier lang.«

»Warum hält dein Vater seine Pressekonferenzen nicht einfach bei Delgado Industries ab?«, fragte ich, als wir ihm durch eine kleine Tür folgten.

Nach der gleißend weißen Marmorhalle wirkte der Flur auf der anderen Seite fast dämmrig, doch auch er sollte zweifellos Eindruck schinden. An der Wand hingen große Gemälde in goldenen Rahmen und der Teppich war so dick, dass man unsere Schritte kaum hörte.

Sammy sah mich an, als hätte ich ihn nach der Quadratwurzel von minus eins gefragt.

»Sicherheit ist Dads oberstes Gebot. Im Labor wird an den verschiedensten streng geheimen Projekten gearbeitet. Dad würde niemals eine Horde Journalisten dort reinlassen. Könnte ja sein, dass ein Spion dabei ist oder so was.« Er zuckte zusammen und sah schnell zu Dad. »Also, ich meine nicht, dass *Sie* ein Spion sind, Mr Jones. Ich meinte nur … also, was ich …«

Dad beruhigte Sammy, bevor er hyperventilieren konnte. »Schon gut, Sammy. Ich weiß, wie du es gemeint hast. Aber ich wette, du kannst an den ganzen Sicherheitssystemen dort vorbeikommen, oder? Immerhin warst du Dr. Learners Assistent.«

Ich rammte meinem Dad den Ellbogen in die Rippen. Er hatte mir versprochen diskret zu sein. Aber Sammy schien es nicht aufzufallen. Er ging nur ein wenig schneller den Flur entlang.

Nach drei Türen blieb er stehen und öffnete die nächste, die in ein großes offenes Wohnzimmer führte.

In der Mitte standen vier identische Sofas Rücken an Rücken vor einem großen Marmorkamin. Über dem Kamin hing ein riesiges Porträt von Mr Delgado in einem schwarzen Universitätstalar mit goldglänzenden Säumen. Es lag noch ein schwacher Geruch nach Ölfarbe in der Luft. Rechts und links daneben hingen kleine goldgerahmte Fotos. Ich rechnete mit Familienfotos, aber Fehlanzeige. Es waren Schnappschüsse von Mr Delgado, wie er mit der Creme de la Creme von Philadelphia Hände schüttelte.

Mr Delgado stand vor einem der hohen Fenster. Erst dachte ich, er beobachtete etwas, das draußen stattfand, doch dann begriff ich, dass er sein Spiegelbild in der Scheibe bewunderte. Er runzelte die Stirn und strich sich die Augenbrauen glatt, dann drehte er sich seitlich und zog den Bauch ein.

»Dad«, rief Sammy. Überrascht zuckte Mr Delgado zusammen und fuhr herum. Dad war inzwischen von uns abgerückt und betrachtete die Fotos an der Wand. Ich glaube, er wollte von Mr Delgado unbemerkt bleiben, während er sich noch ein Bild von der Lage machte.

»Sammy.« Mr Delgado räusperte sich. Sein Hals war zu breit für seinen Kragen und das Speckröllchen darüber zitterte. »Ich habe dir doch gesagt, du sollst mich nicht stören, wenn ich arbeite.«

»Aber es ist wichtig, Dad.«

»Sammy, ich bin wirklich sehr beschäftigt. Ich habe keine Zeit für Kinderkram.« Er zupfte an seinen Hemdsärmeln und rückte die Manschettenknöpfe gerade. Dann fiel sein Blick auf mich. »Warum gehst du mit deiner Freundin nicht in dein Zimmer spielen?«

Ich biss die Zähne zusammen. Inzwischen wusste ich, welche Art Vater für seinen Sohn Freunde entführen lässt – ein schlechter.

»Aber Dad«, sagte Sammy und zeigte mit dem Finger auf mich, als wäre ich ein Gegenstand in einer Vitrine. »Das ist Alice. Sie löst jedes Rätsel. Sie kann uns helfen Dr. Learner zu finden.«

Mr Delgado schnaubte. »Sammy, diese Geschichte ist kein

Kinderspiel. Und jetzt tu mir den Gefallen und lass mich in Ruhe arbeiten.«

Sammy warf mir einen Blick zu, dann wandte er sich ab, doch ich hatte sein gerötetes Gesicht und die Tränen in den Augen gesehen. Mr Delgado auch. Wütend funkelte er seinen Sohn an und baute sich vor ihm auf. Auf seinen polierten Schuhen spiegelte sich das Licht. Ich hoffte, er hatte sich Antirutsch-Sohlen druntergeklebt, sonst forderte er sein Schicksal heraus.

»Heulst du etwa?« Er beugte sich herunter, bis sein Gesicht nur Zentimeter von Sammys entfernt war. Ich weiß nicht, ob er wollte, dass ich mithörte oder nicht. Falls nicht, hätte er jedenfalls sehr viel leiser sprechen müssen.

Sammy schüttelte den Kopf, drehte sein Gesicht weg und starrte zum Fenster. Es war unerträglich zuzusehen.

»Was habe ich dir übers Heulen gesagt? Tränen sind ein Zeichen von Schwäche. Glaubst du, ich wäre da, wo ich heute bin, wenn ich Schwäche gezeigt hätte?«

Sammy antwortete nicht, sondern schüttelte nur den Kopf und ich stellte mir vor, dass er noch unglücklicher aussah.

»Meinst du, du wohnst in so einem schönen Haus und hast so schöne Sachen, weil ich geheult habe, wenn es ernst wurde?«

»Nein, Sir«, schniefte Sammy.

»Richtig. Ich habe nicht geheult. Geh in dein Zimmer, bis du dich wieder im Griff hast.«

Sammy wischte sich mit dem Ärmel über die Nase. Er warf mir noch einen Blick zu, dann suchte er das Weite. Er rannte so schnell, dass ich sogar auf dem dicken Teppich im Flur seine Schritte hörte.

Mr Delgado musterte mich. »Tut mir leid, dass du das mit ansehen musstest. Ich wäre dir dankbar, wenn du in der Schule nichts davon erzählst.« Ich wusste nicht, was er meinte – sollte ich für mich behalten, dass sein Sohn geweint hatte oder dass er so fies war? Wahrscheinlich dass Sammy geweint hatte. Leute wie Mr Delgado merken nicht, wenn sie fies sind. Leute wie Mr Delgado finden sich toll, ganz egal was dagegen spricht. Er zog sein Portemonnaie aus der Hosentasche. Würde er mir Geld geben, damit ich den Mund hielt?

»Schon gut.« Ich schüttelte den Kopf, als er mir einen Zwanziger hinhielt. Ich konnte Mr Delgado nicht leiden und ich wollte sein Geld nicht. Ich wollte nur weg von diesem Ort.

Mr Delgado sah erst mich an, dann den Zwanziger. Er war verwirrt. Die meisten Leute, die er kannte, griffen wahrscheinlich zu, wenn er ihnen Geld anbot. Doch dann steckte er den Schein wieder in die Brieftasche zurück. Für mich wäre der Fall damit erledigt gewesen. Mr Delgado wollte keine Hilfe und das war mir recht. Von mir aus konnte er seinen tollen Wissenschaftler allein finden und mich raushalten. Der Fall war zwar nicht uninteressant und ich hatte ein schlechtes Gewissen Sammy gegenüber, aber es lag nicht in meiner Hand, seine familiären Probleme zu lösen.

Mein Dad sah das allerdings anders. Er war mit der Betrachtung der Fotos von Mr Delgado und seinen berühmten Freunden fertig und schlenderte zu uns herüber.

»Sind Sie sich sicher, dass Sie Alice' Hilfe nicht wollen, Mr Delgado?«, fragte er. »Sie ist sehr schlau. Sie hat mir schon bei vielen Fällen geholfen.«

Mr Delgado fuhr herum. Er wirkte nicht glücklich, als er meinen Dad erblickte. Ich fragte mich, ob er auch Dad fürs Mundhalten bezahlen wollen würde. Und ob er ihm mehr bieten würde als zwanzig Piepen.

»Und wer sind Sie?«, fragte er.

»Arthur Jones von der *Philadelphia Daily News*. Ich bin Alice' Vater.« Dad zeigte auf eins der Fotos. »Sind Sie das mit dem Bürgermeister?«

Kaum hatte er das Wort »Zeitung« gehört, hellte sich Mr Delgados Miene auf. Er schüttelte Dad die Hand und strahlte, als hätte er ein Preisausschreiben gewonnen. Wahrscheinlich wollte er vermeiden, dass Dad in seinem Artikel erwähnte, wie gemein er mit seinem Kind umging. »Ja, das ist der Bürgermeister. Im Herbst habe ich ein paar örtliche Politiker und Geschäftsleute zu einem kleinen Abendessen eingeladen. Es war ein ziemlicher Erfolg, wenn ich das sagen darf. Auch wenn wir in der Presse nicht die Beachtung fanden, die wir verdienten.« Er lächelte nachsichtig. »Doch ich schätze, das liegt in der Natur der Sache, wenn man die aufregendsten Details geheim halten muss.«

»Klingt, als würden Sie für Ihre Firma einige sehr anspruchsvolle Entscheidungen treffen. Große Männer sind oft ihrer Zeit voraus«, sagte Dad. »Ich hoffe, Sie vergeben mir, wenn ich hier so hereinplatze. Sammy wollte Ihnen Alice vorstellen und ich konnte einfach nicht widerstehen mich den beiden anzuschließen. Ich wollte Sie unbedingt persönlich kennenlernen.«

Mr Delgado gluckste vor Stolz. »Sie müssen sich doch nicht entschuldigen. Ich verstehe vollkommen. Ich wäre nicht zum Geschäftsmann des Jahres gewählt worden, hätte ich mich immer an die Regeln gehalten. Wir sind unseres eigenen Glückes Schmied, nicht wahr?«

»Sehr richtig«, stimmte Dad zu.

Mr Delgado drehte sich um und sah mich noch einmal an und diesmal lächelte er. Ich presste meine Zähne noch fester aufeinander. Es war, als wollte mich eine Schlange hypnotisieren.

»Natürlich! Wie töricht von mir. Du bist nicht irgendeine Alice. Du bist Alice *Jones*«, sagte er, als änderte das alles. »Sammy hat mir natürlich von dir erzählt.«

»Was Sie nicht sagen«, antwortete ich trocken und wünschte, ich hätte Sammys Eichhörnchen-Fall bloß nie übernommen.

»Sieh an, sieh an, das ist interessant.« Er setzte sich auf eines der Sofas und klopfte neben sich aufs Polster. Ich blieb reglos stehen. Mir gefiel die Richtung nicht, die das Gespräch nahm. Ich konnte ihm die Schlagzeilen, die er sich gerade ausdachte, fast von der Stirn ablesen.

»Sammy und dein Vater glauben offensichtlich, du könntest mir helfen meinen Freund zu finden.« Er beugte sich vor und stützte die Ellbogen auf die Knie, wie jemand, der mit einem dreijährigen Kind spricht. »Was sagst du dazu? Wirst du mir helfen? Wirst du den Fall übernehmen?«

»Ihnen ist klar, dass ich zwölf bin, oder?«

Mr Delgado lachte bellend wie ein Seehund. »Hach, das ist gut, sehr gut«, sagte er und wischte sich über die feuchten Augenwinkel. »Natürlich ist mir klar, wie alt du bist. Keine Sorge, wir haben auch Profis auf Dr. Learner und seine Forschungsergebnisse angesetzt. Ich habe den besten Privatdetektiv des Landes angeheuert.« Er hielt inne und seine Miene verfinsterte sich. »Außerdem bin ich mir sicher, dass auch andere Forschungseinrichtungen ein gewisses Interesse an dem Unsichtbarkeitsan–«, er unterbrach sich im letzten Moment, »entschuldige, an Dr. Learners Ergebnissen haben. Auch sie werden ihre Leute auf die Suche schicken. Und doch bist vielleicht du, Alice, der Schlüssel dazu, meinen Freund gesund nach Hause zu bringen. Du hast eine gewisse … Sichtbarkeit, die uns von Nutzen sein könnte.«

»Also wollen Sie gar nicht, dass ich Dr. Learner finde. Sie wollen nur, dass ich so tue, als würde ich nach ihm suchen, weil es gute Presse ist.« Meine Füße fingen zu jucken an, weil ich schon so lange in nassen Socken herumstand. Ich verlagerte das Gewicht von einem auf das andere Bein und unterdrückte eine genervte Miene.

»Sie ist schlau, was?«, sagte Mr Delgado amüsiert zu Dad, als wäre ich gar nicht da. Dann sprach er wieder zu mir. »Natürlich erwarte ich nicht von einem kleinen Mädchen, dass sie Dr. Learner *findet*. Aber wenn du bei der Suche hilfst, bleibt die Story in der Zeitung. Und falls uns irgendein Leser den entscheidenden Hinweis gibt, tja, dann ist es doch fast dein Verdienst.«

Er lächelte. Ein großes, breites, herablassendes Lächeln.

»Na, was sagst du? Hilfst du mir? Ich würde dir sogar einen Vorsprung geben.« Er öffnete die schmale Metallschublade eines Tisches, der neben der Couch stand, und zog einen Papphefter heraus. Dann winkte er damit wie mit einer Art Belohnung. »Hier drin stehen alle Informationen über den Fall. Ich habe sie für den Privatdetektiv zusammengestellt, aber ich kann ihm noch einen Ausdruck machen. Ich verlasse mich darauf, dass du diskret bist. Außerdem setze ich natürlich deinen Namen auf die Besucherliste von Delgado Industries, damit du dir den Tatort ansehen kannst.«

Ich musterte Mr Delgado, von seinem schicken Haarschnitt bis zu den handgenähten Schuhen. Er war ein Mann, der es gewohnt war, seinen Willen durchzusetzen. Am liebsten hätte ich ihn abblitzen lassen, nur um sein Gesicht zu sehen. Aber ich tat es nicht. Ich hatte eine bessere Idee.

»Na schön«, sagte ich. »Ich helfe Ihnen bei der Suche nach Dr. Learner.«

Dad hatte in zwei Schritten das Zimmer durchquert und Mr Delgado den streng geheimen Hefter aus der Hand genommen, bevor ich überhaupt zu Ende gesprochen hatte. Er grinste. »Natürlich macht sie es. Aber selbstverständlich begleite ich sie. Schließlich ist sie minderjährig.«

Ich sah Dad an, dass ein Herz bei dem Gedanken an die

Insiderinformationen, die er sich erhoffte, höherschlug. Bevor Mr Delgado es sich anders überlegen konnte, schob Dad mich aus dem Zimmer. Vielleicht hatte er sogar noch mehr Angst, dass ich es mir anders überlegte. Doch ich würde jetzt keinen Rückzieher mehr machen.

Ich würde nach dem verschwundenen Wissenschaftler suchen und ich würde ihn auch finden. Ich bin doch kein Zirkuspferd!

Fünf

Als wir wieder die Eingangshalle passierten, versuchte ich Dad zwischen mich und die Treppe zu manövrieren. Ich wusste nicht, wie lange Sammy brauchte, um sich von der Standpauke seines Vaters zu erholen, aber wenn es sich vermeiden ließ, wollte ich ihm nicht noch einmal in die Arme laufen. Dad war so mit dem Papphefter beschäftigt, dass er nichts davon mitbekam, bis wir schließlich die Haustür erreichten.

»Hey, benutzt du mich als menschlichen Schutzschild?« Er blieb stehen und musterte mich.

Ich nahm ihm den Hefter ab und sah hinter ihm zur Treppe. Noch keine Spur von Sammy. »Ich decke dich auch, wenn du eine Abgabe verpasst.«

Dad überlegte kurz. »Stimmt. Na schön, lass uns hier verschwinden.«

Was ich mir nicht zweimal sagen ließ. Ich war draußen, bevor er den Satz beendet hatte.

»Professor!«

Wie versteinert blieb ich stehen und fiel fast vornüber, weil mein Dad von hinten in mich reinlief. Es war nicht Sammy. Viel schlimmer. Die Stimme kam von einer der Dekosäulen, die vermeintlich die Fassade der Delgado-Villa stützten.

»Alles in Ordnung?« Hinter der Säule spähte Kevin Jordan hervor und seine Engelsbäckchen leuchteten im Regen.

»Was willst du denn hier?«, fragte ich.

»Ich hab gesehen, wie diese Typen dich entführt haben. Da bin ich hinterher. Auf deinem Fahrrad. Wir müssen weg hier. Wer ist der Typ?« Misstrauisch beäugte er Dad.

»Das ist mein Vater«, erklärte ich knapp und sah zu, wie sich Verwirrung auf Kevins Gesicht ausbreitete.

Vielleicht hätte ich nett sein und ihm die ganze Sache erklären sollen. Offenbar hatte er meine »Entführung« durch Bruno und Brutus beobachtet und nur versucht mir zu helfen. Was merkwürdig war. Kevin Jordan konnte mich nicht leiden. Ich hatte quasi noch die Spuckekügelchen-Abdrücke, die das bewiesen. Ich wollte nicht nett sein. Wortlos stakste ich die Marmorstufen hinunter und lief durch den Regen über die Kieseinfahrt zu den geparkten Wagen.

Es war leicht, Dads Auto zu finden: ein uralter rostroter Plymouth-Kombi mit holzgerahmten Türen. Er stand ein wenig entfernt von den anderen Wagen, als wäre es ihnen peinlich, mit ihm gesehen zu werden.

»Alice, wer ist das?«, fragte Dad, während er mir folgte.

»Das ist Kevin Jordan. Er sitzt in der Schule neben mir.«

Ich öffnete die Beifahrertür. Die Angeln quietschten so laut, dass man es selbst über den Regen hörte.

»Doch nicht Kevin der Spuckekugel-König?«, fragte Dad.

»Genau der.«

»Na, na, na.« Dad fixierte Kevin mit einem süffisanten Grinsen. »Das bringt dir vielleicht Aufmerksamkeit, aber nicht das, was du willst. Komm, Junge, wir fahren dich heim. Wirf das Rad in den Kofferraum.«

»Danke, Mr Jones«, sagte Kevin leise.

Ein schüchterner Kevin Jordan. Das war das Schrägste, was ich den ganzen Tag erlebt hatte.

Schweigend fuhren wir nach Hause. Dad dachte über seine große Story nach und trommelte mit den Fingern aufs Lenkrad, als würde er den Artikel bereits tippen. Nur an die Straße dachte er nicht. Dad fährt Auto wie ein Henker. Ich bin es gewohnt, aber für jemanden wie Kevin, der das erste Mal mit an Bord saß, war es sicher ziemlich nervenaufreibend. Ich konnte richtig hören, wie er die Finger in die Kunstledersitze krallte, als fürchte er um sein Leben.

Er tat mir fast leid, aber ich hatte im Moment größere Sorgen als Kevin Jordan.

Soeben hatte ich meine Sommerferien geopfert, um Detektiv zu spielen, und höchstwahrscheinlich hieß das, Sammy Delgado an der Backe inklusive. Ich hätte gleich Nein sagen sollen, aber sein Vater hatte mich so wütend gemacht, dass ich nicht klar denken konnte. Ich seufzte. Jetzt war es zu spät und ich würde einfach mein Bestes geben müssen. Wenigstens freute sich mein Dad. Er bekam vollen Zugang zu Delgado Industries.

Von der Delgado-Villa waren wir schneller bei uns als bei Kevin. Wir wohnen in der Nähe der South Street auf der Passfield Avenue und so setzte Dad mich zuerst ab, weil er anschließend noch in die Redaktion musste. Er hielt auf der falschen Straßenseite mitten auf der Fahrbahn und bat Kevin, mein Fahrrad aus dem Kofferraum zu laden.

Ich wartete auf eine Lücke im Verkehr, stieg vorsichtig aus und lief zum Bürgersteig. Überall waren Pfützen.

Dad kurbelte das Fenster herunter. »Ich komme nicht spät. Auf dem Heimweg bringe ich uns was zu essen mit.«

Kevin hielt mir mein Fahrrad hin.

»Ich glaube, von hier aus kann ich laufen«, sagte er, als Dad ihn wieder in den Wagen winkte.

»Nein, steig ein! Ich bestehe darauf.«

Zu meinem Dad kann man nur schwer Nein sagen.

Während Kevin auf den Beifahrersitz kletterte und sich anschnallte, lehnte sich Dad aus dem Fenster und winkte mich heran.

»Netter Kerl.« Er zwinkerte mir zu. Dann zog er den Kopf wieder ein und fuhr davon.

Es war ein langer Tag gewesen, der nach einem heißen Bad und einem Glas kalter Milch verlangte. Ich schleppte mich die drei Stufen zu unserer Haustür hoch und zog das Fahrrad hinter mir her. Ich war immer noch nass bis auf die Knochen und trotz der schwülen Hitze zitterte ich. Die eisige Klimaanlage bei den Delgados hatte mir zugesetzt. Meine Fingerspitzen sahen aus wie verschrumpelte Rosinen.

Wir wohnen in einem kleinen Haus mit Backsteinfassade und zwei Schlafzimmern im oberen Stock. Im Erdgeschoss schützen gusseiserne Gitter die Fenster vor jedem, der mehr als einen Blick riskieren will. Es ist schlicht, aber es ist ein Zuhause.

Ich schob den Schlüssel ins Sicherheitsschloss und wunderte mich, dass nicht verriegelt war. Dad schloss immer beide Schlösser ab. Dann öffnete ich mit dem anderen Schlüssel das Türschloss und schob die Tür langsam auf.

Die Eingangstür führte rechts direkt in unser Wohnzimmer und links in die offene Küche. Dazwischen war eine hüfthohe Küchentheke. Das offene Sicherheitsschloss hatte mich misstrauisch gemacht oder ich war einfach zu müde, um einen klaren Gedanken zu fassen. Jedenfalls brach ich in Panik aus, als ich sah, dass der Kühlschrank offen stand.

Schreiend stürmte ich in die Küche und schleuderte meinen Rucksack nach der Gestalt, die vor dem Kühlschrank kauerte.

Ich bereute es sofort. Die Gestalt war Della, meine Zwillingsschwester. Kreischend sprang sie auf. Die Milchtüte, die sie in der Hand gehalten hatte, flog durch die Luft und beschrieb eine flache Parabel: $y + x^2 = 0$. Dann landete sie auf dem Boden, explodierte und tränkte mich, Della und den Großteil des Erdgeschosses in einen Liter halbfetter Milch.

»Was soll das denn, Alice?«, schrie Della und schüttelte sich die Milch von den Händen. Jede ihrer Gesten war bühnenreif.

»Tut mir leid«, sagte ich. »Tut mir echt leid. Komischer Tag heute.«

Bei der Trennung unserer Eltern vor ein paar Jahren war Mom mit Della und mir nach New York gezogen. Mom ist Kostümbildnerin beim Theater. Doch ich passe ins Showgeschäft wie eine Gewürzgurke auf einen Eisbecher und so brachte ich mir bei, meine Wäsche selbst zu waschen, zog zurück nach Philly und lebte mit Dad. Della dagegen liebte New York. Sie wollte immer ein Star am Broadway werden. Sie hatte sogar schon ein paar Engagements. Waisenkind Nummer drei oder Lausbub aus der Straßenbande gehörten zu ihren Paraderollen.

Die Sommer verbrachten Della und Mom meistens auf dem Land in Upstate New York bei Sommertheaterproduktionen, aber dieses Jahr arbeitete Mom an einer Neu-Inszenierung der *Zauberflöte* mit. Dabei gab es nur ein Problem: Das Theater lag in Italien.

Deswegen war Della diesen Sommer bei uns gestrandet. Seit zwei Tagen lebte sie nun bei uns und ich musste mich noch daran gewöhnen. Schwer zu glauben, dass wir uns, bis wir acht waren, ein Zimmer geteilt hatten. In vier Jahren kann viel passieren, schätze ich.

Della reichte mir mit elegant hochgezogener Braue eine Rolle Küchenpapier. Ihre Mimik hätte man selbst von den Rängen deuten können. Sie sollte sagen: *Du hast die Sauerei verursacht. Du machst sie weg.*

Della ist der ältere Zwilling.

Während sie nach oben ging, um sich umzuziehen, machte ich mich daran, die Milch aufzuwischen. Wir sind zweieiige Zwillinge, aber sehen uns nicht besonders ähnlich. Della hat honigblondes Haar, das sie so föhnt, dass es bei jeder Bewegung wippt wie ein schwebendes Ausrufezeichen und jede ihrer Gesten noch dramatischer macht. Ich bin auch blond, aber eher erdbeerblond. Ich benutze das Shampoo, was Dad eben gerade in der Dusche hat, und flechte mir einen Zopf, solange meine Haare noch nass sind. Hätte ich nicht gewusst, dass wir Zwillinge sind, wäre ich nicht mal draufgekommen, dass wir überhaupt verwandt sind.

Während ich den Boden schrubbte, hörte ich Della oben in meinem Zimmer herumpoltern. Ich bin kein Ordnungsfanatiker, aber ich weiß gern, wo meine Sachen sind. Das Problem hatte Della nicht. Ihre Vorstellung von Kofferauspacken war, den Inhalt in die Schubladen zu kippen, die ich für sie frei gemacht hatte, und mich zu fragen, wo sie ihre Schuhe stehenlassen hat. Ich glaube, Mom legt Della heute noch die sauberen Sachen zum Anziehen hin.

»Alice«, rief Della herunter. Ihre Stimme klang glockenhell, selbst durch die geschlossene Tür. Meine Schwester wusste, wie sie Beachtung fand. »Wo sind meine Strümpfe?«

»Obere Schublade rechts«, rief ich zurück.

Es würde ein langer Sommer werden.

Sechs

Als Dad nach Hause kam, war ich mit dem Gröbsten fertig. Della saß im Schneidersitz auf unserem braunen Cordsofa und machte Atemübungen. Dad sah uns beide an und strahlte.

»Meine beiden Lieblingsmädchen an einem Platz!«

Dann genoss er schweigend den Augenblick. Ich glaube, Dad hätte Della gern öfter bei uns, aber er musste sich auch nicht mit ihr das Zimmer teilen. Er stellte die Tüte mit dem Essen auf den Tisch und packte die verschiedenen Behälter aus.

Er hatte das Essen bei Pho Hoa geholt, dem vietnamesischen Restaurant an der Ecke. Der scharfe, strenge Geruch von Limettensaft und Chili breitete sich im Wohnzimmer aus. Dads Brille beschlug.

»Riecht toll«, sagte ich. »Welche Stufe hast du genommen?«

Seit Anfang des Jahres trainierten Dad und ich unsere Schärfetoleranz. Ich stellte drei Suppenteller auf die Küchentheke.

»Stufe vier. Mach dich auf was gefasst.«

Della blinzelte nervös.

»Dad«, sagte ich und suchte in der Tüte nach weiteren Behältern, »hast du für Della eine milde Portion mitgebracht?«

Dad sah Della erschrocken an. »Oje, Liebes, tut mir leid. Ich hab's vergessen. Soll ich schnell losgehen und dir was holen? Das Restaurant ist gleich an der Ecke.«

»Nein, schon gut«, sagte Della schnell. »Wir haben schließlich auch scharfes Essen in New York.«

Vielleicht, dachte ich, *aber Dad und ich trainieren seit Monaten für Stufe vier.*

Ich probierte einen Löffel und die heiße, zitronige Suppe fegte mir wie ein Lauffeuer die Kehle hinunter. Ich spürte, wie meine Nebenhöhlen durchgepustet wurden. Das war genau, was ich brauchte nach dem Tiefkühlklima bei den Delgados.

»Und, Della«, Dad wedelte mit dem Löffel in Richtung meiner Schwester, »hattest du Glück bei der Casting-Agentin?«

Della lächelte. »Morgen ist im Theater auf der Walnut Street ein Vorsprechen. Für *Annie*!«

Der Glanz in Dellas Augen flackerte zu hellen Flammen auf. Annie, das rot gelockte Waisenkind aus dem gleichnamigen Musical, war eine Traumrolle – der Hamlet der zwölfjährigen Mädchen. Triumphierend schob sie sich einen Löffel Suppe in den Mund und begann sofort zu husten und prusten.

Stufe vier war eindeutig nichts für Anfänger.

Ich stand auf und wollte ihr ein Glas Milch holen, aber dann fiel mir ein, dass wir keine mehr hatten. Stattdessen gab ich ihr ein Stück Weißbrot. Sie stopfte es sich in den Mund, um die Schärfe aufzusaugen. Tränen liefen ihr übers Gesicht.

»Tut mir leid, Schatz, ich gehe doch los und hole dir was. Worauf hast du Lust? Italienisches Eis?« Dad hatte schon die Schlüssel in der Hand und war fast zur Tür hinaus, bevor Della die Sprache wiederfand.

»Dad, es geht schon«, keuchte sie. »Ich esse Toast. Ich sollte vor einem Casting sowieso nichts Scharfes essen.« Sie kippte die Suppe zurück in den Styropor-Behälter und schloss den Deckel.

»Ach ja, natürlich. Tut mir leid. Ich habe einfach nicht mitgedacht.« Langsam setzte sich Dad wieder an die Theke. Er gab sich immer solche Mühe, wenn Della hier war, und am Ende ärgerte er sich über sich selbst.

Schweigend saßen wir da, während Della zwei Brotscheiben in den Toaster schob. Es war ein unbehagliches Schweigen. Ich aß meine Suppe und versuchte nicht zu schlürfen.

»Erzähl Della doch von der Pressekonferenz«, schlug ich vor. Etwas Besseres fiel mir nicht ein, um Dad wieder auf fröhliche Gedanken zu bringen.

»Ach ja«, sagte er. »Das war wirklich interessant.«

Dad berichtete von den Fakten des Falls, zuerst langsam, doch mit der Zeit nahm er Fahrt auf.

»Und dann betritt der Wissenschaftler, der an diesem streng geheimen Unsichtbarkeitsprojekt arbeitet, sein Labor und verschwindet spurlos. Aus einem geschlossenen Raum mit nur einem Ausgang. Und von den Überwachungskameras wissen wir, dass Dr. Learner nicht herausgekommen ist. Doch als sein Assistent hineinging, war er nicht mehr da.«

»Jemand muss die Überwachungskameras manipuliert haben«, stellte Della fest, während sie sich Erdnussbutter aufs Brot schmierte.

»Ja, das dachte ich auch, aber Mr Delgados Assistent hat versichert, dass die Überwachungskameras von einer seriösen Sicherheitsfirma in der Stadt geprüft wurden. An den Videos kann auch niemand herumgespielt haben.« Dad saugte schlürfend eine Nudel auf, dann wischte er sich Suppe vom Kinn.

Della setzte sich wieder zu uns an die Theke. »Dann muss es noch einen Ausgang geben.«

»Wir haben den Grundriss gesehen. Es gibt keinen.« Dad machte die Sache langsam Spaß.

Della biss in ihren Toast und kaute nachdenklich. »Hm. Dann muss er sich wohl unsichtbar gemacht haben. Das war doch seine Erfindung, oder?«

Ich prustete los. Dellas wissenschaftliches Verständnis stammte aus der vierten Klasse, als sie im Schultheater Dr. Frankenstein gespielt hatte.

»Menschen können sich nicht unsichtbar machen«, erklärte ich.

»Aber Dad hat gerade gesagt, er war Wissenschaftler und erforschte die Unsichtbarkeit. Was soll er sonst getan haben? Er hat bestimmt irgendein Mittel getrunken und das hat ihn durchsichtig gemacht.« Sie kicherte. »Vielleicht rennt er immer noch nackt im Labor herum.«

»Er hat sich nicht durchsichtig gemacht«, sagte ich und verdrehte die Augen. »Außerdem, durchsichtig ist nicht dasselbe wie unsichtbar. Durchsichtige Dinge kann man immer noch sehen.«

Della zog skeptisch die Brauen hoch.

»Glas ist durchsichtig und man kann es trotzdem sehen. Es bricht das Licht.« Jetzt war *ich* in Fahrt. »Wenn du dich wirklich unsichtbar machen willst, musst du einen Weg finden, das Licht von dir abzulenken. Klar kann es sein, dass Dr. Learner so was im Kleinen geschafft hat, auf Molekularebene oder so. Aber einen ganzen Menschen verschwinden lassen? Unmöglich. Dazu müsste er die Gesetze der Physik verändern und selbst dann …« Als ich Dellas Gesicht sah, brach ich ab. Sie hatte mich nur aufgezogen.

»Du fällst auch auf alles rein, Alice!« Sie lachte und leckte sich Erdnussbutter von der Hand.

Ich legte den Kopf auf den Tisch und raufte mir die Haare. Unglaublich, dass es schon wieder passiert war. Niemand brachte mich so auf die Palme wie meine Schwester.

»Das war die Rache für die Milchdusche vorhin.« Della wartete einen Moment. »Aber ich glaube trotzdem, dass seine Forschung irgendwie mit seinem Verschwinden zusammenhängt. Ich meine, er hatte bestimmt tonnenweise Schnickschnack in seinem Labor, den er benutzen konnte. Oder er wurde von einem anderen Wissenschaftler entführt oder so.«

Dellas Wortwahl »tonnenweise Schnickschnack« für die allerneueste Technologie überzeugte mich zwar nicht, aber in einem hatte sie Recht. Wenn jemand weiß, wie man eine Sicherheitskamera austrickst, dann ein Wissenschaftler, der sich mit der Physik des Lichts beschäftigt.

»Tja, so gern ich noch hier sitzen und mit euch beiden Herzchen plaudern würde, aber ich muss leider einen Artikel schreiben«, sagte Dad. »Heute seid ihr mit Aufräumen dran. Ich setz mich an die Recherche.« Er schlürfte den Rest seiner Suppe aus und drückte jeder von uns einen Kuss auf die Stirn. Dann stellte er seinen Teller in die Spüle, schnappte sich eine Flasche Wasser aus dem Kühlschrank und verschwand in seinem Arbeitszimmer.

»Story-Fieber«, stellte Della fest, als die Tür ins Schloss fiel.

Die Tür ging noch mal auf und ich zuckte zusammen. Dad streckte den Kopf heraus.

»Alice, wir fahren morgen früh bei Delgado Industries vorbei und sehen uns die Räumlichkeiten an, in Ordnung?«

Und schon schloss er wieder die Tür hinter sich, bevor ich überhaupt antworten konnte.

»Story-Fieber«, seufzte ich.

»Ich weiß nicht, wie du mit ihm leben kannst.« Della aß ihren Toast auf und stellte den Teller in die Spüle. Ich zuckte mit den Achseln. Ich lebte gern bei Dad. Er ließ mich die Dinge auf meine Art machen.

Della lehnte an der Wand und sah zu, wie ich abspülte. »Wie hängst du eigentlich in dieser Geschichte drin?«

»Erinnerst du dich an den Jungen, von dem ich dir beim Chatten erzählt habe? Sammy?«

»Der Kleine, der dir in der Schule hinterherdackelt?«

Ich hielt ihr einen sauberen Teller hin und wartete, bis sie ihn mir abnahm und abtrocknete, bevor ich antwortete. »Genau. Mr Delgado ist sein Vater.«

»Der dich gebeten hat den Wissenschaftler zu finden?«

»So ungefähr.«

Della legte den Kopf schräg. »Meint er das ernst?«

Ich schnaubte. »Nein. Er will nur, dass ich für Publicity sorge.«

»Und du hast zugesagt?«

Ich antwortete nicht, aber ich spürte, wie ich rot wurde. Ich spülte den letzten Teller und stellte das Wasser ab.

»Lass mich raten«, sagte Della. »Du warst wütend und hast den Fall übernommen, um es ihm zu zeigen.«

Ich wurde noch röter. Wir lebten nicht mehr in einem Haus, aber für meine Schwester war ich immer noch ein offenes Buch. Sie drückte mir das Küchentuch in die Hand. Anscheinend überließ sie auch den Rest des Abtrocknens mir.

»Ich muss Mom anrufen, bevor ich ins Bett gehe«, beantwortete sie meinen fragenden Blick.

Ich sah auf die Uhr. »Della, in Italien ist es nach Mitternacht. Mom schläft wahrscheinlich schon.«

Della ließ theatralisch die Schultern hängen.

»Ruf sie an, wenn du morgen frühstückst, dann isst sie gerade Mittag. Das ist, als wärt ihr zusammen beim Brunch.«

Mit dieser Lösung schien sie zufrieden und ging zur Treppe. Doch als sie auf der ersten Stufe stand, drehte sie sich noch einmal um.

»Du überlässt mir doch das Bett heute Nacht, oder? Ich brauche meinen REM-Schlaf, wenn ich morgen vorspreche.« Sie lächelte süß.

Ich versuchte es erst gar nicht. Eine Diskussion mit Della gleicht einer Diskussion mit einer Backsteinmauer. Auch wenn ich die besseren Argumente hatte, gab die Mauer keinen Millimeter nach.

»Okay.«

Auf dem Weg nach oben sang Della aus vollem Hals »Maybe« aus *Annie*. Ihre Stimme erfüllte das ganze Haus. Ich seufzte. So wie es aussah, würde ich den großen Teil der Sommerferien in der Bibliothek verbringen.

Andererseits hätte ich das sowieso getan.

Sieben

Am nächsten Morgen wurde ich um sechs geweckt. Die Sonne schien, die Vögel trällerten – und meine Schwester auch.

»Guten Morgen«, sang Della. Sie übte ihre hohen Töne – die Oktave, die man normalerweise nur benutzte, um Hunde zu rufen. Eigentlich klang es bei Della sogar ganz gut. Aber ich hatte bis spät in die Nacht in Mr Delgados Akte gelesen und sechs Uhr früh ist nicht die Zeit, in der ich ein Ohr für Musik habe.

Langsam setzte ich mich auf und hielt mir den Kopf.

»Weißt du, wie spät es ist?«

Ich rechnete nicht mit einer Antwort. Die Luftmatratze hatte über Nacht Luft verloren und ich musste kämpfen, um hochzukommen. Von der Anstrengung geriet ich ins Schwitzen oder vielleicht hatte ich vorher schon geschwitzt. Anscheinend hatte Dad die Klimaanlage nicht angestellt. Oder sie war wieder kaputt. Ich wagte kaum aufs Thermometer zu sehen. Ein neuer heißer Sommertag in Philadelphia.

»Ich muss duschen«, murmelte ich und wankte aus dem Zimmer.

»Wir müssen um sieben los«, rief mir Della hinterher. »Ich will zeitig am Theater sein.« Ich nickte, vielleicht sagte ich auch Ja, ich weiß nicht mehr. Ich bin die Definition eines Morgenmuffels. Hinter mir fingen wieder die Tonleitern an.

Ich stellte die Dusche an, damit das lauwarme Wasser den Gesang ausblendete und meine Körpertemperatur senkte. Als ich einigermaßen wach war, dachte ich darüber nach, was ich aus der Delgado-Akte erfahren hatte.

Dr. Adrian Learner wurde zuletzt am Mittwoch, den 17. Juni, nach dem Mittagessen gesehen, wie er in sein Labor ging. Er kam den ganzen Tag nicht mehr raus. Als sein Assistent Graham Davidson am nächsten Morgen nach ihm sehen wollte, war das Labor leer. Auf dem Überwachungsvideo konnte man klar erkennen, wie Dr. Learner das Labor betrat, doch danach tat sich nichts mehr. Die Tür blieb zu, bis Davidson kam. Auf den Fotos von Dr. Learners Labor und dem Grundriss des Gebäudes waren keine anderen Ausgänge aus dem Raum zu sehen. Doch ich konnte mich nicht darauf verlassen, bis ich es selbst überprüft hatte. Außerdem wollte ich unbedingt die Instrumente sehen, mit denen Dr. Learner arbeitete. Vielleicht gaben sie mir einen Hinweis, mit welcher Art von Unsichtbarkeit er sich beschäftigte. Und einen Hinweis, wie er an der Überwachungskamera vorbeikommen konnte.

Ich musste zugeben, dass der Fall Learner langsam mein Interesse weckte.

Die eigentliche Frage für mich blieb jedoch, *warum* war Dr. Learner verschwunden? Lief er vor etwas davon? Oder hatte man ihn entführt? Auf dem Video erschien er mir ziemlich nervös. Was war die Gleichung, die mir helfen würde die Antwort zu finden?

Della trat gegen die Badezimmertür, damit ich in die Hufe kam. Ich spülte mir das Shampoo aus den Haaren und stellte das Wasser ab. In weniger als zehn Minuten war ich angezogen und abmarschbereit.

Um 6:45 Uhr saßen wir im Auto. Dad hielt direkt vor dem Theater an der Ecke 9th und Walnut Street. Obwohl das Vorsprechen erst um neun Uhr begann, hatte sich bereits eine Schlange gebildet. Mädchen in allen Formen und Größen standen auf dem Bürgersteig und warteten auf ihre große Chance. Besonders Rothaarige waren vertreten, nicht ausschließlich natürlich. Und neben ihnen standen die Theatermütter und -väter und hätschelten und tätschelten ihre kleinen Stars.

Della stieg aus und strich sich das Haar hinter die Ohren.

»Hals- und Beinbruch, Schätzchen«, rief Dad. »Ruf an, wenn du was brauchst.«

Als wir weiterfuhren, drehte ich mich im Sitz um und winkte Della zu. Ich weiß nicht, ob sie mich sah oder nicht, jedenfalls winkte sie nicht zurück. Sie straffte die Schultern und stellte sich tapfer ans Ende der Schlange.

»Meinst du, sie schafft das?«, fragte ich.

»Was redest du da? Sie ist großartig. Deine Schwester ist ein Profi.«

Aber das hatte ich nicht gemeint. Ich glaube, dass Mom Della immer zu jedem Vorsprechen begleitete. Doch es war nicht fair, Dad jetzt nervös zu machen. Außerdem wusste Della, was sie tat. Immerhin hatte sie schon am Broadway gespielt.

Wir ließen die Innenstadt hinter uns und die großen Marmorgebäude wurden weniger, dann auch die Backsteinhäuser, bis bescheidene Holzhäuser die Straßen säumten. Hier war der Asphalt rissig und die Luft, die durch die offenen Fenster strömte, stank nach alten Hotdogs und U-Bahn-Mief.

Und plötzlich, wie auf Knopfdruck, waren wir mitten auf dem Land. Als hätten wir eine mit Laub überwachsene Mauer durchbrochen, dehnten sich zwischen den Häusern Bäume und Wiesen aus.

Jetzt, da der Verkehr ihn nicht mehr zurückhielt, trat Dad aufs Gas. Wir brauchten nur zwanzig Minuten bis zum Forschungsinstitut Delgado Industries an der Route 611. Hätten wir uns ans Tempolimit gehalten, wären wir zwanzig Minuten später angekommen. Ich schloss einfach die Augen und zählte, wie oft wir angehupt wurden. Zweiundzwanzig Mal. Nicht mal in der Nähe des Rekords.

Dad kreuzte den Gegenverkehr (dreiundzwanzig) und fuhr in die Einfahrt, die von steinernen Säulen flankiert wurde. Ein großes Metalltor versperrte uns den Weg. Das ganze Gelände war eingezäunt. Eine Überwachungskamera hatte die Fahrerseite im Visier. Dad beugte sich aus dem offenen Fenster und drückte die Taste der Gegensprechanlage.

»Ja?«, fragte eine Stimme, die von statischem Rauschen verzerrt wurde.

»Arthur Jones. *Philadelphia Daily News.*«

Eine lange, offiziell wirkende Pause entstand.

»Tut mir leid, Mr Jones, aber Ihr Name steht nicht auf der Liste.«

Ich beugte mich über Dad zum Fenster hin und hielt das Gesicht in die Kamera.

»Versuchen Sie *Alice* Jones«, sagte ich.

Noch eine Pause. Dann glitt ohne ein weiteres Wort das Tor auf und wir fuhren hinein.

Dad war sehr still, während wir nach einem Parkplatz suchten. Die Stille, die Väter an sich haben, wenn sie von ihren präpubertären Töchtern ausgestochen werden. Aber als er in der Nähe des Eingangs einparkte, hatte er es überwunden. Dad ist nicht nachtragend, wenn er einer guten Story auf der Spur ist. Er stieg aus und pfiff durch die Zähne. »Netter Schuppen.«

Auch ich war beeindruckt. Delgado Industries bestand ganz aus Geraden und rechten Winkeln. Das Gebäude sah aus, als wäre der Entwurf aus Lego entstanden. Es traf vielleicht nicht jedermanns Geschmack, aber für mich stellte es Geometrie in Perfektion dar.

Der Eingang war ebenso groß und eindrucksvoll wie der Rest der Anlage. Wir warteten, bis uns jemand öffnete. Ein leises Klicken ertönte und wir drückten die Tür auf. Mr Delgado hatte seinen Laden offenbar fest im Griff. Ich fragte mich, wie viele Wissenschaftlerinnen und Wissenschaftler hier arbeiteten und wie viele verschiedene Experimente genau in diesem Moment durchgeführt wurden. Vielleicht entwickelte jemand im Umkreis von weniger als dreißig Metern die nächste Generation von Supraleitern. Bei dem Gedanken bekam ich eine Gänsehaut.

Dad und ich betraten ein weitläufiges Foyer, das mindestens zwei Stockwerke hoch reichte. Durch riesige rechteckige Fenster fiel ein Karomuster aus Sonnenstreifen auf den Boden. Hinter dem Empfangstisch befanden sich zwei silberne Fahrstühle. Sie passten zu den Silberflecken der grauen Betonfliesen. Ganz offensichtlich wurde hier nichts dem Zufall überlassen. Rechts führte ein Flur tief ins Gebäude, aber er war mit Drehkreuzen abgesperrt, wie man sie von U-Bahn-Stationen und Schwimmbädern kennt, nur viel moderner. Das Summen viel beschäftigter Menschen lag in der Luft. Die meisten hatten Laborkittel oder Anzüge an, doch ich sah auch die dunkelblauen Uniformen einer privaten Sicherheitsfirma, mit Walkie-Talkies an den Funktionsgürteln. Jeder, der kam und ging, trug ein Namensschild.

Dad pfiff wieder durch die Zähne und verrenkte sich fast den Hals, bis wir am Empfangstisch standen.

»Also gut, Alice.« Seine Nase zuckte, als hätte er buchstäblich Witterung aufgenommen. Er prüfte, ob er das Notizbuch in der Tasche und den Bleistift hinterm Ohr hatte. »Überlass das Reden mir.«

Doch so weit kam er gar nicht. Gerade als wir den Tresen

erreichten, öffnete sich einer der silbernen Fahrstühle und Mr Delgados Assistent, der Android, trat heraus und nahm uns in Empfang.

»Ah, Alice. Mr Delgado tut es furchtbar leid, dass er nicht persönlich kommen kann.« Er streckte mir die Hand entgegen. Ich schüttelte sie. Er war so ein Sandwich-Handgeber, der beide Hände um die Hand seines Gegenübers legt. Hastig zog ich die Hand zurück und wischte sie mir heimlich am T-Shirt ab. Offenbar bekamen Dad und ich eine Sonderbehandlung. Mr Delgado bildete sich wohl ein, ich könnte ihm dazu verhelfen, dass Delgado Industries die Titelseiten zierte. Und sein Assistent sollte dafür sorgen, dass Dad und ich ihn nur im besten Licht darstellten.

»Ich bin Andrew, Mr Delgados persönlicher Assistent. Ich werde deine Tour durch das Institut betreuen.« Er betonte die Worte *persönlicher Assistent* wie einen Adelstitel.

Dad räusperte sich.

»Ach ja, Mr Jones, nett von Ihnen, dass Sie sich uns anschließen.« Andrew schenkte Dad ein geschäftsmäßiges Lächeln. Dann trat er hinter den Empfangstresen, scheuchte die Frau, die dort arbeitete, von ihrem Computer und hämmerte auf die Tastatur ein.

Ich spürte die Feindseligkeit der Empfangsdame wie eine Art Kraftfeld. Irgendwie tat mir Andrew leid. Niemand mochte es, wenn jemand besser in seinem Job war als man selbst, aber was sollte er machen? Sich dumm stellen? Ein Drucker surrte und Andrew präsentierte uns die Ausweise. Ich war überrascht, als ich die Fotos sah. Anscheinend hatte uns eine der Überwachungskameras aufgenommen, während wir vor der Tür des Gebäudes warteten. Neben dem Bild stand in Großbuchstaben *»AUTORISIERT FÜR 1 TAG«* und daneben prangte in fetten Zahlen das Datum. Sammy hatte nicht gelogen, bei seinem Vater stand Sicherheit wirklich an erster Stelle.

»Wenn Sie sich diese bitte anstecken und mit mir kommen, dann zeige ich Ihnen Dr. Learners Labor.«

Wir befestigten unsere Ausweise und folgten Andrew in den Fahrstuhl. Ich sah Dad an, dass er enttäuscht war, weil er den Ausweis nicht benutzen konnte, um zu einem späteren Zeitpunkt wiederzukommen. Aber er tat sein Bestes, sich nichts anmerken zu lassen. Andrew hielt seine Ausweiskarte an einen Scanner und drückte die Taste mit dem E. Zu meiner Überraschung fuhren wir abwärts.

»Das Gebäude ist in einen Hang gebaut«, erklärte Andrew, bevor ich nachfragen konnte. »Der Empfang ist oben, die Laboratorien und Büros befinden sich darunter. Dadurch ist das Gebäude sehr energieeffizient.« Die Rede über die Vorzüge der hochmodernen Anlage, die Andrew nun hielt, klang eingeübt und dauerte genau so lang wie die Fahrt ins unterste Geschoss.

Dann öffneten sich die Türen und wir standen am Anfang eines langen Korridors. Eine Seite war eine komplette Fensterwand. Dahinter erstreckte sich eine weitläufige Rasenfläche – gepflegter als ein Golfplatz – vom Institut bis zu einem kleinen Rot-Ahorn-Wald.

Dad und Andrew marschierten gleich los, doch ich wollte erst einen Blick in die Akte werfen und mir den Grundriss einprägen. Dr. Learners Labor nahm den größten Teil des Erdgeschosses ein. Auf dem Plan gab es in diesem Stockwerk nur zwei weitere Räume. Ein kleines Arbeitszimmer für Graham Davidson und ein großzügiges Büro für Mr Delgado. Ich war überrascht, dass sein Büro sich nicht irgendwo ganz oben befand, aber vielleicht waren er und Dr. Learner einfach gern nah beieinander. Immerhin waren sie alte Freunde.

Links von mir befand sich ein Notausgang am Ende des Flurs und ein großes Schild warnte, das Öffnen der Tür würde Alarm auslösen. Ich trat an die Fensterwand, drückte das Gesicht an die Scheibe und drehte den Kopf zur Seite. Nach den Fugen zu urteilen, wo sich die Scheiben trafen, hatte das Glas etwa eine Dicke von fünf Zentimetern. Ich sah mir den Rahmen an. Die Fenster waren fest in die Wand eingebaut. Sie ließen sich nicht öffnen. Hierdurch hatte Dr. Learner jedenfalls nicht herauskommen können. Ich wischte mit dem Ärmel meinen Gesichtsabdruck von der blitzblanken Scheibe. Dann beeilte ich mich, Dad und Andrew hinterherzukommen.

Acht

Es war der Stoff, aus dem Albträume sind: ein langer weißer Flur mit unendlich vielen identischen Türen. Andrew schien einen Augenblick zu zögern.

»Ich bin mir ganz sicher, dass es die hier ist«, murmelte er. Zum ersten Mal erlebte ich ihn weniger als einhundert Prozent zielgerichtet. Beinahe wirkte er wie ein echter Mensch.

»Was suchen wir denn?«, fragte ich.

»Graham Davidson«, antwortete Andrew. Den Mann auf dem Überwachungsvideo. Den Laborassistenten, der Dr. Learners Verschwinden bemerkt hatte. »Mr Delgado hat neue Namensschilder für die Türen bestellt, aber es gibt eine Verzögerung. Sie sollten schon letzte Woche kommen. Der Hausmeister hatte die alten bereits abgeschraubt, aber dann nichts.« Es war offensichtlich, dass Andrew die Ineffizienz der ganzen Geschichte persönlich nahm. Er holte tief Luft und klopfte an die Tür. Ob er sich wohl automatisch selbst zerstörte, falls er einen Fehler machte?

»Was ist?«, rief eine Stimme von der anderen Seite. »Die Tür ist offen.«

Aus Andrews Ohren kam kein Rauch. Ich nahm an, wir hatten die richtige Tür erwischt. Andrew öffnete.

Graham Davidsons Büro war kaum größer als ein Kleiderschrank. Der Schreibtisch passte genau an die Wand und verschwand unter hohen Bücher- und Papierstapeln. Die Tastatur des Computers bildete den einzig »leeren« Fleck.

Graham Davidson beugte sich tief über die Tastatur und übertrug Daten von einem Notizblock in eine große Tabelle. Er war gebaut wie ein umgekehrtes Trapez. Der 19-Zoll-Bildschirm vor ihm wirkte wie ein Spielzeug.

»Davidson. Alice Jones ist wegen Dr. Learner hier.«

Dad räusperte sich.

»Entschuldigen Sie. Alice und ihr Vater Arthur Jones.«

Graham drehte sich nicht um. »Ja, ja, ich muss nur schnell die Tabelle fertig machen.«

»Ich hatte gehofft, Sie würden uns in Dr. Learners Arbeitsraum begleiten und eventuelle technische Fragen beantworten.«

Andrew wartete auf eine Antwort. Stattdessen klickten nur die Tasten.

»Davidson?«

»So. Fertig.« Graham Davidson klappte das Notizbuch zu. »Na schön, wenn's sein muss, führe ich Ihre Gäste herum. Daten eintragen, Gruppenführungen. Ich habe einen Doktortitel, wissen Sie das?«

Er fuhr auf dem Stuhl herum und funkelte uns an. In seinem Mundwinkel steckte die Kappe eines Kugelschreibers. Zumindest nahm ich das an. Er hatte sie vollkommen zerkaut. Ich schätzte, Zahlen in den Computer tippen gehörte nicht zu Grahams Hobbys.

Er stemmte sich aus dem Stuhl und stapfte auf den Flur hinaus. »Kommen Sie mit«, brummte er, ohne sich umzusehen.

Dad und Andrew folgten ihm problemlos, aber ich musste joggen, um mitzuhalten.

»Andrew«, begann Dad, »wo ist Mr Delgado heute eigentlich? Ich hatte gehofft, ich könnte ihm noch ein paar Fragen stellen.«

»Mr Delgado ist ein viel beschäftigter Mann.« Er sprach mit väterlichem Stolz, obwohl er mindestens zwanzig Jahre jünger als sein Boss sein musste. »Er hält einen Vortrag an der Universität von Pennsylvania. Man verleiht ihm heute die Ehrendoktorwürde.« Er schwieg einen Augenblick, um dem Gesagten die nötige Sprengkraft zu verleihen.

»Ehrendoktor«, schnaubte Graham. »Für meinen Doktor musste ich acht Jahre lang im Labor, das immer nach nassen Handtüchern roch, ins Mikroskop starren. Nicht dass mir der Titel irgendwas genutzt hat. Ich bin hier so was wie ein besserer Laufbursche. Aber kaum spendet man ein Gebäude, zack, kriegt man den Doktor umsonst. So, wir sind da.«

Er blieb vor einer großen grauen Tür stehen und zog einen Schlüsselbund aus der Kitteltasche. Für mich sahen alle Türen gleich aus, doch ich merkte mir, dass Dr. Learners die fünfte nach dem Fahrstuhl war, nur für den Fall, dass ich noch mal herkommen musste.

An der Wand gegenüber hing eine kleine quadratische Überwachungskamera. Sie war mit einem Metallarm in der Wand verankert und zeigte direkt auf Dr. Learners Labor.

»Ist das die Kamera, die Dr. Learners Verschwinden aufgenommen hat?«, fragte ich.

Andrews Blick glitt hinter mir zur Decke.

»Ja, das ist sie. Bist du nicht schlau?«

Ich wusste nicht, ob er es sarkastisch oder ernst meinte, also ignorierte ich ihn und betrachtete die Kamera genauer. Sie war fest an die Wand geschraubt, also hatte niemand den Winkel oder den Bildausschnitt manipulieren können. Außerdem hätte man es auf dem Video gesehen, wenn sie bewegt worden wäre.

Als ich mich wieder umdrehte, hatte Graham den richtigen Schlüssel gefunden und schloss Dr. Learners Büro auf.

»Wer arbeitet hinter den ganzen anderen Türen?«, fragte ich.

»Niemand. Nach meinem Büro gehört alles zu Dr. Learners Bereich. Er braucht mehr Platz, also haben sie die Wände zwischen den Büros rausgenommen und zu einem großen Labor zusammengelegt. Und bevor du fragst, die anderen Türen sind zugemauert. Sie lassen sich nicht öffnen.«

Dr. Learners Labor war ein langes Rechteck, etwa vier Mal so lang wie breit, vollgestopft mit technischen Apparaten. Neben mir stand ein Gerät, das wie ein riesiges Teleskop aussah, doch auf einem Schild an der Seite stand: »A33zx Serie, blauer Ultron-Laser«. Es gab keine Reagenzgläser, Messbecher oder Flaschen mit seltsam gefärbten Flüssigkeiten. Nur Maschinen reihten sich von einer Wand zur anderen. Fast spürte ich die Energieströme, die in diesem Raum herumgewälzt wurden.

Andrew stellte sich mit dem Rücken zur Wand, als hätte er Angst, irgendwas kaputt zu machen. Dad dagegen hatte überhaupt keine Skrupel. Er schnüffelte mit seiner üblichen Neugier herum und nahm alles in die Hand, was nicht zu schwer oder festgeschraubt war. Graham Davidson folgte ihm und rückte mit hörbarer Empörung jeden Gegenstand wieder zurecht. Dann betätigte Dad einen Schalter und eine große bedrohlich wirkende Maschine erwachte summend zum Leben.

»Wie lange sind Sie schon Dr. Learners Assistent?«, fragte Dad.

»Mr Delgado hat mich vor ungefähr einem Jahr eingestellt.« Graham machte die Maschine wieder aus. »Dr. Learner suchte nach jemandem, dessen Mentor er sein konnte, der seine Forschung fortsetzen würde, wenn er in Rente ging. Es klang wie der Traumjob schlechthin. Ich hätte wissen müssen, dass er zu gut war, um wahr zu sein.«

»Wirklich zu dumm.« Dad schüttelte den Kopf. »Um welche Art von Forschung ging es?«

»Physik.«

Dad wartete, doch Graham ging nicht ins Detail.

»Und Sie, Andrew? Wie lange arbeiten Sie schon für Mr Delgado?«

Während Dad Graham und Andrew mit simplen Fragen beschäftigt hielt, wanderte ich zum anderen Ende des Raums. Ich zog Schubladen auf und schaute in Schränke auf der Suche nach einem Hinweis, mit welchem geheimnisvollen Projekt sich Dr. Learner zuletzt beschäftigt hatte.

Doch ich kam nicht weit. Alles, was ich fand, waren kleine metallene Röhren, Drähte, Spiegel und ein Regal voller Schutzbrillen und -handschuhe.

Ich wollte gerade aufgeben, da entdeckte ich etwas ganz hinten in einem Metallschrank. Ein schwarzes Viereck, das ein bisschen schwärzer war als der Rest. Ich griff hinein und nahm eine mit schwarzem Samt bezogene Kiste heraus.

Ich öffnete sie.

Auch das Innere der Kiste war mit diesem Stoff ausgeschlagen und der Boden wurde von einem kleinen Stück Samt zugedeckt. Ich hob das Deckchen an und schnappte nach Luft. Auf dem Polster lagen zehn der größten Diamanten, die ich je gesehen hatte.

»Was machen Sie da?«, rief Graham. Er nahm Dad eine Art Zange ab. »In diesem Labor gibt es nur Präzisionsgeräte. Andrew, behalten Sie ihn im Auge.«

Dann kam Graham zu mir. Er streckte die Hand aus und ich reichte ihm die Kiste.

»Sind das echte Diamanten?«, fragte ich.

Er funkelte mich an. »Synthetische Diamanten! Sie sind für Laser, nicht für Schmuck.« Er zählte die Steine ab, als wäre ich so dumm mich vor seinen Augen zu bedienen. Außerdem bin ich nicht der Typ Mädchen, der Diamanten trägt. Lieber hätte ich einen neuen wissenschaftlichen Taschenrechner.

»Machen sie den Laser genauer?«

Graham sah mich überrascht an. »Nicht ganz, aber fast. Sie erhöhen die Effizienz und verstärken die Wirkung des Lasers. Man kann mit weniger Energie viel mehr erreichen.«

Ich schaute über seine Schulter. Andrew beobachtete uns misstrauisch, während Dad sich an Dr. Learners Computer umsah.

»Könnten Sie mir das zeigen?« Es war der erste richtige Hinweis auf das, woran Dr. Learner arbeitete. Außerdem brannte ich darauf, einen Laser in Aktion zu sehen.

Graham murrte, aber ich kaufte ihm den Widerwillen nicht ab. Ich sah ihm an, dass er genauso gern mit Lasern spielte wie ich.

»Na ja«, sagte er nach einer Pause. »Ich schätze, ich könnte dir eine Kleinigkeit zeigen.«

Er öffnete die Seitenwand eines Apparats, der aussah wie ein Minikühlschrank ohne Tür. Dann legte er einen Diamanten hinein und schloss die Verkleidung wieder.

»Was denken Sie, was Sie da tun?« Hinter ihm war Andrew aufgetaucht. Er sah nicht glücklich aus.

»Machen Sie sich nicht ins Hemd. Ich zeige ihr nur, wie der Unsichtbarkeitswürfel funktioniert. Das ist nicht geheim. Man kann sich auf YouTube Videos davon ansehen.«

Graham nahm vier Schutzbrillen aus dem Regal und reichte jedem von uns eine.

»Ich brauche etwas Kleines. Es funktioniert nur in sehr kleinem Maßstab.« Er klopfte sich die Taschen ab. »Ach ja.« Lächelnd zog er die zerkaute Kuli-Kappe hervor und legte sie in die Kiste. »Fertig?«

Ich setzte die Brille auf und nickte.

Graham betätigte einen Schalter. Die Maschine begann zu summen und die Kuli-Kappe verschwand. Sie hatte sich im Bruchteil einer Sekunde vor meinen Augen in Luft aufgelöst.

»Wow.« Mehr brachte ich nicht hervor. Der Gegenstand war klein, aber der Effekt viel größer als erwartet. Vielleicht hatte Sammy mit seinen Erzählungen über Dr. Learners Genialität doch nicht übertrieben.

»Fass sie an.« Graham gab mir einen sanften Schubs.

Ich betastete die Stelle, wo ich die Kappe zuletzt gesehen hatte. Und dort konnte ich sie fühlen. Sie war immer noch da, in dem Kasten. Nur sehen konnte ich sie nicht. Weder sie noch meine Fingerspitzen.

Wir sehen Gegenstände, weil sie das Licht brechen und zu uns zurückwerfen, was auch erklärt, warum wir im Dunkeln nichts sehen. Kein Licht, keine Sicht. Normalerweise bewegt sich das Licht auf geradem Weg, aber irgendwie hatte Dr. Learners Maschine es offenbar geschafft, den Weg des Lichts um die Kuli-Kappe herumzuleiten. Dadurch wurde sie unsichtbar. Das Ganze war so cool, dass es mir nicht einmal etwas ausmachte, einen Gegenstand zu betasten, den Graham Davidson vorher im Mund gehabt hatte.

»Ging es bei Dr. Learners Durchbruch darum?«, fragte ich. »Hat er versucht die Methode auf einen größeren Maßstab zu übertragen?«

»Was?« Graham stellte die Maschine ab und die Kappe wurde sichtbar.

»Laut Mr Delgado ist Dr. Learner ein Durchbruch gelungen. Auf der Pressekonferenz gestern sollten die Ergebnisse vorgestellt werden. Wenn er nicht vorher verschwunden wäre.«

»Durchbruch?« Graham schien verwirrt. »Davon weiß ich nichts. Andererseits erzählt mir Dr. Learner nie was von seiner wichtigen Forschung. O nein. Ich weiß überhaupt nicht, wofür er einen Laborassistenten braucht, außer als Kaffeeträger. Er hat meine Fähigkeiten nie zu schätzen gewusst. Ich durfte bei seinen Experimenten nicht mal babysitten. Er verbrachte ganze Nächte hier, weil er es nicht über sich brachte, ein Experiment allein zu lassen, und er weigerte sich Hilfe anzunehmen. Das war schon so, bevor er total paranoid wurde.«

»Warten Sie.« Ich hob die Hand, um Grahams Wortschwall zu unterbrechen. »Ist irgendwas passiert, das Dr. Learner erschreckt hat?«

»Ich habe nichts angestellt, falls du das meinst.« Graham musterte mich argwöhnisch. »Keine Ahnung, was passiert ist. Vor ungefähr einem halben Jahr hat sich Dr. Learner einfach verändert. Er nahm sogar von da an jeden Abend all seine Aufzeichnungen in einem abschließbaren Aktenkoffer mit nach

Hause.« Graham brach ab, als hätte er sich gerade an etwas Wichtiges erinnert.

»Was ist?«, fragte ich.

Er schüttelte den Kopf. »Was? Ach, nichts. Mir ist nur eingefallen, dass ich noch was erledigen muss. Seid ihr hier drin fertig?«

Ich wollte fragen, woran er sich erinnert hatte. Ich war mir ziemlich sicher, dass es mit diesem Aktenkoffer zusammenhing. Vielleicht hatte Dr. Learner doch einen Weg gefunden, größere Gegenstände unsichtbar zu machen. Aber Andrew mischte sich ein.

»Ja, ich glaube, wir sind fertig hier.« Er sah auf die Uhr. »Ich muss Mr Delgado aus der Uni ... Mr Jones!« Hastig legte Dad den kleinen Lötkolben wieder hin, den er aufgehoben hatte.

Andrew holte tief Luft, um sich zu beruhigen, und schob uns hinaus. Auch Graham Davidson kam mit und schloss hinter sich ab. Durfte er Dr. Learners Labor wohl allein betreten? Ich an seiner Stelle hätte am liebsten den ganzen Tag mit dem Unsichtbarkeitswürfel gespielt. Aber ich schätzte, wegen der Überwachungskamera kam auch er nicht unbemerkt hinein, Schlüssel hin oder her.

Im Vorbeigehen sah ich mir die Kamera noch einmal an. Irgendwas daran störte mich, aber ich kam nicht darauf, was es war. Ich wäre gern stehen geblieben und hätte sie näher untersucht, aber Andrew schien es plötzlich sehr eilig zu haben, Mr Delgado abzuholen. Er stand schon am Ende des Flurs und tappte ungeduldig mit dem Fuß, als würde er aufs Gaspedal treten. Ich machte ein Foto von der Kamera, damit ich es mir nachher genauer ansehen konnte, dann rannte ich den Rest des Flurs hinunter.

Neun

Ich stieg ins Auto und schlug die Tür hinter mir zu.

Dad setzte sich ans Steuer und grinste wie ein Kind im Bonbonladen. »Volltreffer!«

Doch ich hörte nur halb hin. Ich wusste jetzt, was mich an der Überwachungskamera störte. Sie war irgendwie zu klein.

Ich nahm die Fotos aus Mr Delgados Akte. Da. Auf einem der Bilder aus Dr. Learners Labor sah man die Kamera durch die offene Tür. Ich holte mein Smartphone heraus und verglich das Foto mit dem, das ich gerade aufgenommen hatte.

Das Bild aus der Akte zeigte die Kamera mit einer Art L-förmigen Spange an einer Seite. Am Fuß des Ls waren zwei Klammern. Es sah aus wie eine Halterung. Vielleicht für einen Spiegel, damit man um die Ecke schauen konnte, oder für einen Sonnenschutz, um das Licht abzuschirmen, das von draußen hereinfiel. Aber Dr. Learners Labor lag weit entfernt von jedem Fenster und jeder Ecke. Wofür war die Halterung dann? Und warum war vorhin keine Halterung an der Kamera gewesen? Wo war sie jetzt?

»Alice, hast du gehört? Ich sagte: Volltreffer!«

Mit einem Zittern erwachte der Motor zum Leben und hustete schwarzen Rauch aus dem Auspuff, als wir durch das Tor auf die Straße fuhren. Dad drängte sich rücksichtslos in den Verkehr und ich rechnete wieder mit einem Hupkonzert. Die Stille kam so unerwartet, dass ich mich umdrehte, um nachzusehen, was los war. Hinter uns fuhr ein silberner Mercedes mit New Yorker Nummernschild. Ein Mietwagen, dachte ich. Entweder das oder die Hupe funktionierte nicht. Ein echter New Yorker hätte meinen Dad niemals sang- und klanglos vorgelassen.

»An dieser Story ist einfach alles dran!« Dad wechselte die Spur und überholte jemanden, der die erlaubte Höchstgeschwindigkeit fuhr. »Bis jetzt haben wir ein mysteriöses Verschwinden und ein streng geheimes Forschungsprojekt, das sich mit Unsichtbarkeit beschäftigte. Dazu kommt ein Regierungsvertrag im Wert von vier Millionen Dollar, möglicherweise Industriespionage, und das Beste von allem – das Forschungsprojekt? Es war ein Anzug! Dr. Learner arbeitete an einem Unsichtbarkeits*anzug*.«

»Warte mal, Dad, woher weißt du das alles?«

»Na ja, kann sein, dass ich einen kurzen Blick in Dr. Learners Computer geworfen habe, während ihr drei mit dieser Maschine gespielt habt. Gute Arbeit übrigens.« Dad fuhr eine scharfe Kurve, ohne zu blinken, und redete weiter, als hörte er die schallenden Hupen nicht.

»Wie bist du überhaupt in den Computer reingekommen? Hatte Dr. Learner kein Passwort?«

»Doch, schon, aber das Glück lag auf meiner Seite: Dr. Learner gehört zu den vergesslichen Leuten. Er hat all seine Passwörter auf einen praktischen kleinen gelben Zettel geschrieben und unter die Tastatur geklebt. Sein Computer ist ungefähr so sicher wie eine Butterbrottüte.«

»Und was hast du gefunden?«

»Jede Menge E-Mails von Mr Delgado, in denen er Dr. Learner bittet ›alle Daten über den Anzug‹ für irgendein wichtiges Meeting zusammenzustellen. Außerdem war da eine E-Mail von einem anderen Forschungsinstitut, das Dr. Learner eine neue Stelle anbot.«

»Bist du dir sicher, dass er an einem Anzug gearbeitet hat?«

»So steht es in den E-Mails.«

»Aber das ist unmöglich.«

»Ich sage dir, es stand in den E-Mails.«

»Und ich sage dir, er kann keinen Unsichtbarkeitsanzug entwickelt haben.«

Wissenschaftler suchten seit Jahren nach einem Weg, Menschen unsichtbar zu machen. Was bis jetzt der Sache am nächsten kam, war die Übertragung von Aufnahmen dessen, was sich hinter dem Anzug befand, auf das Oberflächenmaterial des Anzugs. Doch das konnte man nicht als Unsichtbarkeit im eigentlichen Sinn bezeichnen. Es wäre eher mit dem

Farbwechsel eines Chamäleons vergleichbar, das sich seiner Umwelt anpasst. Außerdem bestand immer noch das Problem mit der Verzögerung durch die Übertragung. Aber von einem Anzug, wie Dad ihn meint – einem Anzug, der den Weg des Lichts umleiten konnte –, war die Welt noch Lichtjahre entfernt.

»Warum soll es unmöglich sein? Was ist mit der Unsichtbarkeitsbox, die dir dieser Laborassistent gezeigt hat? Das war eine ziemlich überzeugende Demonstration.«

»Das ist was anderes«, erklärte ich. »Die Kuli-Kappe muss *in* der Box liegen, um zu verschwinden. Würde man mit dieser Technik einen Menschen unsichtbar machen wollen, müsste er in einer Kiste in der Größe eines Kühlschranks stehen. Außerdem, hast du den Lärm gehört, den das Ding gemacht hat? Was bringt es einem, unsichtbar zu sein, wenn die Leute einen schon aus einem Kilometer Entfernung hören?«

Dad lachte. »Okay, okay. Vielleicht ist der Anzug noch nicht fertig. Vielleicht sind sie immer noch im Experimentierstadium. Vielleicht hat Dr. Learner eine Methode erfunden, wie man die Kuli-Kappe außerhalb der Kiste unsichtbar machen kann. Schon mal darüber nachgedacht?«

Ich wollte Dad gerade sagen, dass er noch dümmer war als Della, aber ich bremste mich. Hätte mir vor dem Frühstück jemand erzählt, ich würde mit eigenen Augen sehen, wie eine Kuli-Kappe verschwindet, hätte ich auch kein Wort geglaubt.

»Vielleicht«, sagte ich langsam. Falls Dr. Learner wirklich eine Entdeckung in dieser Richtung gemacht hatte, war es kein Wunder, dass Mr Delgado ihn und seine Forschungsergebnisse zurückhaben wollte. Sie waren unbezahlbar. Triumphierend trommelte Dad aufs Lenkrad.

»Aber nur weil es möglich ist, heißt das noch lange nicht, dass es stimmt«, fuhr ich fort, bevor mit Dad die Pferde durchgingen.

Dann piepte Dads Telefon und rettete mich fürs Erste. Er hob den Hintern vom Sitz und bat mich das Handy aus seiner Hosentasche zu ziehen.

»Ist das dein Ernst?«

»Könnte wichtig sein.«

Ich verdrehte die Augen, doch angelte das Telefon mit spitzen Fingern aus seiner Tasche und las, was auf dem Display stand.

»Eine Nachricht von Della. Das Vorsprechen zieht sich hin. Sie will, dass du ihr was zu essen vorbeibringst.«

»Kein Problem«, sagte Dad und ich schickte Della die gute Nachricht. Dann steckte ich das Telefon in den Becherhalter am Armaturenbrett – für den Fall, dass es noch mal klingelte.

»Du hast gesagt, Dr. Learner hat eine Stelle angeboten bekommen?«, fragte ich. Dad nickte. Das war logisch. Falls auch nur Gerüchte durchsickerten, dass Dr. Learner an einem echten Unsichtbarkeitsanzug arbeitete, wären alle daran interessiert. Und falls er nicht freiwillig kooperierte, holten sie ihn vielleicht mit Gewalt.

»Von welcher Firma?«, fragte ich.

»Chronos R&D.«

Ich würde die Leute nachschlagen müssen.

Wir fuhren zum Logan Square und parkten in zweiter Reihe vor dem Franklin Institute, dem größten Wissenschaftsmuseum der Welt. Dad gab mir einen Zwanziger, ich lief über die Straße und reihte mich in die Schlange einer der Essensbuden auf Rädern ein, die vor dem Museum standen. Auf dem Banner, das von einem Laternenmast hing, war eine unmögliche Treppe abgebildet: *Mathematik und die Kunst von M. C. Escher*. Der Eintritt kostete wahrscheinlich unverschämt viel, aber vielleicht konnte ich Dad überreden sie mit mir zu besuchen, sobald diese Geschichte hinter uns lag. Früher waren wir immer gern ins Franklin Institute gegangen. Es gehörte zu einem der wenigen Ausflüge, die der ganzen Familie Spaß machten.

Der Mann vor mir zahlte und nahm sein Essen und den Duft nach gebratenen Zwiebeln mit.

»Drei heiße Brezeln mit Senf, zwei Cherry-Cokes und eine Sprite«, bestellte ich eilig und sah nach, ob Dad von der Polizei schon zum Weiterfahren gezwungen worden war.

Aber der Plymouth stand noch da. Ich seufzte erleichtert, doch dann zuckte ich zusammen. Auch der silberne Mercedes wartete geduldig hinter Dad, statt ihn zu überholen. Andere Fahrer hupten wütend, als sie an beiden Autos vorbeimanövrieren mussten. Die Sache erschien mir irgendwie komisch, aber ich schob den Verdacht beiseite. Wahrscheinlich kam der Fahrer nicht von hier, sondern stammte aus irgendeinem kleinen Nest, wo man niemals auf die Gegenfahrbahn fuhr, egal was los war.

Der Verkäufer reichte mir drei glühend heiße Papiertüten und drei Getränkedosen und ich hatte Mühe, nichts fallen zu lassen, als ich zurück zu Dads Wagen lief. Unterwegs warf ich einen Blick in den Mercedes. Es saßen zwei Männer darin. Sie wirkten völlig normal und ich kam mir albern vor, weil ich so misstrauisch war.

»Hier.« Ich reichte Dad seine und Dellas Tüte durchs Fenster. Er musste in die Redaktion und seine Story pitchen. Zu Fuß kam ich vom Museum sowieso schneller nach Hause als vom Walnut-Street-Theater.

»Bis später«, rief Dad, bevor er sich wieder in den Verkehr einfädelte.

Ich schaute ihm nach, wie er die Race Street hinunterfuhr. Der silberne Mercedes folgte ihm. Aus irgendeinem Grund sahen sie plötzlich nicht mehr wie Touristen aus. Ein kalter Knoten bildete sich in meinem Magen. Ich nahm mein Smartphone und knipste ein Foto, bevor der Wagen auf die 21st Street abbog. Dieselbe Richtung wie Dad. Ich wollte schon gerade die Polizei rufen, als mir auffiel, dass auch die nächsten drei Wagen in dieselbe Richtung fuhren. Am Ende der Race Street war eine Baustelle. Alle Autos mussten abbiegen. Der Delgado-Fall hatte mich ganz nervös gemacht.

Ich riss mich zusammen und zählte zur Beruhigung meine Schritte. Es roch nach Sommer in der Stadt – heißer Asphalt und das Zeug, das daran kleben blieb. Ich trank einen Schluck Cherry-Cola und versuchte mein Misstrauen abzuschütteln. Ich kannte das wirkliche Problem: Der Fall war einfach eine

Nummer zu groß für mich. Ich hatte unzählige Rätsel für meine Schulkameraden gelöst. Aber die verschwundene Kuchenkasse der Basketballmannschaft zu finden konnte man hiermit nicht vergleichen. Ein verschwundener Wissenschaftler, der an einem streng geheimen Unsichtbarkeitsprojekt arbeitete – das war eine andere Liga.

Ich holte Luft und betrachtete das Ganze aus mathematischer Sicht. Selbst komplizierte Gleichungen lassen sich vereinfachen. Ich musste mir alle Faktoren ansehen und sie sortieren. Dem Überwachungsvideo zufolge hatte Dr. Learner sein Labor nicht verlassen. Es gab also vier Möglichkeiten. Erstens: Es existierte noch ein weiterer Ausgang im Labor. Zweitens: Die Kamera wurde manipuliert. Drittens: Dr. Learner hatte sein Labor nicht verlassen. Viertens: Dr. Learner war unsichtbar.

Ich musste lachen. So beeindruckend Graham Davidsons Vorführung war, ich konnte einfach nicht glauben, dass Dr. Learner einen funktionierenden Unsichtbarkeitsanzug erfunden hatte. Einen bedeutenden Durchbruch in diese Richtung vielleicht, aber keinen funktionierenden Anzug. Ich musste die Dinge mit eigenen Augen sehen, bevor ich sie glaubte. Trotzdem kam ich ins Grübeln – konnte man einen Unsichtbarkeitsanzug überhaupt sehen? Ich musste noch mehr lachen und ein Mann, der laut in sein Telefon meckerte, sah mich an wie eine Verrückte.

Ich brauchte ungefähr zwanzig Minuten für den Heimweg. Die Sonne brannte mir auf den Scheitel. Heute Abend würde es sich beim Kämmen anfühlen, als riebe ich mir mit Schmirgelpapier die Kopfhaut. Ich war schweißgebadet und froh, als ich endlich in unsere Straße bog. Dann fiel mein Blick auf die Eingangstreppe. Ich seufzte. Sammy Delgado saß auf den Stufen.

»Alice!«, rief er und sprang auf. In seinen gebügelten Kakishorts, dem blauen Hemd und dunkelblauen Blazer wirkte er wie aus einer Segelzeitschrift entsprungen. »Hallo! Ich hab auf dich gewartet. Wir konnten uns gestern gar nicht unterhalten.« Sammy wurde rot und starrte seine Schuhspitzen an. Wahrscheinlich erinnerte er sich gerade, dass ich ihn zuletzt heulend aus dem Raum rennen sehen hatte.

»Hallo, Sammy.« Ich ging an ihm vorbei und schloss die Haustür auf.

Sammy guckte mich an wie ein Hund, der beobachtet, wie ein Sandwich belegt wird.

»Möchtest du reinkommen?« Ich hatte keine Wahl.

Er strahlte, als hätte ich ihn ins Disneyland eingeladen, stürzte zur Tür herein und blieb dann stehen, unschlüssig, was er als Nächstes tun sollte.

»Setz dich.« Ich nickte zum Sofa im Wohnzimmer. »Ich hole uns was zu trinken. Was möchtest du?« Ich öffnete den Kühlschrank und mir starrten leere Fächer entgegen. Ich versuchte die Kälte aufzusaugen. »Wir haben Leitungswasser.«

Ich musste Dad an den Wocheneinkauf erinnern.

»Wasser wäre toll«, sagte Sammy.

»Und – was machst du hier?« Ich warf ein paar Eiswürfel in

ein Glas, hielt es unter den Wasserhahn und brachte es Sammy.

»Ich dachte, wir könnten über den Fall reden. Ich wollte schon heute Morgen kommen, aber Dad hat darauf bestanden, dass ich mit zur Uni gehe, wenn er seinen Doktortitel erhält.« Sammy ließ sich auf die Couch sinken. »Was hast du im Labor gefunden? Gab es irgendwelche Spuren? Hat sich jemand verdächtig verhalten?«

»Sammy, ich hab's dir schon gesagt. Ich arbeite nicht mit einem Partner.«

»Ich weiß, aber du arbeitest für meinen Dad.«

»Und deshalb muss ich dich mitmachen lassen?«

»Nein, aber ich will dir helfen. Onkel Adrian ist ein guter Freund der Familie. Ich will dir helfen ihn zu finden. Es ist sehr wichtig.« Sammy schob das Kinn vor. Als er sah, wie ich ihn anstarrte, zog er es wieder ein. »Ich kenne Onkel Adrian gut. Ich habe Insiderinformationen.«

Es war, als würde ich einen Hund mit einem Knochen abwehren. Er kam immer wieder und wollte mehr. »Weißt du, wo Dr. Learner ist?«, fragte ich.

Sammy schwieg. Jetzt sah er aus wie ein begossener Pudel. Ich seufzte wieder. Ich konnte mich selbst nicht leiden, wenn ich so fies war. Dad hatte gesagt, ich sollte gnädig mit Sammy sein.

»Na gut. Ich verstehe. Du willst helfen. Also, was weißt du über Dr. Learner?«

»Oh, er ist toll. Er ist unheimlich intelligent, aber auch ein bisschen merkwürdig. Na ja, ich schätze, die meisten besonders intelligenten Leute sind irgendwie merkwürdig. Also, ich meine nicht, dass *du* merkwürdig bist, Alice …«

»Schon gut, Sammy, ganz langsam. Sag mir einfach, was du weißt.«

Sammy trank einen Schluck Wasser, verschluckte sich und begann dann noch mal von vorn. »Onkel Adrian ist sehr, sehr nett. Er lässt mich bei seinen Experimenten zusehen, selbst wenn sie gefährlich sind. Und die Sachen, die ich nicht verstehe, erklärt er mir immer. Er kann toll erklären. Aber irgendwie hat er sich seit Weihnachten verändert. Es ist, als wäre er in Gedanken ständig woanders.«

Ungefähr den gleichen Zeitraum hatte auch Graham Davidson genannt, in dem Dr. Learner so geheimnisvoll geworden sei. Und es passte auch zu dem großen Durchbruch, wenn man Mr Delgado glaubte. Vielleicht befürchtete Dr. Learner, dass die Konkurrenz ihm seine Ideen klauen wollte. Ich fragte mich, ob er wohl auch Angst vor einer Entführung gehabt hatte?

»Wie anders? Was ist passiert?«

Sammy rutschte unbehaglich auf dem Stuhl herum und starrte gebannt seine Schuhspitzen an.

»Hatte er Probleme bei der Arbeit?«, hakte ich nach. »Gab es einen Grund, warum er vielleicht abhauen wollte?«

Immer noch keine Antwort.

»Sammy?« Meine Stimme war schärfer als beabsichtigt und er zuckte zusammen.

»Nein«, sagte er kleinlaut. »Ich weiß nichts von Problemen.«

»Na schön. Was ist mit seiner Erforschung der Unsichtbarkeit? Du meinst, du hast ihm geholfen. Kannst du mir sagen, woran er genau gearbeitet hat? Hast du eine Ahnung, wo seine Unterlagen sind?«

Wieder zuckte Sammy zusammen. Sein offener Mund formte ein perfektes O. Er hatte wohl vergessen, dass er mir davon erzählt hatte.

»Ich habe ihm wirklich geholfen«, sagte Sammy zögernd und schob die Hände unter sich, um sie still zu halten. »Aber nicht im Labor. Ich meine, das wäre auch gegangen, ich bin ganz gut in Physik, aber Dad sieht mich nicht gern im Institut. Er meint, ich störe nur.« Er seufzte. »Aber ich habe Onkel Adrian mit anderen Dingen geholfen, Erledigungen für ihn gemacht und aufgeräumt. So was …« Dann schwieg er.

Doch ich kaufte es ihm nicht ab. Keiner prahlt damit, einem Wissenschaftler beim Durchbruch geholfen zu haben, wenn er nur aufräumen durfte. Außerdem hatte Sammy ausdrücklich gesagt, er hätte Dr. Learner im Labor assistiert. Andererseits, Sammy war Sammy. Was wusste ich schon?

»Er hat sich also seit Weihnachten verändert. Vielleicht war er einfach sehr beschäftigt?«

Sammy biss sich auf die Lippe und schüttelte den Kopf. »Nein, Onkel Adrian war nicht einfach sehr beschäftigt. Er war anders. Er hat Dinge vergessen, die er versprochen hatte. Das ist ihm früher nie passiert. Er schien sich ernste Sorgen zu machen. Und jetzt ist er verschwunden. Und seine Unterlagen auch. Du musst ihn finden, Alice!«

Sammy sah mich mit großen feuchten Augen an, als könnte ich alles wieder in Ordnung bringen. Aber das hier war kein Eichhörnchen in der Wand, hier ging es um einen echten, *verschwundenen* Menschen.

»Erzähl mir, woher sich dein Vater und Dr. Learner kennen.« Ich glaubte zwar nicht, dass es wichtig war, aber ich wollte das Thema wechseln.

»Von der Uni. Sie haben zusammen an der Universität von Pennsylvania Physik studiert. Dad hat gerade Geld für den Bau eines neuen Gebäudes gespendet, weißt du?«

»Hab davon gehört.«

»Die beiden veranstalteten sogar Shows zusammen. Dad hat erzählt, einmal haben sie …«

Ich unterbrach ihn. »Bleib bei der Sache, Sammy.«

»Okay, jedenfalls hat Onkel Adrian dann einen großen Preis gewonnen und ist nach Kalifornien gegangen, um an einem Forschungsinstitut zu arbeiten. Aber als Dad seine Firma gründete, hat er Onkel Adrian eine Stelle angeboten und da ist er nach Pennsylvania zurückgekehrt. Dad sagt, sie haben immer davon geträumt, zusammen ein Labor aufzumachen.«

Sammy wischte sich mit dem Handrücken über die Nase. Er blickte mich wieder erwartungsvoll an, als hätte er mir gerade alle Hinweise geliefert, die ich zur Lösung des Falls brauchte.

Ich nahm ihm das leere Glas aus der Hand. »Gut, Sammy. Danke für deine Hilfe.«

»Warte! Das war's?«

»Das war's.« Ich wusste, dass ich ihn enttäuschte, aber ich konnte nichts dafür, dass er mich für eine Art Superheldin hielt.

»Aber was ist mit dem Labor? Erzählst du mir nicht, was du gefunden hast? Müssen wir nicht irgendwelche Spuren verfolgen?«

Anscheinend ließ er sich nicht so einfach abwimmeln. Da kam mir eine Idee.

Früher, wenn ich Dad nicht in Ruhe lassen wollte, schickte er mich immer auf Schatzsuche. Erst stellte er mir leichte Aufgaben, wie ein weißes Kissen zu finden oder einen Apfel. Aber dann wurden die Aufgaben immer schwerer, bis er etwas Unmögliches von mir verlangte, und ich so ins Spiel versunken war, dass ich es nicht merkte. Einmal sollte ich ihm einen Regenbogenfrosch bringen. Drei Stunden lang drehte ich im Park jedes Blatt um, bis Mom mich fand.

»Da ist tatsächlich etwas, das du für mich tun kannst«, sagte ich. Sammys Gesicht leuchtete auf wie ein Weihnachtsbaum.

»Was? Was soll ich tun?«

»Ich weiß, dein Vater will nicht, dass du dich im Labor herumtreibst, aber kommst du irgendwie rein?«

Sammy grinste. »Klar. Ich hab Onkel Adrian ständig besucht. Aber sag's nicht meinem Dad, versprochen?«

»Versprochen.« Ich suchte die Fotos von Dr. Learners Büro heraus. »Hier. Schau dir das an. Siehst du die Überwachungskamera?«

Sammy nickte.

»Und die Metallhalterung hier an der Seite?«

Er nickte wieder, so heftig, dass er damit eine Gehirnerschütterung riskierte.

»Ist das die Spur? Wie Onkel Adrian aus dem Büro gekommen ist?« Sammy war so aufgeregt, dass die Fragen nur so aus ihm heraussprudelten. »Was ist das? Eine Art Befestigung? Für eine Satellitenschüssel? Ein Hologramm-Projektor? Oder …«

Ich unterbrach ihn, bevor er sich an seiner Zunge verschluckte. »Ich weiß noch nicht, *was* das ist«, sagte ich geheimnisvoll, »aber heute im Institut … war es nicht mehr da. Vielleicht ist es wichtig, vielleicht auch nicht, aber wenn du dieses Stück Metall finden könntest, würdest du uns einen Riesenschritt weiterbringen.«

Sammys Augen glänzten. Sein Mund klappte auf, dann zu und wieder auf.

»Aber pass auf, dass niemand mitbekommt, was du suchst. Falls diese Klammer der Schlüssel ist, bringst du dich damit vielleicht in Gefahr.« Ich konnte der Versuchung nicht widerstehen, die Aufgabe aufregender auszumalen, als sie war. Mit ein bisschen Glück wäre ich Sammy damit für den Rest des Sommers los.

Zehn

Sobald ich Sammy los war, verbarrikadierte ich mich in Dads Arbeitszimmer, um im Internet nach dieser Firma zu recherchieren, die Dr. Learner anheuern wollte. Das war die einzige handfeste Spur, die ich hatte.

Chronos R&D. »R&D« stand anscheinend für *Research and Development*, Forschung und Entwicklung.

Chronos hatte seinen Sitz im Norden des Staats New York. Ziemlich hoch im Norden, wo es nur Wälder und Bauernhöfe gibt und im Winter der Schnee nicht in Zentimetern, sondern in Metern gemessen wird. Auf ihrer Website nannten sie sich ein »unabhängiges Forschungsinstitut, das mit den größten Wissenschaftlern der Welt zusammenarbeitet, um die größten Probleme der Welt zu lösen«.

Die Suchmaschinenergebnisse gaben verschiedene Hinweise darauf, dass sie nicht unbedingt fair spielten.

Ich stieß auf drei Gerichtsverfahren gegen Chronos R&D, und das allein auf der ersten Seite. Da die Verhandlungen noch liefen, wurden die Einzelheiten unter Verschluss gehalten, aber soweit ich sehen konnte, warf man Chronos vor, dass sie sich an geistigem Eigentum vergriffen hatten. In anderen Worten, sie hatten Forschungsergebnisse geklaut. Chronos spionierte aus, woran die Konkurrenz arbeitete, und beschäftigte sich dann mit dem gleichen Thema. Und gewöhnlich kamen sie als Erste zu einer Lösung. Falls sie die ganze Arbeit selbst machten, ließ sich daran natürlich nichts ändern. Aber falls sie ihren Vorsprung erreichten, weil sie sich »Einblick« in die Arbeit der anderen verschafften, hatten sie ein Problem.

Wenn Chronos Dr. Learner abwerben wollten, hieß das, sie waren hinter seiner Forschung her? Wollten sie ihn wirklich einstellen oder nur nah genug an ihn herankommen und dann seine Ergebnisse klauen? Dieser Unsichtbarkeitsanzug musste ziemlich phänomenal sein, wenn sie dafür einen weiteren Prozess riskierten. Falls man Chronos bei der Industriespionage erwischte und verurteilte, drohten riesige Geldstrafen, wenn nicht sogar Gefängnis. Dr. Learner und Mr Delgado waren Freunde. Ich glaubte also nicht, dass Dr. Learner seinen Anzug freiwillig einer anderen Firma zur Verfügung stellen würde. Andererseits, wer kann schon sagen, was Menschen für den richtigen Preis tun würden? Ich habe mit eigenen Augen gesehen, wie ein Junge für zehn Dollar einen Wurm aß.

Ich hätte Graham Davidson fragen sollen, wie viel genau die Diamanten im Labor wert waren. Er sagte zwar, sie seien synthetisch, also künstlich hergestellt, aber es blieben dennoch

Diamanten. Ob es wohl noch mehr gab als die zehn, die ich gesehen hatte?

Die Haustür knallte.

Ich stellte den Computer ab und folgte dem Lärm. Della polterte an mir vorbei und rannte die Treppe hinauf, die Arme voller Notenblätter. Die Tür meines Zimmers schlug zu, dann flog sie wieder auf. Nach ihr kam Dad ins Haus. Er sah aus, als hätte ihn ein Zementmischer überrollt.

»Was ist los?«, fragte ich.

»Della ist in der zweiten Runde. Jetzt muss sie überlegen, ob sie sich die Haare rot färbt.«

»Zweite Runde, das ist doch gut, oder? Warum ist sie so schlecht drauf?«

Della kam wieder herunter und sah sich um, als hätte sie etwas verloren.

»Alle anderen, die in der zweiten Runde sind, haben rote Haare«, sagte sie. »Ich will zeigen, dass ich mich für die Rolle engagiere, aber ich will nicht, dass sie mich für …«

»… verzweifelt halten«, beendete ich ihren Satz.

Della funkelte mich empört an.

»Ich meine nicht, dass du verzweifelt *bist*. Ich meine nur, es könnte so wirken, wenn du dir für die zweite Runde die Haare färbst.« Psychologische Unterstützung ist nicht unbedingt meine Stärke. Meistens sage ich, was ich denke. Und anscheinend ist das, was ich denke, oft nicht sehr taktvoll. Ich fragte mich, ob Della bei Vorsprechen immer so war oder ob es daran lag, dass Mom ihr diesmal nicht die Hand halten konnte.

»Na ja, ehrlich gesagt *bin* ich verzweifelt. Ich bin zwölf. Das ist wahrscheinlich meine letzte Chance, in *Annie* die Hauptrolle spielen zu können.«

»Aber du siehst viel jünger aus als zwölf«, tröstete Dad sie. »Du könntest dich für zehn ausgeben.«

Della musste die einzige Zwölfjährige auf der Welt sein, die froh war jünger auszusehen. Aber Annie war eine Traumrolle, das begriff sogar ich.

»Ich finde, du solltest blond bleiben«, sagte Dad. »Wenn alle rote Haare haben, fällst du umso mehr auf. Färben kannst du es später immer noch.«

»Finde ich auch«, sagte ich schnell.

Della legte den Kopf schräg, um zu betonen, dass sie darüber nachdachte.

Dad sah heimlich auf die Uhr. Es war eins, er hatte also noch fünf Stunden Zeit, bevor die Zeitung in den Druck ging. Wahrscheinlich musste er die Fortsetzung seines Artikels über Dr. Learners Verschwinden rechtzeitig fertig kriegen.

Außerdem schien es nicht so, als käme Della schnell zu einer Entscheidung.

»Warum rufst du nicht Mom an und fragst sie?«, schlug ich vor. »In Italien isst man jetzt Abendbrot. Genau die richtige Zeit zum Telefonieren.«

Della strahlte ihr Megawattlächeln. »Du bist ein Genie, Alice! Ich bin oben. Holt mich, wenn es Essen gibt. Beim nächsten Vorsprechen müssen wir tanzen, das heißt, ich brauche Kohlenhydrate. Pasta, so gegen sechs.« Und damit machte sie auf dem Absatz kehrt und verschwand die Treppe hinauf.

Dad schob sich die Brille auf die Stirn und massierte seine Nasenwurzel. »Jetzt, wo die Krise überstanden ist, muss ich zurück in die Redaktion.«

»Haben sie deine Story angenommen?«

»Nicht ganz«, seufzte er. »Weil es um Industriespionage geht, muss die Geschichte von unserer juristischen Abteilung geprüft werden. Dafür war nicht genug Zeit.« Dad ging zum Kühlschrank und schnappte sich eine Wasserflasche. »Die Chefredakteurin sagt, ich soll ruhig weiter daran arbeiten, aber für morgen muss ich was abliefern, das ans Herz geht. Bis heute Abend soll ich also irgendein schmalziges Rührstück schreiben über den Mann, der alles tut, was in seiner Macht steht, um seinen besten Freund zu finden.«

Oje. Von Rührstücken bekam Dad immer schlechte Laune. Sie passten nicht zur Mission von Arthur Jones, dem Kreuzritter der Wahrheit. Außerdem wussten wir beide, dass Mr Delgado alles hatte, nur kein Herz.

»Tut mir leid, Dad«, sagte ich. »Kann ich dir irgendwie helfen?«

Ich erkannte die Falle erst, als ich hineintappte, und da war es zu spät.

»Lieb, dass du fragst. Ja, du kannst etwas für mich tun. Du könntest zu Dr. Learner nach Hause fahren und mit seinen Nachbarn reden. Wir brauchen Hintergrundinformationen.

Du weißt schon, der Wissenschaftler von der menschlichen Seite.«

Über uns hörten wir Della steppen. Wahrscheinlich zeigte sie Mom gerade den »Kick-Ball-Tap«. Es klang, als würden hundert wütende Nachbarn auf unsere Decke einhämmern. Vielleicht war es auch nur eine Vorahnung. Jedenfalls nutzte Dad meine kurzfristige Abgelenktheit und machte sich durch die Haustür aus dem Staub. Ich schaffte es gerade noch, hinter ihm herzurennen.

»Ist das dein Ernst? Willst du wirklich, dass ich allein zu Dr. Learner fahre und mit den Nachbarn rede? Wonach soll ich denn fragen?«

Ich erinnerte mich daran, was Graham Davidson gesagt hatte. *Er fing sogar an seine Aufzeichnungen jeden Abend in einem abschließbaren Aktenkoffer mit nach Hause zu nehmen.*

»Oder glaubst du, ich finde Dr. Learners streng geheime Unterlagen? Hat die Polizei seine Wohnung nicht längst durchsucht?«

»Dr. Learner ist erst sei vierundzwanzig Stunden verschwunden. So früh bekommt die Polizei keinen Durchsuchungsbeschluss. Sie haben höchstens mal geklingelt, um nachzusehen, dass er nicht zu Hause im Bett liegt. Fahr hin, sieh dich um. Vielleicht hast du Glück.« Dad grinste. »Finde irgendwas, das ans Herz geht. Wer war der Mann hinter dem Wissenschaftler? Diese Richtung. Mit dir werden die Nachbarn reden. Einem Reporter erzählt niemand was. Da machen immer alle dicht.«

Er stieg in den Plymouth und ließ den Motor an.

Ich rannte die Stufen hinunter und stellte mich vor den Wagen, die Hände auf der Haube, so dass er nicht wegfahren konnte.

Ich wollte wissen, warum er nicht Della losschickte, um die Nachbarn zu befragen. Sie war viel liebenswerter als ich. Aber ich fragte nicht. Ich wusste genau, warum Dad mich gebeten hatte. Wir waren ein Team. Seit dem Tag, als ich nach Philadelphia zu ihm zurückgekehrt bin.

»Komm schon, Alice. Wir haben wenig Zeit. Wenn du Angst hast, allein zu gehen, ruf einen Freund an.« Dad beugte sich aus dem Fenster und zog die Augenbrauen hoch.

»Sehr witzig. Wer würde bei so was schon freiwillig mitkommen?«, fragte ich. »Und jetzt sag nicht Sammy. Den bin ich gerade losgeworden.«

Mir war klar, dass Dad nicht lockerlassen würde. Wenn eine Story auf dem Spiel stand, hatte er eine Mission. Mir blieben noch circa dreißig Sekunden, bis er mich mit der Stoßstange anstupsen würde, damit ich ihn durchließ. Aber wenn ich ihm schon half, hatte ich Bedingungen.

»Na gut«, sagte ich. »Ich mache die Hintergrundrecherche. Aber dafür möchte ich was im Gegenzug.«

»Was du willst.«

»Den Rest des Sommers überlässt du mir das Killer-Sudoku hinten in der Zeitung. Und das Kreuzworträtsel auch. Ich darf es ganz alleine lösen und du siehst mir dabei nicht über die Schulter oder machst Vorschläge.«

Dad verzog sein Gesicht, als hätte ich ihn um eine Organspende gebeten. »Wie wäre es mit vier Wochen?«

Ich starrte ihn durch die Scheibe an. »Den Rest des Sommers. Ganz oder gar nicht.«

»Du verhandelst knallhart, Alice.« Er sog die Luft durch die Zähne ein. Ich war empört, dass er überhaupt darüber nachdenken musste. »Na schön«, sagte er schließlich. »Du kannst die Rätsel haben, aber dafür will ich detaillierte Notizen und Fotos vom Schauplatz.«

»Abgemacht.« Ich ging zur Seite. Sofort riss Dad das Lenkrad herum und trat aufs Gas. Dann machte er eine Vollbremsung und sein Kopf erschien noch mal im Fenster.

»Finde raus, ob er eine Katze hat, okay? Die Leute lieben Haustiere.«

Dann schoss er auf die Straße und verschwand.

Elf

Dad blieben fünf Stunden, um den Artikel zu schreiben. Mir blieben vier, bis ich für Della Abendessen kochen musste. Ich durfte keine Zeit verlieren. Immer zwei Stufen auf einmal lief ich nach oben.

»Della, ich muss noch mal weg. Ich bin pünktlich zurück und mach dir Essen.« Das wollte ich zumindest sagen. Aber ich kam nicht dazu.

Als ich die Tür aufmachte, saß Della mit dem Rücken zu mir und ich sah an ihren bebenden Schultern, dass sie weinte.

»Ich weiß, Mom«, schluchzte sie. »Aber es ist echt schwer. Dad und Alice verstehen überhaupt nichts. Und Dad schreibt gerade einen Artikel und ...«

Ich wich zurück und schloss so leise wie möglich wieder die Tür. Unter mir knarrte eine Diele. Ich erstarrte, aber Della bemerkte mich nicht.

»Nein, es geht«, sagte sie. »Alice kocht heute Abend. Ja, ich habe es ihr gesagt. Kohlenhydrate.«

Ich verdrehte die Augen, doch innerlich musste ich lächeln. Meine Schwester nahm die Schauspielerei todernst, selbst wenn sie am Ende war.

»Keine Ahnung. Ich glaube, es macht ihr nichts aus. Aber komisch ist es schon. Eigentlich sollte er sich um uns kümmern und nicht umgekehrt.«

Mir stockte der Atem. Ich konnte mir vorstellen, wie Mom am anderen Ende der Leitung in irgendeinem schicken italienischen Hotel tröstliche Worte gurrte. Offensichtlich wirkten sie. Della seufzte, es klang nach »Wir schaffen das schon«.

»Ja, du hast Recht, ich konzentriere mich einfach auf die zweite Runde. Darf ich den Song noch mal steppen?«

Ich nutzte das Getöse von ihrem Tanz aus, um mich die Treppe hinunterzuschleichen. Dann legte ich ihr einen Zettel auf die Küchentheke, nahm mein Fahrrad und verließ das Haus.

Es war Viertel nach eins und die gleißende Mittagshitze ging in eine stickige Schwüle über, die von den sonnengetränkten Mauern und Straßen abstrahlte und bis lange nach Einbruch der Nacht andauern würde. Ich fuhr auf dem Bürgersteig, obwohl es verboten war, doch es liefen kaum Leute herum und ich fühlte mich sicherer als auf der Straße.

Es brachte mich zur Weißglut, dass Della so ein Theater machte. Andererseits war sie eben Della und Theater war ihr Spezialgebiet. Ich trat fest in die Pedale und wünschte, ich wäre nicht hinaufgegangen, denn dann wäre ich auch nicht wieder zwischen die Fronten von Mom und Dad geraten, dem schlimmsten Ort der Welt. Ich fühlte mich wieder wie mit acht, als ich Mom sagen musste, dass ich nach Philadelphia zurück- und bei Dad leben wollte. Meine Handflächen schwitzten, wenn ich nur daran dachte.

Ich holte tief Luft und versuchte die Gedanken zu verscheuchen. Della hatte mich nicht bemerkt und ich würde einfach so tun, als wäre nichts passiert. Ich würde mich nie wieder auf eine Seite stellen.

»Hey, Professor! Wie geht's?«

Aus einer Gasse kam Kevin Jordan angerauscht. Ich stieg in die Bremsen und mein Magen schlug Saltos.

»Was machst du denn hier?«, rief ich.

»Ich? Nichts.« Er sah nach rechts und links, bevor er die Straße überquerte. »Dein Vater hat mich angerufen. Er sagt, du siehst dir irgendeine Wohnung an, und weil er nicht mitkommen kann, schickt er mich.«

Mein Vater. Der Held. Heute Abend würde ich Hackfleisch aus ihm machen.

Kevin Jordan war wie Falschgeld – er tauchte immer wieder auf. Jetzt umkreiste er mich mit dem Fahrrad.

»Was soll das?«, fragte ich.

»Hab ich doch gerade gesagt, dein Vater schickt mich, weil ...«

»Nein«, unterbrach ich ihn. »Was soll das Ganze? Wir sind keine Freunde. Hast du in den Sommerferien nichts Besseres vor, als mir auf die Nerven zu gehen?«

»Ganz ruhig. Ich will nur helfen. Außerdem schuldest du

mir was. In der Schule hatte ich schon eine Verwarnung. Nachdem ich dich gestern retten musste, haben sie mir einen ganzen Berg Strafarbeiten aufgebrummt. Ich bin dein Held.«

Kevin setzte sein Engelsgesicht auf und starrte dann seine Füße an. Auf Fremde musste es wirken, als würde ich einen Chorknaben mobben. Eine ältere Dame, die ihren Malteser Gassi führte, funkelte mich an wie etwas, das aus dem Gully gekrochen ist. Jeder nette Mensch hätte Mitleid mit Kevin gehabt. Ich nicht.

»Ganz ruhig? Hör zu, Kevin, ich kann dich nicht leiden. Du kannst mich nicht leiden. Warum tust du uns …« Ich brach ab. »Warte mal. Mein Dad hat dir eine Bezahlung versprochen, oder?«

»Zwanzig Mäuse.« Kevin grinste breit und ich konnte sehen, dass er sich am Morgen nicht die Zähne geputzt hatte.

»Na dann, tu, was du nicht lassen kannst«, seufzte ich.

Dr. Learner wohnte in einem kleinen Apartmentblock am Ufer des Delaware, der Drake Towers hieß. Wir schlossen unsere Räder auf dem Parkplatz des Gebäudes am Maschendrahtzaun an. Das dreistöckige Haus bestand aus hellgrauem Beton und sah aus wie mit dem Meißel in die Stadtlandschaft gehauen. Die Flure vor den Wohnungen lagen im Freien, so dass alle Türen direkt nach draußen gingen. Es wirkte eher wie ein Motel als ein Zuhause. Ich fand es merkwürdig, dass Mr Delgado in einer Villa lebte, während sein bester Freund in einem anonymen Klotz hauste. Doch das war wohl der Unterschied, ob man eine Firma besaß oder nur für sie arbeitete.

Dr. Learner wohnte in Apartment 203 und ich ging direkt auf die Treppe zu. Kevin folgte mir.

»Willst du etwa einfach bei den Leuten klingeln und Fragen stellen?« Wir erreichten den ersten Stock.

»So ungefähr.«

Vor der ersten Tür blieb ich stehen und legte den Finger auf die Klingel. Dann hielt ich inne und sah Kevin an. Sein idiotisches Grinsen machte mich noch nervöser.

»Hör zu«, sagte ich. »Das hier ist für die Arbeit meines Vaters. Versuch einfach ganz normal zu sein, okay?«

Er legte sich die Hand aufs Herz, aber das Grinsen verschwand nicht. Resigniert schüttelte ich den Kopf. Ich wette, am Telefon hatte Dad das Ganze ziemlich spannend dargestellt.

»Und überlass mir das Reden.«

In Wohnung Nummer 200 war niemand zu Hause. In Nummer 201 auch nicht. Oder jedenfalls machten sie nicht auf.

Ich dachte schon, ich hatte Glück und musste mit niemandem reden, bis ich bei 202 klingelte. Wer immer hier wohnte, hatte wahrscheinlich die Klingeln der anderen gehört, denn er lauerte direkt hinter der Tür.

Kaum lag mein Finger auf der Klingel, wurde die Tür so energisch aufgerissen, dass die Sicherheitskette rasselte.

»Was wollt ihr?«

Die Frau beäugte uns wie gesuchte Verbrecher. Sie trug einen taubenblauen Jogginganzug und ihr Haar hatte die Farbe eines stumpfen Kupferpennys. Der Scheitel war grau, sie musste dringend nachfärben. Ich nahm mir vor Della zu raten, sie sollte unbedingt blond bleiben.

»Guten Tag«, sagte ich. »Mein Name ist Alice Jones und das ist Kevin Jordan. Wir wollten Ihnen ein paar Fragen zu Dr. Learner stellen. Er wohnt in der Nummer 203.«

Die Frau kniff die Augen zusammen.

»Er ist mein Onkel«, sagte Kevin mit frisch poliertem Heiligenschein. »Er ist verschwunden und jetzt sind wir auf der Suche nach ihm.«

Ich rammte Kevin den Ellbogen in die Seite. Welchen Teil von *Überlass mir das Reden* hatte er nicht verstanden?

»Keine Ahnung, was für ein Spiel du spielst, Fräulein, aber ich spiele nicht mit. Und du«, naserümpfend nickte sie Kevin zu, »deine Visage täuscht mich keine Sekunde. Wenn ihr glaubt, ihr könnt meine Tür aufgrinsen und mir den Schmuck klauen, dann habt ihr euch die falsche alte Schachtel ausgesucht.«

»Wirklich«, flötete ich. »Wir möchten nur mit Ihnen reden.«

Sie schnaubte. »Wenn ihr reden wollt, versucht es bei der Klatschtante aus der 206. Die könnte mit ihrem Gelaber einem Esel die Beine abkauen. Und jetzt seht zu, dass ihr verschwindet!« Und damit schlug sie uns die Tür vor der Nase zu.

Ich hätte von Dad mehr verlangen sollen als das Sudoku und das Kreuzworträtsel.

»Oha«, sagte Kevin.

»Komm, probieren wir es bei den anderen.« Ich ging an Dr. Learners Apartment vorbei und klingelte an der 204. Keine Reaktion.

»Die war ja total gaga.« Kevin folgte mir zu Nummer 205. Wahrscheinlich hatte er Recht, aber ich wollte ihm gerade nicht zustimmen.

»Warum? Weil sie dir deine Engelsmiene nicht abgekauft hat?«

»Nein. Weil sie verrückt ist.« Kevin verschränkte die Arme und lehnte sich an die Betonwand. Niemand machte auf. »Was willst du überhaupt rausfinden? Meinst du, einer von hier weiß, wo dieser Typ ist?«

»Nein«, sagte ich. Wir gingen zur nächsten Tür. »Ich tue nur meinem Dad einen Gefallen.« Ich klingelte bei Nummer 206. Je eher ich ein paar Hintergrundinformationen hatte, desto früher konnten wir gehen.

Diesmal wurde die Tür geöffnet.

Eine ältere Dame in einem mit tropischen Blumen gemusterten Kleid strahlte uns an. Sie war fast so klein wie ich und hatte dunkle Haut, Lachfältchen um die Augen und kurze, graue Locken.

»Hallo! Was kann ich für euch tun?« Ein Zwergspitz versteckte sich hinter ihren Beinen und japste uns an. »Still, Betsy!«

»Ich heiße Alice Jones und das ist Kevin Jordan. Wir wollten Ihnen ein paar Fragen zu Dr. Learner aus Nummer 203 stellen.«

»Kommt doch rein«, sagte sie herzlich und scheuchte uns in ihr Wohnzimmer. Betsy rannte in Kreisen um ihre Beine. Die Einrichtung war genauso geblümt wie das Kleid. In den Regalen standen kleine als Blumen verkleidete Porzellanhunde.

»Bitte, setzt euch doch. Es ist so nett, Besuch zu haben. Ich habe gerade Kekse gebacken. Mein Enkel liebt sie, aber ich kann ihm ja frische machen, wenn er später kommt.« Sie stellte einen Teller mit Schokoladenkeksen auf den Kaffeetisch vor uns und setzte sich. »Also, was wollt ihr beiden Hübschen mich fragen?«

»Na ja, Mrs … äh …«, begann ich und nahm mir aus Höflichkeit einen Keks.

»Nenn mich ruhig Dot, Liebes. Alle nennen mich Dot.«

»Danke, Dot. Wir wollten Sie nach Dr. Learner fragen. Ihr Nachbar aus Nummer 203.«

»Oh, Adrian, so ein charmanter Mann. Er hat mir immer die Post gebracht. Überaus hilfsbereit, auch wenn … nun, ich schätze, das spielt jetzt keine Rolle mehr …«

»Was spielt keine Rolle mehr?«

»Schon gut, man soll nicht schlecht über die Toten reden …«

»Er ist nicht tot!«, sagte ich schnell. »Er ist nur verschwunden.«

»Ach, dann ist ja gut. Möchtest du noch einen Keks?« Ich

war noch nicht einmal mit dem ersten fertig, aber Kevin hatte schon drei verdrückt und griff nach dem nächsten.

»Nein, danke.« Ich warf Kevin einen mahnenden Blick zu, den er gewissenhaft ignorierte. »Was wollten Sie über Dr. Learner sagen?«

»Hmmm?«

Das Gespräch war so zäh wie Tapetenkleister.

»Dr. Learner. Benahm er sich in letzter Zeit etwas anders? Ist Ihnen was aufgefallen?«

»Ach, das. Na ja, ich möchte keinen Klatsch verbreiten. Und ich glaube wirklich, er war sehr beschäftigt. Ich bin mir sicher, dass es nicht seine Schuld ist. Aber, wisst ihr, beschäftigt oder nicht, man sollte auch ein bisschen Rücksicht auf die Nachbarn nehmen.« Sie hielt inne. »Wisst ihr, aus seiner Wohnung kommt so ein *Geruch*. Normalerweise würde ich das nie sagen, aber die arme Betsy muss immer schrecklich keuchen, wenn wir an seiner Tür vorbeikommen. Sie hat eine so empfindliche Nase. Nicht wahr, meine Kleine?«

Ich seufzte. Das war nicht die Art von sentimentalen Details, die Dad brauchte. Ich stellte Dot noch ein paar Fragen, aber mir wurde ziemlich schnell klar, dass ihre Bekanntschaft mit Dr. Learner nicht über die Begrüßung auf dem Hausflur hinausging.

Doch es dauerte noch zehn Minuten, während deren Dot über die arme Betsy und ihre empfindliche Nase redete, bis ich es endlich schaffte, uns loszueisen. Kevin war keine große Hilfe. Ihm schmeckten die Kekse zu gut.

»Mann, war das eine Zeitverschwendung«, sagte ich, als Dot die Tür geschlossen hatte. Vor uns lagen noch vier Apartments. Langsam dröhnte mir der Kopf. »Komm«, sagte ich. »Sehen wir nach, wer sich hinter Tür Nummer 207 verbirgt.«

Ich hob die Hand, doch ich kam nicht zum Klingeln.

»Keinen Schritt weiter!«

Vielleicht war es der barsche Ton oder die Pranke auf meiner Schulter, jedenfalls gehorchte ich. Ich bewegte mich keinen Millimeter.

Zwölf

Nach einer Sekunde, die sich wie eine Ewigkeit anfühlte, ließ mich die Pranke los. Ich merkte, dass Kevin wieder atmete, drehte mich um und starrte den Bauch eines sehr großen Mannes an. Ich musste den Kopf in den Nacken legen und selbst so konnte ich nur die Unterseite seines Kinnes sehen. Er hatte beim Rasieren eine Stelle ausgelassen.

»Seid ihr Gören mit Dr. Learner verwandt?«

»Wer sind Sie?« Ich trat einen Schritt zurück, um ihn besser angucken zu können. Er trug einen mit Ölflecken beschmierten Jeans-Overall. Offensichtlich war er der Hausmeister von Drake Towers. In der linken Hand hielt er einen großen Werkzeugkasten und unter dem Arm eine Rolle Mülltüten.

»Ich bin Mr Ryder, der Hausmeister. Eunice hat mich angerufen und gesagt, dass ihr beiden hier rumschnüffelt.«

Eunice musste die bezaubernde Dame aus Nummer 202 sein.

Kevin stellte sich vor mich und schenkte Mr Ryder ein

Lächeln, das Steine schmelzen lassen konnte. »Wir wollen nur rausfinden, wo er ist.«

»Das will ich auch.« Der Mann grunzte. »Nächste Woche ist die Miete fällig. Aber das ist nicht das Problem.«

»Ach nein?«, fragte ich.

»Jedenfalls noch nicht. Das Problem ist der Gestank. Immer mehr Nachbarn beschweren sich und Gott weiß, Eunice meckert sowieso schon genug. Na ja, jetzt, wo ihr da seid, muss ich mir den Kopf nicht mehr zerbrechen.«

Ich hatte eine Ahnung, worauf er hinauswollte, und konnte mein Glück kaum fassen.

Mr Ryder zog einen riesigen Schlüsselbund heraus und ging die Schlüssel durch, bis er den richtigen fand. Er fummelte ihn vom Schlüsselring und drückte ihn Kevin in die Hand. Mir gab er die Mülltütenrolle.

»Ihr seid verwandt mit ihm. Ihr habt die Verantwortung. Jetzt geht rein und macht sauber.«

»Aber wir sind Kinder«, protestierte Kevin, bevor ich ihn davon abhalten konnte. Das war die perfekte Gelegenheit, Dr. Learners Wohnung zu durchsuchen, und er verbockte es mir beinahe.

»Dann ruft eure Eltern an und sagt ihnen, dass sie hier aufräumen sollen. Ist mir völlig egal. Ich will nur, dass der Gestank verschwindet.«

»Aber …«, begann Kevin. Ich trat ihm gegens Schienbein.

»Wir tun unser Bestes«, sagte ich. »Kommen Sie auch mit?«

»Nee.« Mr Ryder grinste. Und dann schlenderte er pfeifend den Gang hinunter und stieg die Treppe zum zweiten Stock hoch.

»Warum hast du gesagt, wir würden sauber machen?« Kevin sah mich an, als wäre ich verrückt.

»Er hat uns den Schlüssel gegeben! Wir können die Wohnung durchsuchen!«

»Wir machen nicht sauber?«

»Natürlich nicht.« Ich nahm Kevin den Schlüssel ab und rannte zu Nummer 203.

Dot und Mr Ryder hatten Recht. Vor der Tür roch es unangenehm.

Ich steckte den Schlüssel ins Schloss.

»Warte.« Kevin hielt mich auf. »Du glaubst doch nicht, dass *er* da drin ist, oder? Ich meine, der Gestank ...?«

Ich hielt inne und hob schnuppernd die Nase. »Es stinkt nach verfaultem Essen, nicht nach Verwesung«, erklärte ich. »Außerdem hat Mr Delgado gesagt, er hätte bei Dr. Learner zu Hause nachgesehen, soweit ich mich erinnere. Es würden nicht alle nach ihm suchen, wenn er da drin liegt.«

»Wenn du meinst«, sagte Kevin. Sein Gesicht war fahl wie der Bauch eines Fischs.

»Ja, meine ich.« Ich drehte den Schlüssel um und öffnete die Tür.

Der Gestank schlug uns entgegen wie eine Faust. Eine widerliche Mischung aus Schimmel und Fäulnis, altem Käse, ungewaschenen Socken und tausend anderen Dingen, die so eklig waren, dass ich sie mir nicht mal vorstellen wollte. Dr. Learner wurde erst seit zwei Tagen vermisst, aber die Person, die hier sauber machte, fehlte schon viel länger.

Die Eingangstür führte direkt ins Wohnzimmer. Rechts lag die Küche, links das Schlafzimmer, von dem das Bad abging. »Mach das Fenster auf«, sagte ich. Meine Augen tränten.

Kevin hielt sich Nase und Mund zu, stürzte durch das Zimmer und stemmte den Riegel des Fensters hinter der Couch auf. »Die zwanzig Mäuse habe ich mir schwer verdient«, sagte er.

Ich ließ die Tür hinter mir zufallen, zog mir das T-Shirt über die Nase und folgte ihm.

»Spinnst du? Lass die Tür auf, damit frische Luft reinkommt«, sagte Kevin, indem er kurz die Hand von Mund und Nase nahm, sie aber gleich wieder zuhielt.

»Keine Sorge, wir bleiben nicht lang. Ich will mich nur schnell umsehen.« Ich wollte wissen, ob dieser streng geheime Aktenkoffer hier war. Es war unwahrscheinlich, aber möglich. Der Gestank diente als ganz eigenes Sicherheitssystem.

In Dr. Learners Wohnung hatte seit Monaten niemand mehr den Besen geschwungen. In den Bücherregalen im Wohnzimmer herrschte gähnende Leere, ihr Inhalt stapelte sich auf dem Boden. Bücher, Akten, Hefter, Papiere türmten sich auf dem Teppich wie eine Miniaturstadt. Ich kam mir vor wie Godzilla, als ich durch das Chaos watete. Ich machte ein paar Fotos, aber ich hatte nicht das Gefühl, dass Dad scharf auf den Anblick war, jedenfalls nicht für seinen rührseligen Artikel.

Ich fotografierte auch die Küche. Eine Arbeitsplatte lief an zwei Wänden entlang, an der dritten stand ein kleiner Tisch mit zwei Stühlen. Zumindest nahm ich an, dass sich ein Tisch darunter verbarg. Ich konnte die Oberfläche nicht sehen.

Unter meinem Schuh knirschte es unangenehm, als hätte jemand eine Schachtel Cornflakes auf dem Linoleum verschüttet. Ich hoffte jedenfalls, dass es Cornflakes waren. Ich hoffte es inständig, aber der summende Fliegenschwarm über der Spüle hielt mich davon ab, nachzusehen. Ich schluckte und befahl der Brezel, die ich mittags gegessen hatte, in meinem Magen zu bleiben.

Rasch warf ich einen Blick in die Schränke, wobei ich so wenig wie möglich anfasste. Kein Aktenkoffer weit und breit. Der Tiefkühlschrank war leer bis auf eine halb volle Dose Kaffeebohnen und eine leere Eiswürfelschale. Am Kühlschrank hingen jede Menge Zettel und Magnete. Manche ganz alltäglich, wie eine Einkaufsliste für Brot, Käse und Milch. Aber auch Papierschnitzel mit komplizierten Gleichungen und Formeln klebten da. Ich entdeckte ein paar, die ich erkannte, aber die meisten waren zu komplex. Ich fotografierte alles für den Fall, dass Dr. Learner seine Unsichtbarkeitsformel an den Kühlschrank geheftet hatte, bevor er die Stadt verließ.

Unter der obersten Zettelschicht fand ich eine Kinderzeichnung, so alt, dass das Papier an den Rändern brüchig wurde. Es war ein Porträt von Dr. Learner mit riesigem Kopf, winzigen

Beinen und einem Lächeln, breiter als sein Gesicht. Er trug einen Zylinder und hielt einen Zauberstab in der Hand. Ich fragte mich, von wem die Zeichnung stammte. Dr. Learner hatte weder Kinder noch Nichten oder Neffen. So stand es zumindest in der Delgado-Akte. Der Künstler schien Dr. Learner für einen ziemlich tollen Typen zu halten. Ich öffnete den Kühlschrank und schloss ihn gleich wieder. Selbst wenn man mir gesagt hätte, es läge ein Diamant in der Größe eines Tennisballs darin, hätte ich ihn nicht noch einmal aufgemacht.

Würgend taumelte ich ins Wohnzimmer zurück. Kevin streckte den Kopf zum Fenster hinaus. Er war keine große Hilfe.

Die schlimmste Unordnung herrschte in der Mitte des Wohnzimmers und verlief strahlenförmig vom Sofa aus. Ich drückte mich an der Wand entlang zum Schlafzimmer. Ein großes Ölgemälde von einer friedlichen Berglandschaft hing dort, gerahmte Schnappschüsse von Familie und Freunden. Ein Foto fiel mir besonders auf. Darauf hatte Dr. Learner den Arm um Sammy gelegt und beide grinsten selig in die Kamera, während sie einen kleinen silbernen Pokal hochhielten. Blinzelnd entzifferte ich die Aufschrift *Zweiter Platz* und *Chemiewettbewerb*.

Plötzlich wusste ich genau, von wem das Bild in der Küche war. Und ich wusste auch, warum Sammy mir unbedingt helfen wollte den Fall zu lösen. Er wollte seinen Helden retten.

Ich bekam ein flaues Gefühl im Magen und das lag nicht nur an dem Gestank. Was sollte ich Sammy sagen, falls ich

Dr. Learner nicht fand? Doch ich schob den Gedanken beiseite. Es brachte nichts, mir jetzt darüber den Kopf zu zerbrechen. Wenn ich Dr. Learner finden wollte, musste ich eben weitersuchen.

Im Schlafzimmer war es ein bisschen besser als im Rest der Wohnung. Die Schranktüren standen offen, der Inhalt lag mitsamt den Kleiderbügeln in einem Haufen auf dem Bett. Wenigstens hatte Dr. Learner hier nicht gegessen, sondern nur literweise Kaffee getrunken. Auf jeder Oberfläche, die nicht von Büchern oder Kleidern bedeckt wurde, standen Papp-Kaffeebecher. Nicht alle davon leer.

Während ich mich umsah, wurde ich das Gefühl nicht los, dass Kevin und ich nicht die Ersten waren, die die Wohnung unter die Lupe nahmen. Abgesehen von der Unordnung schienen die Dinge nicht ganz an ihrem Platz zu stehen, als hätte sie jemand bewegt und zurückgestellt, aber nicht sehr aufmerksam. Den Aktenkoffer fand ich nicht. Auch nicht, als ich meinen ganzen Mut zusammennahm und unter dem Bett nachsah.

Ich steckte den Kopf ins Bad. Es war überraschend sauber. So sauber, dass ich mich fragte, ob es je benutzt wurde. Ich warf einen Blick in den Badezimmerschrank. Im obersten Fach lagen eine Zahnbürste, Zahnpasta und fünf Schachteln Zahnseide. Das mittlere Fach enthielt Seife und Rasierzeug, das untere war leer. Ich sah näher hin und entdeckte mehrere kleine runde Wasserflecken. Mit dem Durchmesser von Medikamentendosen.

»Ich glaube, jemand war hier und hat seine Medikamente eingepackt«, sagte ich, als ich zurück ins Wohnzimmer ging. Was entweder bedeutete, dass Dr. Learner seine Flucht geplant hatte oder dass der mögliche Entführer zurückgekommen war und die Medizin holte.

Als ich einen letzten Blick ins Schlafzimmer warf, stutzte ich. Zwischen Wand und Bett gab es ein merkwürdig sauberes Rechteck auf dem Boden. Es war teilweise von einem hohen Turm Fachliteratur verdeckt, so dass ich es von der anderen Seite nicht gesehen hatte. In dem Rechteck standen weder Becher noch Bücher, es lag nicht mal Staub darauf. Irgendetwas musste hier gestanden oder gelegen haben und irgendjemand hatte es mitgenommen. Einen Gegenstand in der Größe und Form eines Aktenkoffers.

»Hey, Professor.« Kevin kam ins Schlafzimmer gestürzt. Seine Stimme klang heiser.

»Ja, ja, wir gehen gleich.« Ich machte ein Foto von der leeren Stelle.

»Nein, das meine ich nicht. Es kommt jemand.«

»Was?«

»Ich habe durchs Fenster einen Typen gesehen.«

Ich verstand nicht, warum Kevin so nervös klang. »Na und? Wir dürfen hier sein. Wir haben die Erlaubnis.«

»Wir schon. Aber ich glaube, der Typ nicht.«

Jede weitere Frage meinerseits erledigte sich, als wir hörten, wie die Scheibe eingeschlagen wurde.

Es brach gerade jemand ein.

Dreizehn

»Verstecken!«, zischte ich.

Kevin wollte unters Bett kriechen, doch ich hielt ihn zurück. Nicht mal Kevin Jordan verdiente das, was unter dem Bett war. Außerdem mussten wir in der Lage sein, schnell abzuhauen, und das ging leichter, wenn man nicht flach auf dem Bauch unter einem Bett wartete.

»Hinter die Tür!«

Kevin sprang über einen Berg Wäsche und wir quetschten uns zusammen in die Ecke zwischen Schlafzimmertür und Wand. Ich spürte seinen Atem im Nacken und die losen Strähnen, die sich aus meinem Zopf gelöst hatten, kitzelten wie verrückt.

Wenn ich das Gesicht an den Spalt zwischen Tür und Rahmen drückte, blickte ich auf Dr. Learners Haustür. Das Fenster daneben hatte ein Loch und eine leichte Brise blähte die Vorhänge. Eine Hand wurde durch das Loch gesteckt, sie tastete nach der Klinke, griff zu und die Tür ging auf. Vielleicht kam die Person, die Dr. Learners Wohnung vor uns durchsucht hatte, noch einmal zurück. Hieß das, der Aktenkoffer wurde noch immer nicht gefunden? Und wo war er dann?

»O Mann, was machen wir bloß? Was machen wir bloß?«, flüsterte Kevin. Seine Finger bohrten sich in meine Schulter.

»Psst«, flüsterte ich. »Es ist alles gut. Sei einfach still.« Ich konnte nicht denken, wenn mir Kevin ins Ohr winselte.

Der Einbrecher betrat die Wohnung. Er trug eine Kappe der *Philadelphia Flyers*, die er sich tief ins Gesicht gezogen hatte, und verdeckte den Rest seines Gesichts mit seiner riesigen Hand, die er sich auf die Nase presste. Seine hünenhafte Trapezgestalt kam mir irgendwie bekannt vor. Als hätte ich sie erst heute Morgen gesehen.

Kevins Finger gruben sich tiefer in meine Schulter.

»Er geht in die Küche. Schnell«, sagte ich. Wir verließen unser Versteck und schlichen ins Wohnzimmer.

»Was hast du vor?«, fragte Kevin, als ich einen Bürostuhl von einem Stapel Pizzakartons befreite und ihn leise zur Haustür trug, um den einzigen Fluchtweg zu blockieren. Dann zückte ich mein Telefon und wartete.

»Vertrau mir.« Ich setzte mich. Aus der Küche hörte ich Würgegeräusche, dann kam der Einbrecher nach Atem ringend ins Wohnzimmer zurück.

»Hallo, Graham. Bitte lächeln.«

Der kleine Blitz an meinem Handy flammte auf. Halb gebückt erstarrte Graham Davidson in der Tür. Er sah aus wie eine Katze, die sich am Vorhang festkrallte. Sein Blick wanderte von mir zur Tür und wieder zurück. Er schien wie festgefroren in der Entscheidung, ob er kämpfen oder fliehen sollte.

»Du kennst ihn, Alice?«, fragte Kevin ungläubig.

»Graham ist Dr. Learners Assistent. Wir haben uns heute Morgen kennengelernt.« Ich warf einen Blick auf die Uhr, dann sah ich Graham wieder an. »Anscheinend haben Sie heute früher Feierabend gemacht.«

Grahams Mund klappte auf, aber es kam kein Ton heraus. Es war nicht mal klar, ob er noch atmete. Kein Wunder. Ich wäre auch verblüfft, wenn ich bei meinem Chef einbrechen und dabei von zwei Kindern auf frischer Tat ertappt werden würde. Oder er hatte zu tief im Kühlschrank inhaliert und der Gestank beeinträchtigte seine Gehirnleistung.

Ich versuchte es sanfter. »Der Aktenkoffer ist nicht hier, falls Sie den suchen. Ich habe nachgesehen.«

Damit traf ich ins Schwarze. Graham seufzte und erwachte aus seiner Starre. Er sah zur Decke, als würde er sich fragen: *Womit habe ich das verdient?* Dann ließ er sich auf die Couch fallen. Eine Staubwolke wirbelte auf.

»Das war's dann wohl«, sagte er hustend. »Als du heute Morgen im Labor die Fragen gestellt hast, dachte ich, vielleicht besteht eine Chance, dass alles noch hier ist. Ich hätte wissen müssen, dass es Wunschdenken ist.«

Ich spürte, wie Kevin sich entspannte. Ich warf ihm einen Blick zu, der ihm klarmachen sollte, dass ich das Reden übernahm. Graham wirkte auf mich, als wäre er zum ersten Mal hier, also konnte er es nicht sein, der die Wohnung vor uns durchsucht hatte. Trotzdem wollte ich ihm ein paar Fragen stellen – und zwar ohne dass Kevin es vermasselte.

»Was ist Wunschdenken?«

»Als würde ich dir das auf die Nase binden. Sorry, Kleine. Netter Versuch.«

Ich hielt mein Handy hoch. »Ach ja?«, sagte ich. »Dann muss ich wohl dieses Foto an Mr Delgado schicken und ihm von Ihrem kleinen Besuch hier erzählen. Er ist nicht auf den Kopf gefallen. Er wird sich ausrechnen können, was Sie vorhatten. Und was passiert wohl, wenn ein Laborassistent bei dem Versuch erwischt wird, Firmengeheimnisse zu stehlen? Es gibt bestimmt jede Menge andere Physiker mit Doktortitel, die Ihre Stelle bei Delgado Industries gern übernehmen würden.«

Graham starrte mich an. Seine Finger zuckten. Er fuhr sich mit der Zunge über die Lippen, als wollte er sich auf mich stürzen. Auch Kevin hinter mir wappnete sich. Doch ich hob die Hand, um beide aufzuhalten.

»Denken Sie nicht mal dran«, warnte ich. »Mein Finger liegt auf ›Senden‹. Ich drücke, bevor Sie auch nur stehen.«

»Nein.« Graham hob die Hände. »Nein. Ich rede. Aber du musst mir versprechen, dass du Delgado nichts sagst. Er würde mich sofort feuern. Und dann bekäme ich nie wieder einen Job in einem Labor.«

»Na gut.« Ich nahm das Telefon runter, doch ich behielt den Finger am Knopf. Ich wollte nicht, dass Graham irgendwelche plötzlichen Bewegungen in meine Richtung machte. »Also. Was tun Sie hier?«

»Es ist nicht so, wie du denkst …« Graham brach ab und suchte nach den richtigen Worten.

»Ich bin ganz Ohr.«

»Na ja, vielleicht ist es genau so, wie du denkst. Aber warum auch nicht? Ich nehme an, Dr. Learner ist längst über alle Berge. Warum sollte ich nicht nach seinen Aufzeichnungen suchen? Schließlich habe ich an dem Projekt mitgearbeitet. Ich will auch ein Stück von dem Kuchen haben.« Trotzig stützte Graham die Ellbogen auf die Knie.

»Weiter.«

Er funkelte mich an, aber er fuhr fort. »Nach Dr. Learners Verschwinden habe ich einen Anruf von Chronos bekommen. Sie fragten, ob ich an dem Projekt beteiligt war. Ob ich Dr. Learners Ergebnisse nachstellen könnte. Sie haben mir einen Posten angeboten. Und zwar nicht nur als Assistent, sondern als leitender Wissenschaftler.«

Offensichtlich war Dr. Learner nicht der Einzige, den Chronos von Delgado Industries abwerben wollten.

»Und Sie haben eingewilligt?«

»Nicht ganz.« Mit seinen langen Fingern kratzte er an einem Fleck auf seiner Hose.

»Aha, ich verstehe. Sie konnten die Ergebnisse nicht vorweisen.«

»Wie ich dir heute Morgen gesagt habe, hat Dr. Learner vor etwa einem halben Jahr einen richtigen Verfolgungswahn entwickelt. Er ließ mich nicht mehr ins Labor. Und ich sollte seine Notizen nicht mehr abtippen. Wahrscheinlich ist ihm da der Durchbruch gelungen, den du erwähnt hast. Er muss gewusst haben, wie viel die Leute dafür bezahlen würden …« Graham hielt inne und sah mich mit zusammengekniffenen Augen an.

»Sie meinen, für die Technologie zur Herstellung eines Unsichtbarkeitsanzugs?«, beendete ich den Satz.

Graham schnappte nach Luft, dann röchelte er. »Woher weißt du von dem Anzug?«, krächzte er hustend.

»Spielt keine Rolle.« Ich überlegte kurz Graham ein Glas Wasser zu holen, aber ich wusste nicht, ob ich ein sauberes Glas finden könnte. Also wartete ich seinen Hustenanfall ab, bevor ich ihn weiter ausfragte. Es dauerte eine Weile.

»Sie glauben, er hatte einen Durchbruch, der die Herstellung eines Unsichtbarkeitsanzugs möglich machte?«, fragte ich, nachdem ich sicher war, dass Graham nicht erstickte.

»Nein, ich glaube, dass er nicht nur die Formel entwickelt hat. Ich glaube, er hat ihn fertiggestellt! Er hat den Anzug gebaut!«

»Aber das ist vollkommen verrückt!«, sagte ich und wünschte, ich wäre mir so sicher, wie ich klang. Es war eine Sache, Dad und Della zu erklären, dass ein Unsichtbarkeitsanzug nicht existieren konnte. Doch wenn ein Wissenschaftler wie Graham Davidson es für möglich hielt, lag ich vielleicht diesmal falsch.

»Das dachte ich auch«, sagte Graham. »Aber verstehst du

nicht? Nur so hätte er – wie vom Erdboden verschluckt – aus dem Labor verschwinden können. Er hat die ganze Nacht dort verbracht, und als ich morgens reinkam, hatte er den Anzug an und war unsichtbar. Ich öffnete also die Tür, um nach ihm zu sehen, da ist er dann einfach rausspaziert. Vielleicht ist er in diesem Moment hier und beobachtet uns …«

Ich bekam eine Gänsehaut bei der Vorstellung von einer Welt, in der überall Unsichtbare standen und einen beobachteten. Doch ich schüttelte den Gedanken schnell ab. Nein, selbst wenn Graham Davidson es für möglich hielt, ich konnte nicht daran glauben. Nicht ohne einen handfesten Beweis.

»Hey, wartet mal. Wovon redet ihr überhaupt?« Kevin konnte nicht mehr stillhalten. Die Worte platzten aus ihm heraus.

Graham sah Kevin an, dann mich. »Wer ist der Junge?«

»Er ist …« Ich suchte nach einem Wort, das vertrauenerweckend war, aber auch stimmte. Mir fiel nichts ein. »Er ist mein Partner.«

Kevin schwieg. Anscheinend verschlug ihm die Vorstellung, mein Partner zu sein, die Sprache.

»Ich sage nichts mehr. Jetzt lösch das Foto und lass mich raus aus dieser Müllhalde.«

»Warten Sie. Eine Frage habe ich noch. Wie, meinen Sie, würde ein Unsichtbarkeitsanzug aussehen? Wie groß wäre er?« Ich neigte den Kopf zur Seite. »Meinen Sie, er würde in einen Aktenkoffer passen?«

Graham Davidson stand auf und überragte uns bedrohlich.

Mit seiner Größe stellte er jeden Vorteil, den ich gehabt hatte, buchstäblich in den Schatten.

»Ich habe gesagt, keine Fragen mehr.«

»Na gut.« Ich tat so, als löschte ich das Foto. Seine Antwort brauchte ich sowieso nicht. Ich wusste, dass ich richtiglag. Graham war nicht auf der Suche nach dem Aktenkoffer mit Dr. Learners Unterlagen. Er war auf der Suche nach dem fertigen Anzug.

Wir halfen ihm das Loch im Fenster mit einem Stück Pizzakarton und Paketband zuzukleben, dann gingen wir. Die frische Luft auf der anderen Seite der Tür roch so süß wie eine Schachtel mit frischen Bleistiften. Ich sog sie ein. Ich brauchte dringend eine Dusche. Mehr als eine Dusche. Ich brauchte die Art von Dusche, wie man sie nach einem Strahlungsunfall bekommt.

Graham drängte sich an uns vorbei und rannte die Treppe zwei Stufen auf einmal nehmend hinunter. Er saß in seinem Wagen und fuhr vom Parkplatz, bevor Kevin und ich auch nur das Erdgeschoss erreichten.

»Igitt, ich fühle mich widerlich.« Kevin schüttelte sich.

Ich sah mich nach Mr Ryder um, damit er uns nicht erwischte und zwang die Putzaktion durchzuziehen. Doch offenbar war er woanders beschäftigt.

»Hauen wir schleunigst ab«, sagte ich.

»Ist dieses ganze Unsichtbarkeitszeug echt?«, fragte Kevin, als wir über den verwitterten Asphalt zu unseren Fahrrädern gingen.

»Ich weiß es nicht. Davidson scheint daran zu glauben und er hat einen Doktortitel.«

»Ja, aber ist dieser Learner wirklich so intelligent, wie alle sagen? Ich meine, sieh dir seine Wohnung an. Wer lebt so?«

Ich gab es nicht gerne zu, aber was Kevin sagte, stimmte. Dr. Learners Wohnung hatte auch bei mir eine Menge Fragen bezüglich seiner viel gerühmten Genialität aufgeworfen. Außerdem überlegte ich, wann ich das letzte Mal mein Zimmer aufgeräumt hatte.

Wenigstens war der Ausflug keine völlige Zeitverschwendung gewesen. Ich hatte vielleicht nicht viel für Dads Rührstück gefunden, aber immerhin konnte ich Davidson dazu bringen, unseren Verdacht zu bestätigen.

Dr. Learner arbeitete wirklich an einem Unsichtbarkeitsanzug oder zumindest an den ersten Entwürfen dazu.

Und Chronos versuchte an die Ergebnisse heranzukommen.

Aber ich konnte mir nicht vorstellen, dass Dr. Learner sie aus freiem Willen verkaufen würde. Nicht, nachdem ich die Kinderzeichnung an seinem Kühlschrank gesehen hatte. Oder vielleicht wollte ich es einfach nicht glauben. Ich wollte Sammy nicht sagen müssen, dass sein Held ihn betrogen hatte.

Ich bückte mich zu meinem Fahrradschloss runter und nahm mir dabei vor, meine Schuhe noch heute wegzuwerfen. Kevin lehnte neben mir am Zaun. Das Metall rasselte.

»Hey«, sagte Kevin. »Was würdest du tun, wenn du dich unsichtbar machen könntest?«

Ich sah nicht auf. »Keine Ahnung. Nicht mit dir reden?«

»Du bist so langweilig.«

Das Schloss schnappte auf und ich hielt Kevin sein Fahrrad hin.

»Ich weiß, was ich machen würde.« Er grinste.

Ich fragte nicht. Ich wollte es gar nicht wissen. Ich faltete mein Schloss zusammen und schob mein Rad in Richtung Straße. Kevin rollte seines neben mir her.

»Ich muss sagen, das war ziemlich cool, wie du das Foto von dem Typen gemacht hast. ZACK, jetzt haben wir dich, Blödmann! Ich dachte, der heult gleich. Schade, dass du es gelöscht hast.«

»Wie kommst du darauf, dass ich es gelöscht habe?«

»Äh, weil ich es gesehen habe?«

Ich zog eine Braue hoch. »Aber zuerst habe ich es an mich selbst geschickt. Ich bin ja nicht blöd.«

Ich muss zugeben, Kevins bewundernder Blick gefiel mir. Ich wollte gerade lächeln, als im Augenwinkel etwas Silbernes aufblitzte.

»Was ist?«, fragte Kevin.

»Nichts«, antwortete ich. »Jedenfalls glaube ich, dass es nichts ist.«

Beiläufig spähte ich durch den Maschendrahtzaun zu den geparkten Autos auf der anderen Straßenseite. Falls es derselbe Mercedes war, wollte ich nicht, dass sie wussten, dass ich sie bemerkte. »Ich dachte nur, dass Dad und mir heute Morgen ein Wagen gefolgt ist, und seitdem bin ich ein bisschen nervös.«

»Was für ein Wagen?« Auch Kevin musterte die andere Straßenseite.

»Ein silberner Mercedes.«

»Der da?«, fragte Kevin. Er zeigte mit dem Finger durch den Zaun. Eine Sekunde später ließ der silberne Wagen den Motor an, fuhr los und wirbelte dabei losen Kies und Steinchen auf.

»Ja«, seufzte ich. »Genau der.«

Vierzehn

Mit offenem Mund starrte Kevin dem Mercedes hinterher.

»Warte mal, der ist euch gefolgt?«

Ich verglich das Kennzeichen mit dem auf dem Foto, das ich am Morgen gemacht hatte. Sie stimmten überein. »Sieht so aus.«

»Warum?«

Gute Frage, aber ich hatte da so eine Idee.

Es musste jemand von Chronos sein.

Ich wusste, dass sie an Dr. Learners Ergebnisse herankommen wollten und keine Skrupel hatten, Graham Davidson anzuheuern, um sie zu stehlen. Da war es nicht abwegig, auch die Person zu überwachen, die für Mr Delgado nach Dr. Learner suchte. Vielleicht war Dr. Learner verschwunden, weil er sich vor ihnen verstecken wollte. Oder sie hatten ihn entführt. Wenn sie zu alldem bereit waren, um an die Formeln zu kommen, wer weiß, was sie für den echten Anzug tun würden? Ich schauderte. Dr. Learner war vielleicht ernsthaft in Gefahr.

»Was machst du jetzt? Die Polizei rufen?«

»Denkst du, die würden mir glauben?« Ich schob das Fahrrad auf die Straße und Kevin folgte mir. »Ich sage Mr Delgado und meinem Vater Bescheid. Es ist unangenehm, aber ungefährlich, glaube ich. Sie können mir nichts tun, bevor ich sie nicht zu Dr. Learners Unsichtbarkeitsanzug geführt habe. Und die Chancen dafür sind ziemlich mager.«

Kevin machte den Mund auf, doch ehe er etwas sagen konnte, wurde er von einem weißen Lieferwagen unterbrochen, der direkt vor uns stehen blieb. Die Schiebetür ging auf. Als ich hineinsah, war mein erster Gedanke: *Nicht schon wieder.*

»Alice Jones?« Ein behördlich aussehender Mann in behördlich aussehender Kleidung beugte sich aus dem Wagen. Selbst sein Haarschnitt sah behördlich aus. »Darf ich dich bitten einen Augenblick in den Wagen zu kommen? Agent Reed würde gern mit dir sprechen.«

Hahaha. Als würde ich zu einem fremden Mann in einen dubiosen Lieferwagen einsteigen. Kevin hatte anscheinend den gleichen Gedanken. Er packte mich am Hemd, bereit mich zurückzuhalten.

»Könnte ich Ihren Ausweis sehen?« Hinter dem Mann sah ich lauter Lautsprecher, Bildschirme und Schaltbretter mit beeindruckenden blinkenden Lichtern. Außerdem stand in einer Ecke eine Kaffeemaschine, die benutzter wirkte als der Rest der ganzen Hightech-Ausrüstung.

Der Mann reichte mir ein schwarzes Ledermäppchen. Ich klappte es auf und studierte die Bronze-Marke und den Ausweis, auf dem in fetten Buchstaben »FBI« stand. Ich sah mir das Foto an, dann den Mann. Das Ganze wirkte echt. Außerdem hätte sich für einen gefälschten Ausweis bestimmt niemand den Namen Ian Gerber ausgesucht.

Ich stieg ein und zog Kevin hinter mir her. Hoffentlich dauerte es nicht allzu lange. Ich bezweifelte, dass Della mir glauben würde, wenn ich zu spät zum Abendessenkochen kam, weil sich das FBI mit mir unterhalten wollte.

Agent Gerber zeigte auf eine Frau im Inneren des Wagens und schloss die Tür. Dann setzte er sich in die Ecke und las Zeitung. Ich sah, dass er das Sudoku mit Kuli ausgefüllt hatte. Außerdem sah ich, dass er die obere rechte Ecke falsch hatte, aber es war nicht der richtige Moment, um das jetzt anzusprechen.

Die Frau zeigte mir ihren Ausweis und bedachte mich mit einem netten, warmherzigen, mütterlichen Lächeln, dem ich vertrauen wollte. Ich wette, das FBI hatte sie genau dafür ausgebildet. Sie trug einen kantigen blauen zerknitterten Hosenanzug, der aussah, als hätte sie darin geschlafen.

»Also gut, Agent Reed«, sagte ich und reichte ihr den Ausweis zurück. »Was wollen Sie?«

»Nichts Ernstes. Wir haben nur ein paar Fragen zu Dr. Learner und seiner Forschung.«

»Sie meinen den Unsicht…«

Ich hielt Kevin den Mund zu, bevor er noch mehr Schaden anrichten konnte.

»Keine Angst, wir wissen über Dr. Learners neues Projekt

Bescheid. Wir haben unsere Quellen. Wir würden gern einen Vertrag mit Delgado Industries abschließen, aber es gibt noch andere interessierte Parteien. Wir müssen wissen, wie weit er mit seiner Erfindung ist und ob er sie schon an irgendwen weitergegeben hat. Es ist äußerst wichtig, dass du uns alles erzählst, was du weißt. Es geht hier um nationale Sicherheit.«

Na toll, dachte ich. *Und ich muss Sammy sagen, dass sein Freund vielleicht ein Dieb und ein Verräter ist.*

»Glauben Sie wirklich, ich kann Ihnen weiterhelfen?«

»Mr Delgado hat dir besonderen Zugang zu Delgado Industries gewährt. Das FBI hat sich darüber gewundert, aber manchmal sieht ein Außenseiter mehr als jemand, der zu nah an einem Projekt dran ist. Oder hatte Mr Delgado vielleicht einen anderen Grund, dich anzuheuern?« Agent Reed sah mich durchdringend an. Sie schien mir irgendetwas zu unterstellen, aber ich wusste nicht, was.

»Warum sonst sollte er sie anheuern?«, mischte sich Kevin ein. »An der Schule ist Alice bekannt dafür, dass sie jedes Rätsel löst.«

Er schien wütend. Sein Gesicht färbte sich knallrot. Ich war verblüfft. Kevin Jordan hatte mich soeben verteidigt.

Agent Reed lächelte wieder, diesmal etwas kühler.

»Wir bitten sie nicht, das Rätsel für uns zu lösen«, sagte sie. »Wir bitten sie nur, uns zu sagen, was sie weiß. Und wir bitten sehr freundlich.« Jetzt wandte sie sich wieder an mich. »Bis jetzt.«

Ich zögerte. Ich wusste nicht, wie viel ich sagen durfte.

Wenn Mr Delgado ein Riesengeschäft mit der Regierung abziehen wollte, wäre es ihm dann recht, wenn ich plauderte? Andererseits war ich nicht seine Angestellte. Meiner Meinung nach hatte Mr Delgado die 10 000 Dollar Belohnung für das Auffinden von Dr. Learner jedem in Aussicht gestellt, der in der Gegend Zeitung las, nicht nur mir. Und bisher hatte ich für meine Anstrengungen nichts gekriegt außer jede Menge Ärger. Je schneller Dr. Learner gefunden wurde, desto besser. Mir war es egal, ob das FBI es tat oder ich.

»Was wollen Sie wissen?«

»Alles.«

Und so erzählte ich Agent Reed alles, was ich wusste. Und während ich es ihr erzählte, wurde mir klar, dass es keinen Penny wert war.

Dr. Learner war verschwunden. Chronos wollte seine Forschungsergebnisse haben, aber sie hatten sie noch nicht, also versuchten sie Graham Davidson darauf anzusetzen. Und der hatte auch nichts gefunden. Unwillkürlich fragte ich mich, ob es überhaupt irgendwelche Ergebnisse gab. Ich kam mir vor wie ein Hund, der seinem eigenen Schwanz nachjagt. Ich glaubte, Chronos steckte hinter Dr. Learners Verschwinden. Sie schienen zu allem bereit, um diesen Unsichtbarkeitsanzug in die Finger zu kriegen.

Ich dachte einen Moment über das nach, was ich gerade gesagt hatte.

Wenn die Chronos-Leute versuchten Graham Davidson anzuzapfen, hieß das, sie hatten noch nicht, was sie wollten.

Wahrscheinlich waren sie mir in der Hoffnung gefolgt, ich würde sie zu Dr. Learners Aktenkoffer führen. Bis eben war ich mit meinen Schlussfolgerungen ganz zufrieden gewesen, aber jetzt fiel mir auf, dass mein Hauptverdächtiger unschuldig sein musste. Denn Chronos wäre nicht auf der Suche nach Dr. Learner, wenn sie ihn wirklich entführt hätten.

»Warte«, Agent Reed riss mich aus meinen Gedanken. »Du meinst, Dr. Learners Laborassistent glaubt, es gibt einen funktionierenden Prototyp?« Sie beugte sich zu mir und ihre mütterlichen braunen Augen waren plötzlich scharf und durchdringend.

Kevin konnte einfach nicht die Klappe halten. »Ja, Davidson glaubt, dass Dr. Learner mit dem Unsichtbarkeitsanzug verschwunden ist!«

»Das hat Mr Davidson behauptet, aber es kann nicht sein«, sagte ich schnell.

Doch Agent Reed hörte nicht mehr hin. Anscheinend hatte sie genug erfahren. Sie drehte uns den Rücken zu, griff nach dem Telefon und wies ihren Kollegen an, uns hinauszubegleiten, was er rasch tat.

Als wir aus dem Transporter auf die Straße stiegen, hörte ich noch, wie Agent Reed sagte: »Hallo, Herr Direktor. Wir haben die Bestätigung.«

Bevor sie mehr sagen konnte, wurde die Tür zugeschlagen.

Kevin sah mich an. »Warum hast du nichts von dem Auto erzählt, das dich verfolgt?«

»Ich hatte nicht das Gefühl, dass Agent Reed an *mir* Interesse hatte.« Außerdem waren mir weder sie noch Agent Gerber sympathisch und die Vorstellung, sie um Hilfe zu bitten, bereitete mir Zahnschmerzen. Doch Kevin hatte Recht. Eine zweite Chance, den Mercedes anzuzeigen, bekam ich vielleicht nicht so schnell.

»Hey!« Ich schlug mit der flachen Hand gegen den Lieferwagen.

Die Schiebetür ging auf und Agent Gerber sah zu mir herunter. Er hatte den Kurs »Freundliche Mienen für Kinder« offensichtlich noch nicht belegt.

»Was ist?«

»Eine Sache noch.« Ich zog mein Smartphone heraus und suchte nach dem Foto. »Seit Mr Delgado mich gebeten hat nach Dr. Learner zu suchen, werde ich von einem Auto verfolgt.«

»Wirklich?«, fragte er und ich hörte ihm an, dass er mir nicht glaubte.

»Ja, wirklich. Ich habe das Nummernschild fotografiert. Zwei Typen sind meinem Vater und mir von Delgado Industries nach Hause gefolgt und vorhin waren sie auch hier. Dann sind sie überstürzt weggefahren, als das Genie hier«, ich nickte zu Kevin, »mit dem Finger auf sie gezeigt hat.«

Ich hielt Agent Gerber das Foto hin. Er sah es sich an und schnalzte mit der Zunge. »Na gut. Ich schreibe mir das Kennzeichen auf. Seid vorsichtig.«

Dann ging die Tür wieder zu. Diesmal hatte ich das Gefühl, er würde sie nicht wieder öffnen, egal wie laut ich klopfte.

»Wow«, sagte Kevin. »Das *FBI*. Wir haben mit dem *FBI* geredet.«

Für jemanden, der vor nichts Respekt hatte, wirkte Kevin ziemlich beeindruckt.

»Hey, warte mal«, sagte er dann. »Wenn die vom FBI Dr. Learners Wohnung überwachen, warum haben sie uns dann nicht geholfen, als Davidson eingebrochen ist? Sie wussten doch, dass wir dort waren. Wir hätten in Gefahr sein können!«

»Aus dem gleichen Grund, warum die Typen aus dem Mercedes nicht reingekommen sind. Sie wollten sehen, was wir finden.«

»Willst du weiter nach ihm suchen? Nach dem Wissenschaftler?«

»Ich weiß nicht. Vielleicht.«

Das war gelogen. Ich wusste, dass ich weitersuchen würde. Ich war genauso schlimm wie Dad, wenn ich die Spur eines Rätsels verfolgte. Ich konnte es einfach nicht ungelöst lassen. Mir ging es nicht mehr darum, Mr Delgado eines Besseren zu belehren. Jedenfalls nicht nur. Ich wollte Sammy einfach die Wahrheit sagen können. Selbst wenn mir nicht gefiel, wie er ständig an mir klebte, hatte er es doch verdient, zu erfahren, was aus seinem Freund geworden war.

Kevin starrte mich an.

»Was ist los?«

»Du bist nicht ganz normal, weißt du das?«, sagte er nach einer langen Pause. »Gib mir mal dein Telefon.«

Er nahm es mir aus der Hand und drückte auf ein paar Tasten.

»So. Das ist meine Nummer. Wenn du das nächste Mal denkst, du bist ihm auf der Spur, ruf mich an. Geh nicht allein.«

»Ist das dein Ernst?«

Kevin gab mir das Telefon zurück. »Du weißt doch, was in Filmen passiert, oder? Ich will nur nicht, dass du so endest. Ruf mich an oder deinen Dad. Ganz egal, Hauptsache, du hast Verstärkung.«

»Gut. Okay. Ich rufe jemanden an. Können wir jetzt gehen? Ich habe meiner Schwester versprochen ihr etwas mit Kohlenhydraten zu kochen.« Ich schwang das Bein übers Rad und fuhr los. Kevin war direkt hinter mir.

»Du hast eine Schwester?«

Ich weiß nicht, wie es passierte, aber plötzlich unterhielt ich mich mit Kevin Jordan. Nein, wir unterhielten uns nicht. Ich schüttete ihm das Herz aus. Über Della, und dass sie wegen des Vorsprechens durchdrehte. Wie Dad mit seinem Artikel beschäftigt war und Mom wahrscheinlich dachte, er vernachlässigte uns. Ich erzählte Kevin, ich wünschte, ich könnte die Probleme unserer Familie lösen wie eine Matheaufgabe, indem ich Gleichungen aufstellte und zu einem ordentlichen Ergebnis kam.

»Dann könnte ich alle glücklich machen, weißt du, was ich meine? Und gerecht wäre es auch.«

Kaum hatte ich es ausgesprochen, bereute ich es, aber es war zu spät.

»Genug geredet«, sagte ich. »Musst du nicht hier abbiegen?«

»Nein, ich bin auf dem Weg in die Stadt. Ich begleite dich nach Hause.«

Während wir so Seite an Seite durch die schwüle Nachmittagshitze radelten, konnte ich nicht sagen, ob er sich über mich lustig machte oder wirklich nett sein wollte.

Ich war erleichtert, als wir endlich vor unserem Haus standen. Ich schleppte mein Fahrrad die Stufen hinauf. Kevin bot seine Hilfe an, aber ich sagte, er hatte für einen Tag genug getan.

»Hör mal, was mein Honorar angeht …« Kevin hatte den Fuß auf der untersten Stufe, aber ich versperrte ihm den Weg.

»Mein Vater ist nicht da, du musst ein andermal wiederkommen.«

»Nein, das meinte ich nicht. Sag ihm einfach, es hat sich erledigt.« Er legte den Rückwärtsgang ein und stieg wieder auf sein Rad.

»Wie meinst du das?«, rief ich ihm hinterher.

»Ich brauche das Geld nicht«, rief er. Dann trat er in die Pedale, als wäre der Teufel hinter ihm her, und raste davon.

Die Liste der Dinge, die keinen Sinn ergaben, wurde immer länger.

Fünfzehn

Zu Hause war es still. Dad musste wahrscheinlich bis Redaktionsschluss bei der Zeitung bleiben. Ich ging nach oben, um zu duschen und frische Sachen anzuziehen. Ich könnte keinen Bissen herunterbringen, bevor ich nicht wieder sauber war. Ehe ich die Tür zu meinem Zimmer öffnete, holte ich tief Luft und nahm mir vor, mir nicht anmerken zu lassen, dass ich Dellas Telefongespräch mit Mom belauscht hatte. Obwohl ich nicht auf Theater stehe, kann ich trotzdem ganz gut schauspielern.

Wenn sich Della auf ein Casting vorbereitete, war sie eine Naturgewalt. Genauer gesagt ein Tornado. Mein Zimmer sah aus wie auf den Kopf gestellt und durchgeschüttelt. Und zwar kräftig. Kleider aus allen Schubladen und Schränken lagen auf dem Boden und über den Möbeln verstreut. Notenblätter und Manuskriptseiten bedeckten das Bett. Die Luftmatratze lehnte am Fenster und ließ kaum Licht herein. In der Mitte des Zimmers machte Della Spagat, die Stirn aufs Knie gedrückt.

Ich stakste durch das Chaos, bis ich eine saubere Pyjamahose fand.

»O Gott, Alice. Du stinkst.« Della richtete sich im Spagat auf, drehte den Oberkörper um 180 Grad und drückte die Stirn auf das andere Knie. »Was hast du gemacht?«

»Ich will nicht darüber sprechen. Ich gehe duschen.«

Beim Rausgehen trat ich auf etwas Spitzes und hoppelte den Rest des Wegs zum Bad auf einem Bein. Endlich drehte ich die Dusche auf und stellte mich mit geschlossenen Augen unter den Wasserstrahl. Das heiße Wasser brannte auf meinem roten Scheitel, aber es tat gut. Mit der rauen Seite des Schwamms schrubbte ich mich ab. Ich wünschte, mit dem Schmutz könnte ich auch den heutigen Tag wegrubbeln. Ich hatte eine einzige Reihe von Enttäuschungen und Sackgassen erlebt.

Alle, mit denen ich gesprochen hatte, schienen zu denken, dass Dr. Learner irgendwo da draußen war und sich unsichtbar machte. Aber das konnte ich einfach nicht glauben. Irgendwann würde wahrscheinlich wirklich jemand dahinterkommen, wie man das Licht weit genug krümmen konnte, um einen Unsichtbarkeitsanzug zu bauen. Aber Dr. Learners angeblicher Durchbruch lag gerade mal sechs Monate zurück. Selbst wenn er neue Formeln entdeckt hatte, die Unsichtbarkeit ermöglichten, hätte er niemals innerhalb eines halben Jahres einen funktionierenden Prototyp herstellen können. Erst recht nicht, wenn ihm niemand dabei half. Hier musste irgendetwas anderes im Gang sein. Aber die Leute sahen nur, wie Dr. Learner im Video aus einem verschlossenen Raum verschwand, und schon zogen sie Schlüsse, ohne alle Fakten zu kennen. Das war so unwissenschaftlich und schludrig, dass ich Ausschlag davon bekam.

Ich legte den Kopf zurück, spülte mir den Schaum aus den Haaren und fragte mich, wozu das alles gut war. Falls Dr. Learner den Anzug fertig hatte, warum benutzte er ihn, um zu verschwinden? Und was tat er jetzt damit? Er hatte ihn nicht an Chronos verkauft, sonst wären sie nicht auf der Suche danach. Und hätte er Geld gebraucht, hätte er einfach die Diamanten nehmen können. Ich blies die Backen auf und prustete Wasser von meinen Lippen.

Ganz gleich wie ich es drehte und wendete, ich verstand einfach nicht, warum Dr. Learner aus freien Stücken weggelaufen sein sollte. Also musste ihn doch jemand anders verschwinden lassen haben. Aber warum hatten wir dann auf dem Überwachungsvideo niemanden gesehen? Ich wusch mir ein zweites Mal die Haare. Wenn ich Dr. Learner finden wollte, musste ich verstehen, wie er aus dem Labor verschwinden konnte. Das war der Schlüssel. Ich musste bei unserem Besuch irgendetwas übersehen haben. Wenn ich dahinterkam, wie er es getan hatte, würde ich auch wissen, wer ihm dabei geholfen hatte. Und dann könnte ich ihn schneller finden, als ich x=1+1 rechnete.

Mein Handy klingelte und ich stieg tropfnass aus der Dusche.

»Hallo, Dad.«

»Alice, ich habe versucht dich zu erreichen. Ich muss diese Story auf den Weg bringen. Mach mir die Freude und sag mir, dass du ein paar hübsche, saftige Informationen für mich hast?« Ich hörte, wie er am anderen Ende wie wild auf die Tastatur einhämmerte. Dad war wahrscheinlich der einzige Mensch, der sich über ein Thema unterhalten konnte, während er über ein völlig anderes schrieb. Als hätte er zwei Gehirne. Vielleicht konnte er deshalb auch nicht still sitzen.

»Tut mir leid, Dad. Ich habe nichts gefunden.«

»Was meinst du mit ›nichts‹?«

»Dr. Learners Wohnung ist eine Müllkippe. Der Gestank hat mich fast umgebracht. Falls er eine Katze hatte, ist sie tot.«

»Autsch.« Dad schwieg. Er tippte nicht einmal mehr. Ich bekam ein schlechtes Gewissen.

»Also, Sammy hat erzählt, dass Dr. Learner und Mr Delgado ganz dicke Freunde sind, seit sie zusammen an der Universität von Pennsylvania studierten. Mr Delgado hat Dr. Learner aus Kalifornien zurückgeholt, damit sie gemeinsam ein Labor aufmachen konnten. Sie haben einiges auf die Beine gestellt. Ist das rührend genug?«

»Hm.« Er tippte wieder. »Beste Freunde bauen Firma zusammen auf. Dr. Learner ist kinderlieb, ja, damit können wir arbeiten. Na gut, ich komme heute spät nach Hause. Du kümmerst dich ums Essen, oder?«

»Ich fange gerade an.«

Ich machte mir einen Pferdeschwanz und stieg in saubere

Klamotten. Die Kleider, die ich bei Dr. Learner anhatte, ließ ich auf einem Haufen im Bad liegen. Ich würde sie später mit Gummihandschuhen entsorgen.

In der Küche holte ich eine Packung Makkaroni und ein Glas Käsesoße aus dem Schrank und setzte Wasser auf. Nicht gerade ein Gourmetessen, aber es enthielt viele Kohlenhydrate. Genau was die Diva bestellt hatte.

Ich schnitt gerade ein Würstchen für die Soße klein, als wieder das Telefon klingelte. Diesmal war es aber das Festnetz.

»Alice? Ich bin's, Sammy. Ich wollte mit dir über den Fall reden. Ich hab gehört, du warst bei Dr. Learner zu Hause, und wollte wissen … äh … hast du was gefunden?«, fragte Sammy mit schlecht gespielter Beiläufigkeit.

»Ich habe gerade zu tun, Sammy. Ist kein guter Zeitpunkt.« Das stimmte sogar. Das Wasser kochte über und spritzte und zischte auf dem Herd.

»Oh«, sagte Sammy. Ich spürte seine Enttäuschung durchs Telefon, als hätte er seine Gefühle durch die Leitung gemorst. Ich hätte auflegen sollen, aber ich tat es nicht. Der Zustand von Dr. Learners Wohnung hatte mir klargemacht, dass Einsamkeit erschreckende Konsequenzen haben kann. Oder vielleicht hatte ich giftige Dämpfe eingeatmet. Doch hauptsächlich tat Sammy mir leid, jetzt, da ich wusste, wie sehr er an Dr. Learner hing.

»Hör zu, Sammy, ich kann jetzt nicht. Aber ich würde mir morgen gern noch mal das Labor ansehen …«

»Super, wir gehen zusammen. Das wird toll! Um wie viel Uhr soll ich dich abholen?«

»Nein, ich ...« Erst wollte ich vorschlagen, dass wir uns dort trafen, aber dann fiel mir ein, dass Dad mit seiner Story beschäftigt war und ich niemanden hatte, der mich fuhr. Sammy dagegen hatte offenbar einen Wagen und einen Fahrer zu seiner eigenen Verfügung – und zwar nicht nur für den Schulweg. »Na schön, hol mich um neun ab. Bis dann.«

Während Sammy aufgeregt weiterplapperte, legte ich auf und goss die Pasta ab, bevor sie ganz zerkochte. Doch erst als ich den Tisch fertig gedeckt hatte, fiel mir auf, was an Sammys Anruf merkwürdig gewesen war. Woher wusste er, dass ich Dr. Learners Wohnung besucht hatte? Und was dachte er, hätte ich dort finden können? Er war heute Morgen auch schon so komisch gewesen, wie er auf der Couch herumrutschte. Wie jemand, der etwas zu verbergen hatte. Morgen würde ich herausfinden, was er verheimlichte.

Beim Abendessen spielte Della Annie und ich Miss Hannigan, die fiese Waisenhausleiterin. Es war genau wie früher. Mit der besten fiesen Stimme, die ich zu Stande brachte, nannte ich Della ein »vermaledeites Waisengör«.

Della lachte. »Weißt du, woran ich gerade denken musste? Als Mom uns beim Little-Miss-Friendship-Wettbewerb angemeldet hat und wir beim Abendessen unseren Auftritt üben mussten.«

»Erinnre mich bloß nicht daran.« Wir waren damals vier

Jahre alt. Della gewann den Titel und ich wurde Vize-Little-Miss-Friendship. Die Mini-Trophäe stand immer noch hinten in meinem Schrank.

Seitdem hatte Della den Bühnenvirus. Und zwar richtig. Mom war überglücklich. Das einzige Problem: Ich hatte mich nicht angesteckt. Zuerst glaubte mir keiner. Aber nach der dritten Miss-Wahl gaben sie auf. Da hatte ich vor dem Publikum blankgezogen.

Ich muss jetzt noch lachen, wenn ich an das Gesicht der Jury-Vorsitzenden denke.

»Ich verstehe nicht, wie du aufgeben konntest«, sagte Della. »Vermisst du das Rampenlicht nie?« Sie sah mich mitleidig an.

»Nein.« Ich spießte mit der Gabel ein Stück Wurst auf und stopfte es mir in den Mund. Ende der Diskussion.

Della schob sich einen appetitlichen Happen elegant zwischen die Lippen und kaute nachdenklich.

»Ich habe heute mit Mom telefoniert. Sie war traurig, dass sie nicht mit dir sprechen konnte.«

Ich schluckte zu schnell und das Wurststück wanderte mir zu langsam die Kehle hinunter. »Ich musste los.«

»Sie sagt, es ist herrlich in Italien. Und sie hat vorgeschlagen Flugtickets für uns zu kaufen, damit wir Ende des Sommers noch eine Woche zusammen dort verbringen können.«

»Was ist mit *Annie*?«

»Selbst wenn ich die Rolle kriege, teile ich sie mir mit zwei anderen Mädchen. Für eine Woche bekomme ich sicher frei.

Auch Schauspielerinnen dürfen mal Ferien machen. Was meinst du? Wäre das nicht toll?«

»Bestimmt«, sagte ich zögernd. Es war nicht so, dass ich nicht nach Italien wollte. Es war nur so, dass ich wusste, was Urlaub mit Della und Mom in Italien bedeuten würde. Eine Woche shoppen, Theater und sonst nichts.

Mit Dad könnte ich wenigstens die Sachen unternehmen, die ich gern tat. Aber ich konnte Mom schlecht bitten ihren Exmann mit auf die Party einzuladen.

»Du musst mit ihr reden«, sagte Della. »Es wäre toll.«

»Für dich wäre es toll. Mom und du, ihr habt die gleichen Interessen.«

»Wovon redest du?«

»Wenn ich nach Italien fahre, will ich Sachen besichtigen wie das Archimedes-Museum, ich will eine Stadtführung machen und mir die Renaissance-Architektur ansehen.«

Della stöhnte und verdrehte die Augen.

»Siehst du.« Ich zeigte mit dem Finger auf sie. »Genau das! Dieses Gesicht. So fühle ich mich, wenn du mich zum zehnten Mal ins Theater oder ins nächste Kaufhaus schleppst.«

»Aber Alice, das sind *normale* Dinge. Alle lieben Theater und Einkaufen.«

»Ach, vergiss es.« So ging es schon mein ganzes Leben lang. Jeder verstand, dass Della gern auf der Bühne stand und Mathe hasste. Weil es als *normal* galt. Aber wenn ich sagte, ich liebte Mathe und hasste es, auf der Bühne zu stehen, sahen mich die Leute an, als wäre ich durchgeknallt. Und weil ich gern *unnormale* Dinge tat, hatte ich kein Recht, andere zu bitten mitzumachen.

»Na schön, aber das kannst du Mom selber sagen. Ich übernehme das nicht für dich.« Della zuckte die Schultern. »Und jetzt komm, wir gehen die Szene noch mal durch.«

»Nein, danke.« Vielleicht war es kindisch, aber ich hatte keine Lust mehr auf Theater. »Ich bin den Text schon elf Mal mit dir durchgegangen. Du kannst ihn auswendig. *Ich* kann ihn auswendig. Mach eine Pause. Außerdem habe ich zu tun.«

»Mit dem Fall? Ist das dein Ernst?« Della sah mich an, als hätte ich mich geweigert für sie Blut zu spenden.

»Ja. Das ist mein Ernst.«

»Dieser Mr Desperado hat dich doch bloß angeheuert, damit sein Junge jemanden zum Spielen hat. Warum vergeudest du deine Zeit mit einem blöden Fall, den du sowieso nie lösen kannst?«

»Warum vergeudest du deine Zeit mit einer Rolle, die du sowieso nie bekommst?«, schoss ich zurück. Es war unfair, aber es war draußen, bevor ich mich bremsen konnte.

Della stand auf. Sie schürzte die Lippen und kniff die Augen zusammen. Ohne ein Wort zu sagen, machte sie mir klar, dass sie nicht mehr mit mir redete. Dann drehte sie sich um und selbst ihr blondes Haar hüpfte entrüstet, während sie die Treppe hinaufging, als wolle es mir sagen: *Dir werde ich's zeigen.*

Della würde die Hauptrolle bekommen, und sei es nur, um mir eins auszuwischen. Tja, das Spiel beherrschte ich auch.

Ich nahm die Delgado-Akte heraus und verteilte den Inhalt auf dem Boden vor der Couch. In all den Papieren musste ich doch irgendwas finden können. Irgendeinen Hinweis darauf, wie Dr. Learner verschwunden war. Ich sah mir die Fotos an. Ich las die Zeugenberichte. Aber je mehr ich suchte, desto weniger fand ich. So als hätte Mr Delgado mit Absicht eine völlig nichtssagende Akte zusammengestellt.

Mir ging Kevins Frage durch den Kopf. Was würde ich tun, wenn ich mich unsichtbar machen könnte? Ich wusste es nicht. Ich war nicht scharf darauf, irgendwen auszuspionieren. Wahrscheinlich würde ich mich vor Sammy verstecken, oder vor Della, wenn sie sich wieder wie eine Diva aufführte. Aber verstecken löste die Probleme nicht. Vielleicht würde ich mich in die Uni schleichen und ein paar Mathematikvorlesungen besuchen. (Unter sechzehn wurde man nicht mal als Gasthörer zugelassen.) Aber das war bloß ein Traum. Es konnte den Unsichtbarkeitsanzug nicht wirklich geben, oder?

Ich lehnte mich auf der Couch zurück und hielt den Grundriss des Instituts in die Höhe. Vielleicht brachte das Licht eine geheime Botschaft im Papier zum Vorschein. Eine bessere Idee hatte ich nicht.

Als ich die Augen wieder aufschlug, war es dunkel. Jemand hatte mir den Grundriss aus der Hand genommen und mich zugedeckt. Dad. Ich hörte, wie er in seinem Arbeitszimmer tippte. Wahrscheinlich schrieb er immer noch an seinem Artikel. Dem richtigen, nicht dem Rührstück, das die Chefredakteurin verlangt hatte. Morgen früh würde ich ihm vom

Rest meines Tages erzählen. Er würde Augen machen, wenn er hörte, dass das FBI mitmischte.

Ich überlegte, ob ich nach oben gehen und mich in mein Zimmer schleichen sollte, aber es war mir zu anstrengend. Della lag in meinem Bett und die Luftmatratze stand wahrscheinlich immer noch am Fenster. Lieber streckte ich mich auf dem Sofa aus, lauschte dem tröstlichen Klappern von Dads Tastatur und schlief wieder ein.

Sechzehn

Ich wachte um sieben Uhr auf. Meine Haare standen ab wie ein Vogelnest und ich hatte die Abdrücke des Cord-Polsters im Gesicht, auf dem ich gelegen hatte. Außerdem war mein Nacken steif und fühlte sich an, als steckte ein Eispickel darin.

Dad war hektisch in der Küche am Werk und versuchte gleichzeitig zu frühstücken und sich für die Arbeit fertig zu machen. Einen Toast im Mund und den Kaffeebecher in der Hand, schrammte er mit jeder Bewegung an der Katastrophe vorbei. Della stand still da, ein Bein auf dem Küchentresen ausgestreckt, als stünde sie beim Ballett an der Stange, und löffelte ihren Porridge.

»Guten Morgen, Schätzchen«, sagte Dad. »Ich komme heute spät nach Hause, aber ruf an, wenn du mich brauchst. Das gilt für euch beide.«

Dad kippte den letzten Schluck Kaffee herunter, steckte die Wasserflasche ein und drückte mir einen Kuss auf die Stirn.

Seine Bartstoppeln piekten. Dann küsste er Della und lief aus dem Haus.

Erst als die Tür zuschlug, fiel mir ein, dass ich Dad weder von der Begegnung mit dem FBI noch von dem silbernen Mercedes erzählt hatte. Doch jetzt war er schon weg. Ich würde es ihm heute Abend erzählen. Bis dahin musste ich vorsichtig sein. Ich schlurfte in die Küche und schenkte mir den Rest Kaffee ein. Della ließ mich vorbei, aber sagte kein Wort. Sie redete immer noch nicht mit mir. Also frühstückten wir schweigend.

Sammy war pünktlich. Er kam in demselben schwarzen Wagen, der mich vor zwei Tagen von der Schule »abgeholt« hatte. Es fühlte sich viel länger her an. Seit 48 Stunden war ich auf Achse, ohne irgendetwas zu erreichen, und ich fühlte mich erledigt. Ich sammelte die Delgado-Akte ein und stopfte sie in meine Kuriertasche. Jedes Mal wenn ich Della den Rücken zuwandte, spürte ich ihren Blick. Wahrscheinlich beeindruckte sie die Limousine vor der Tür ziemlich, aber ich hatte keine Lust, es ihr zu erklären. Daher hängte ich mir die Tasche über die Schulter und ging ohne eine Verabschiedung.

Draußen sah ich mich argwöhnisch auf der Straße um, doch entdeckte nirgends einen silbernen Wagen. Sammys Fahrer hielt mir die Tür auf und ich stieg erleichtert ein. Die getönten Scheiben gaben mir ein sicheres Gefühl.

Ich ließ Sammy ein paar Minuten reden, während ich nach potenziellen Verfolgern Ausschau hielt. Er sprach wahnsinnig schnell und die Worte schossen aus seinem Mund wie Autos kurz vor der Massenkarambolage. Als wir drei Kreuzungen hinter uns hatten und der silberne Mercedes uns immer noch nicht verfolgte, konnte ich mich endlich entspannen. Ich wusste nicht, wo die Typen waren, aber gerade jedenfalls nicht hinter mir her, und das reichte fürs Erste.

Sammy schnatterte immer noch munter weiter. Ich hoffte, er blieb so redselig. Ich hatte Fragen, auf die ich Antworten brauchte.

»Sammy«, unterbrach ich ihn mitten in der Geschichte von dem Luftkissenboot, das Dr. Learner und er zusammen gebaut hatten. Er hielt inne und blickte mich unterwürfig an. »Woher weißt du, dass ich gestern in Dr. Learners Wohnung war?«

Ich versuchte so beiläufig wie möglich zu klingen. Ich hegte keinen Verdacht gegen ihn oder so, aber irgendwie erschien es mir doch komisch. Sammy hatte mich schon einmal durch seinen Dad entführen lassen. Vielleicht ließ er mich auch beschatten. Vielleicht lag ich falsch, was den silbernen Mercedes anging. Vielleicht gehörte er nicht zu Chronos, sondern zu Mr Delgado.

»Ach das. Ich hab bei dir zu Hause angerufen, und als niemand ranging, habe ich deinen Vater auf dem Handy angerufen. Ich habe ja leider deine Nummer nicht.«

Er sah mich hoffnungsvoll an, aber ich biss nicht an. Das Letzte, was ich brauchte, waren Anrufe von Sammy.

Zumindest beantwortete das meine Frage. Wahrscheinlich konnte ich von Glück sagen, dass er nicht einfach vorbeigekommen war, um mit anzupacken.

»Na dann«, sagte ich. Dad gab seine Handynummer jedem, dem er begegnete, nur für den Fall, er könnte sich als Quelle entpuppen. Ich kämpfte noch immer gegen das Gefühl an, dass ich beobachtet wurde. Der Fall machte mich nervös, und wenn ich nervös war, konnte ich nicht klar denken.

»Tut mir leid, dass ich nicht kommen und helfen konnte. Das wäre toll gewesen! Ich habe jetzt sogar eine Detektivausrüstung.« Er stellte seinen Rucksack zwischen uns auf den Sitz und öffnete den Reißverschluss. Dann zeigte er mir ein Notizbuch, eine Lupe, Fingerabdruckpulver und -pinsel und ein Abhörgerät, das aussah wie ein MP3-Player. Das Abhörgerät war cool, aber der Rest völlig unbrauchbar. Was hatte man von Fingerabdrücken, wenn man keinen Zugang zu einer Verbrecherkartei hatte, um sie zu vergleichen?

»Ist das nicht toll? Ich habe das Zeug im Internet bestellt, nachdem du den Fall übernommen hast, per Expresssendung. Heute Morgen angekommen. Wenn wir Onkel Adrians Labor noch einmal durchsuchen, finden wir bestimmt was!«

»So was hast du am Telefon auch gesagt«, bemerkte ich. »Du hast mich gefragt, ob ich was gefunden hätte. Was hätte ich denn finden sollen?«

Sammy wurde blass und biss sich auf die Zunge.

Am besten bringt man jemanden zum Reden, indem man ihn schweigend köcheln lässt. Vor allem jemand wie Sammy. Geduldig wartete ich ab, während sich die Rädchen in seinem Kopf drehten. Ich zählte Primzahlen, doch kam nur bis siebzehn.

»Ich meinte nichts Besonderes«, stammelte er. »Ich meinte nur, ob du Hinweise gefunden hast. Einen Erpresserbrief oder so.« Anscheinend hatte Sammy zu viele Detektivromane gelesen. Er beobachtete mich aus den Augenwinkeln und prüfte, ob ich ihm die Geschichte abkaufte. Ich kaufte sie ihm nicht ab. Also redete er weiter. »Oder vielleicht seine Forschungsergebnisse. Oder das Versteck, wo er seine Unterlagen hatte. Ich weiß auch nicht. Ich wollte nur helfen.«

»Warte mal«, sagte ich. Der Wagen bremste plötzlich, als sich vor uns jemand in den Verkehr drängte. Ich blickte mich nach dem silbernen Mercedes um, aber konnte ihn nirgends entdecken. Dann sah ich Sammy an. »Dr. Learner hat seine Unterlagen versteckt?«

Sammy zuckte zusammen wie ein Hase im Scheinwerferlicht. Dann biss er sich auf die Lippen. »Ich weiß nicht. Könnte doch sein, oder? Wenn sie keiner gefunden hat, müssen sie doch irgendwo versteckt sein«, ruderte er zurück.

»Oder sie existieren gar nicht«, stellte ich fest. Langsam nervte es, dass Sammy nicht die ganze Wahrheit sagte. Doch das Schlimmste war, ich verstand nicht, warum er log. Oder was er verbarg. Ich wusste, er wollte, dass ich Dr. Learner fand, aber warum erzählte er mir dann nicht einfach alles?

Ich sah Sammy noch einmal durchdringend an, aber ich wusste, dass ich heute nicht mehr aus ihm herausbekommen würde.

»Schon gut.« Ich zuckte die Achseln. Es war sinnlos, mit Sammy zu streiten, solange ich keine Beweise hatte.

Sammy beobachtete mich verunsichert. Als er überzeugt war, dass ich ihm keine Fragen mehr stellen würde, entspannte er sich ein bisschen. Er nahm den Rucksack auf den Schoß und verbrachte den Rest der Fahrt damit, die Ledersitze des Wagens mit der Lupe zu untersuchen.

Siebzehn

Als wir Delgado Industries endlich erreichten, fuhr der Chauffeur bis ans Ende des Parkplatzes und ums Gebäude herum. Hier parkte er, stieg aus und öffnete Sammy die Tür. Ich stieg ohne Hilfe aus.

»Das ist Dads Privateingang. Ich habe ihm gesagt, dass wir kommen. Er lässt uns rein.«

Sammy ging drei Stufen hinauf zu einer großen Metalltür mit einem Tastenfeld und einem Display. Er drückte den Summer. »Dad, ich bin's.«

Es klickte und Sammy zog mit aller Kraft an der Tür. Sie öffnete sich so langsam, es war, als würde man einem Gletscher beim Tauen zusehen. Ich stellte mich neben Sammy und half ihm.

Als wir reinkamen, lehnte sich Mr Delgado in seinem Drehstuhl zurück. Er hatte die Füße auf den Schreibtisch gelegt und auf der anderen Seite saß in einem niedrigen Metallsessel eine sehr junge, sehr eifrige Journalistin. Offenbar war sie noch neu in ihrem Job. Mr Delgado telefonierte und sie hatte nicht einmal das Diktiergerät eingeschaltet. Dad würde einen Anfall kriegen. Ich weiß nicht, wer am anderen Ende der Leitung war, aber Mr Delgado wirkte ziemlich zufrieden.

»Ich bin froh, dass Sie so denken«, sagte er gerade. »Nein, ich verstehe vollkommen. Wir würden auch nicht wollen, dass Sie etwas unterschreiben, von dem Sie nicht vollkommen überzeugt sind. Das wäre schlechte Geschäftspraktik.«

Die Journalistin musterte uns, dann sah sie wieder Mr Delgado an. Offensichtlich hielt sie uns nicht für wichtig genug, um mit uns zu reden. Schulterzuckend folgte ich Sammy zu einer harten Ledercouch am anderen Ende des Raums. Die Journalistin schrieb eindeutig keine Kriminalreportagen, sonst hätte sie sich sofort auf uns gestürzt. Vielleicht jemand aus der Lifestyle-Rubrik?

Mr Delgados Büro war ein großer, luftiger Raum. Eine Wand bestand vom Boden bis zur Decke aus Glas, was mich überraschte, da man es von außen nicht gesehen hatte. Ich konnte Sammys Chauffeur beobachten, der auf dem Fahrersitz seiner Limousine Zeitung las. Wer Mr Delgado besuchen kam, hatte auf jeden Fall nicht das Überraschungsmoment auf seiner Seite.

»Einseitiges Glas«, erklärte Sammy. »Du kannst von innen raussehen, aber nicht von draußen rein. Sie haben es hier im Labor erfunden.«

Zugegeben, das beeindruckte mich. Es war schwer, sich dagegen zu wehren. Der ganze Raum sollte den Besuchern Ehrfurcht einflößen. An der Wand hinter Mr Delgado hing ein großes abstraktes Gemälde mit verwegenen Farbspritzern, die in großem Bogen über die Leinwand flogen. Auf dem Tisch stand ein Namensschild aus Gold und Mahagoni mit der Aufschrift: »Dr. Samuel G. Delgado«. Es war nagelneu. Anscheinend hatte er es sofort bestellt, als er hörte, dass die Universität ihm einen Ehrendoktortitel verleihen wollte. Ich fragte mich, wie lange er darauf warten musste, bis er sich endlich Doktor nennen durfte.

»Dad empfängt seine Kunden hier, daher der separate Eingang. Wenn er Geschäfte macht, soll die Konkurrenz nichts davon erfahren. Durch den Hintereingang kann man kommen und gehen, ohne gesehen zu werden. Nur Dad hat den Schlüssel zu seinem Büro, das heißt, niemand kann ihn unterbrechen. Er ist ein echt schlauer Geschäftsmann«, erklärte Sammy stolz.

»Ich nehme an, deshalb hat er es so weit gebracht«, sagte ich.

Mr Delgado beendete das Telefongespräch und sah die Journalistin an.

»Entschuldigen Sie, Maria, aber Sie sehen ja, ich bin ein viel beschäftigter Mann. Wo waren wir stehengeblieben?«

Maria lächelte. »Sie erzählten gerade, wie Sie zu der Entscheidung kamen, Delgado Industries zu gründen.«

»Ach ja, natürlich. Alles begann, als ich auf dem College war …«

Es sah so aus, als würde Mr Delgado noch eine Weile reden.

Ich hasste Warten, aber bis wir den Schlüssel von Dr. Learners Labor hatten, kamen wir hier nicht weg. Ich stand auf und sah mich um.

Hinter dem Sofa thronte eine große Schrankwand. Die Regale waren schwarz lackiert, mit Fächern auf der linken Seite und einem Großbildfernseher in der Mitte. Auf halber Höhe hatte man eine Hausbar eingerichtet, mit einem Silbertablett voller Glasflaschen und Kristallgläser und darüber waren mehrere Fächer mit Büchern und kleinen Skulpturen.

Gedankenverloren öffnete ich die Schubladen. Weitere Flaschen mit Alkohol, Zigarettenschachteln noch in der Plastikfolie, außerdem Batterien und eine Fernbedienung. Verschiedene handbeschriftete DVDs, wahrscheinlich Präsentationen für Investoren. Ganz hinten in einer Schublade fand ich einen Stapel kleiner Spiegel. Sie waren quadratisch mit ungefähr zehn Zentimetern Seitenlänge und scharfen Rändern ohne Rahmen. Sie sahen aus wie Zubehör irgendeines technischen Gerätes, eines Teleskops oder Lasers. Sie wirkten so fehl am Platz in Mr Delgados Designer-Büro, dass ich sie herausnahm, um sie näher zu untersuchen.

»Was machst du da?«

Ich drehte mich um.

Mr Delgado lächelte nicht mehr.

»Tut mir leid, ich kann Schubladen einfach nicht widerstehen.« Ich hielt die Spiegel hoch. »Sind die von Dr. Learner? Sie sehen aus, als gehörten sie zu einem seiner Geräte im Labor.«

Mr Delgado strich sich das Haar zurück, warf der Journalistin einen Blick zu und setzte wieder ein Lächeln auf.

»Richtig. Eine Spezialanfertigung. Adrian hat sie bestellt, ein paar Tage bevor er verschwand. Als sie ankamen, war er schon weg.«

Er rührte sich nicht, aber wartete offenbar darauf, dass ich die Spiegel zurücklegte. Merkwürdig. Die Spiegel waren mit Abstand das Billigste, was es hier im Büro gab. Warum behauptete Mr Delgado, sie seien eine Spezialanfertigung? Und warum wirkte er so gereizt?

»Ich habe gehört, Sie haben gestern einen Ehrendoktor bekommen«, sagte ich, um die Stimmung aufzulockern. Ich legte die Spiegel wieder in die Schublade. Na gut, alle bis auf einen. Den letzten ließ ich in meine Tasche gleiten, während ich mich umdrehte.

»Ach ja. Große Ehre. Maria schreibt einen Artikel darüber für die Universitätszeitung.«

Offensichtlich war sie nicht auf der Jagd nach schmutzigen Details. Sie schrieb ein lupenreines Rührstück.

»Maria, das ist mein Sohn Samuel junior und seine Freundin Alice Jones. Sie helfen mir bei der Suche nach unserem besten Wissenschaftler. Sie haben sicher davon gehört. Dr. Learner und ich haben zusammen an der Universität von Pennsylvania studiert.«

Maria nickte mitfühlend, doch ich sah das Glitzern in ihren Augen. Wahrscheinlich dachte sie, soeben hätte sie den perfekten Aufhänger für ihren Artikel über Mr Delgado gefunden. Ein bisschen Würze, um das Porträt aufzupeppen. Ich rammte Sammy den Ellbogen in die Rippen, damit er einen Zahn zulegte und uns hier rausbrachte. Mr Delgado wirkte, als wollte er sich gerade in einer ausführlichen Geschichte ergehen, wie toll er war, und ich hatte gar keine Lust, Publikum zu spielen.

»Adrian und ich waren Kommilitonen. In vielerlei Hinsicht sah ich ihn als mein Vorbild an.« Seufzend reichte Mr Delgado Maria ein Foto, das auf seinem Tisch stand. »Das bin ich mit Adrian, bevor wir Examen machten. Wir wollten schon immer zusammen in die Forschung gehen.« Seine Stimme brach.

Ich sah über Marias Schulter. Das Foto zeigte Dr. Learner und Mr Delgado vor ungefähr dreißig Jahren, jünger und mit vollerem Haar. Sie stehen auf einer Art Theaterbühne und Dr. Learner zieht gerade einen Hasen aus einem Hut.

»Das war die Talentshow des Physik-Instituts. In dem Jahr haben wir den ersten Preis gewonnen.« Er lächelte wehmütig, dann lachte er. »Ich erinnere mich, wie wir einmal …«

»Dad«, unterbrach ihn Sammy. Wahrscheinlich hatte er die Geschichten aus Mr Delgados Glanzzeit oft genug gehört. Oder er hatte Angst, dass ich meinen Ellbogen wieder einsetzte.

»Ja, Sammy? Was kann ich für dich tun? Wolltest du dir Dr. Learners Labor ansehen?«

Ich ignorierte den Blick, den er der Journalistin zuwarf. Ein Blick, der sagte: *Sind sie nicht niedlich?*

»Ja«, schaltete ich mich ein. »Ich möchte mich nur noch

einmal umsehen.« Mr Delgado zog die Schreibtischschublade auf und kramte darin herum, bis er den Schlüssel fand. Ich wartete, und erst als ich ihn in der Hand hatte, fuhr ich fort. »Außerdem wollte ich Ihnen erzählen, dass ich gestern in Dr. Learners Wohnung war.«

»Wirklich?« Mr Delgado sah mich überrascht an. Also gehörte der silberne Mercedes doch nicht zu ihm. »Und, hast du dort etwas Wichtiges entdeckt?«

»Nicht wirklich«, sagte ich, »aber ich habe mich gefragt …« Ich schätzte, es gab keine höflichere Art zu fragen, also sprach ich es einfach aus. »Na ja, Sie waren doch mit Dr. Learner befreundet. Hat er immer schon wie auf einer Müllhalde gewohnt?«

Mr Delgado lachte. »Die Kleine nimmt kein Blatt vor den Mund, was?«, sagte er zu Maria und strahlte. Dann wandte er sich wieder an mich. »Tatsache ist, Adrian lebt nur für die Wissenschaft. Wenn er an einem Experiment arbeitet, geht er manchmal wochenlang nicht nach Hause. Er schläft im Labor auf dem Boden oder in seinem Auto. Und in letzter Zeit konzentrierte er sich vollkommen auf sein Projekt, vor allem seit seinem Durchbruch vor sechs Monaten. Es überrascht mich nicht, wenn sein Apartment so unordentlich ist.«

Ich nickte. Sammy machte ein unglückliches Gesicht.

»Ist das alles?«, fragte er.

»Nein. Als ich ging, hat mich das FBI angehalten. Sie haben Dr. Learners Wohnung beobachtet und mir ein paar Fragen gestellt. Sie wollten alles wissen, was ich weiß. Ich hoffe, ich habe nichts falsch gemacht, aber ich wollte die Regierung nicht anlügen.«

»Natürlich nicht«, sagte Mr Delgado schnell. »Das wäre nicht nett. Nein, du hast alles richtig gemacht. Ich bin sehr zufrieden mit deiner bisherigen Arbeit.«

»Ich habe doch noch gar nichts erreicht«, sagte ich.

»Ich bin überzeugt, du machst große Fortschritte. Sammy hält mich auf dem Laufenden. Wenn ihr mich jetzt bitte entschuldigt, ich glaube, Maria hat noch ein paar Fragen, bevor ich sie durch die Räumlichkeiten führe.«

Vielleicht hatte Mr Delgado geplant, dass Sammy und ich seiner zahmen Journalistin in die Arme liefen. Das war genau die Art von Werbung, die er wollte. Das Geheimnis um Dr. Learners Verschwinden blieb in der Zeitung und gleichzeitig kam Mr Delgado ziemlich gut dabei weg. Ein cooler Typ, der seinen Sohn und dessen Freundin Detektiv spielen lässt. Aber ich spielte nicht. Wenn ich mich mit dem Fall beschäftigte, dann richtig. Ich bedankte mich bei Mr Delgado für seine Zeit, denn ich wollte mich so schnell wie möglich noch einmal im Labor umsehen.

»Ach, eines noch«, sagte ich, als ich in der Tür stand. »Ich habe ein Auto bemerkt, das mich verfolgt. Ich glaube, es ist jemand von Chronos.«

Delgado sprang auf und schubste dabei seinen Designer-Drehstuhl gegen die Wand.

»*Chronos?* Bist du dir sicher? Wie kommst du darauf?«

Ich hielt es für besser, Mr Delgado nicht zu erzählen, dass

Dad Dr. Learners E-Mails gelesen hatte. Also sagte ich einfach, ich hätte den Namen vom FBI.

»Das ist eine ernste Sache. Danke, dass du mir Bescheid gesagt hast.« Er griff nach dem Telefon und nickte Maria entschuldigend zu. »Alice, wenn du diese Leute wieder siehst, rede nicht mit ihnen. Ruf sofort Hilfe. Das sind keine netten Menschen und ich möchte nicht, dass sie dir wehtun.«

Es war nicht, was er sagte, was mir eine Gänsehaut verschaffte. Es war, *wie* er es sagte. Als hätte er Angst vor ihnen.

»Sammy, sorg dafür, dass Alice sicher nach Hause kommt.«

Andererseits, wenn er Sammy auf mich aufpassen ließ, wie gefährlich konnte es schon sein?

Während der nächsten Stunde durchsuchte ich zum zweiten Mal Dr. Learners Labor und überlegte, welchen toten Winkel ich übersehen haben könnte. Es musste noch einen Weg aus dem Labor geben. Einen Weg, der die Überwachungskameras umging. Sammy stand an der Tür wie ein Bodyguard. Ich wusste nur nicht, was er täte, wenn tatsächlich Gefahr drohte.

Ich fand keinen toten Winkel. Keine verborgene Nische. Kein Versteck, wo Dr. Learner sich hätte aufhalten können, als Graham Davidson kam, um nach ihm zu sehen. Ich stieg sogar auf den Arbeitstisch, um zu checken, ob Dr. Learner durch den Luftschacht hätte kriechen können. Aber es war unmöglich.

»Ich finde nichts«, sagte ich zu Sammy. »Gehen wir. Ich habe das Gefühl, mein Gehirn implodiert.«

Mr Delgados Büro stand offen, als wir dort ankamen. Mr

Delgado war nicht mehr da. Wahrscheinlich machte er mit Maria eine Super-Sonderführung durch sein Forschungszentrum. Der Fahrer stieg aus, sobald er uns aus dem Gebäude kommen sah, und hielt Sammy die Tür auf.

»Können Sie Alice bitte nach Hause fahren?«

Es musste seltsam für den Chauffeur sein, dass er seine Befehle von einem Kind bekam. Er war mindestens fünfundvierzig.

Ich stieg ein. Sammy blieb draußen stehen.

»Kommst du nicht mit?«

»Ich hab noch eine Aufgabe, schon vergessen?«

Ich sah Sammy verständnislos an.

»Du weißt schon.« Er beugte sich vor und flüsterte, damit der Fahrer nichts hörte. »Dieser Haken an der Überwachungskamera. Du hast gesagt, er ist vielleicht der Schlüssel zu allem. Solange mein Vater die Frau herumführt, kann ich sein Büro durchsuchen.«

Stolz richtete er sich wieder auf. Ich bekam ein schlechtes Gewissen, weil ich Sammy auf diese Jagd nach dem Regenbogenfrosch geschickt hatte. Aber er wirkte so glücklich, dass ich es nicht übers Herz brachte, ihm die Wahrheit zu sagen.

»Ich ruf dich später an«, rief Sammy und schloss die Wagentür. Dann steckte er noch einmal den Kopf durchs Fenster. »Meinst du, wir brauchen ein geheimes Passwort beim Telefonieren? Nur für den Fall?«

Ich sah Sammy sprachlos an. Der Junge hatte wirklich zu viele Thriller gelesen.

Sammy wartete noch einen Moment und zuckte dann mit den Achseln. »Denk drüber nach«, sagte er und schlug die Wagentür zu.

Achtzehn

Auf dem Heimweg stellte sich der Chauffeur als Ellis vor. Er hatte eine Frau, drei Kinder und offensichtlich nicht oft die Gelegenheit, sich zu unterhalten. Als wir zu Hause ankamen, kannte ich bereits etwa achtzig Prozent seiner Lebensgeschichte. Er parkte am Straßenrand und ich stieg aus. Ich mochte Ellis, aber nicht so sehr, dass ich sitzen bleiben und auch die restlichen zwanzig Prozent hören wollte.

»Danke fürs Mitnehmen.« Bevor er etwas erwidern konnte, lief ich die Stufen hinauf.

Ich winkte Ellis noch einmal, dann drehte ich mich um und erstarrte.

Die Tür war offen.

Nicht nur nicht abgeschlossen. Sie stand richtig offen.

Auch die Kette war nicht vorgelegt. Ich konnte durch den Spalt die Küche sehen. Zwischen Tür und Rahmen steckte die Fußmatte. Anscheinend hatte Della sie versehentlich eingeklemmt, als sie in Eile das Haus verließ. Jedenfalls hoffte ich das. Dann sah ich die tiefen Scharten im Holz. Jemand hatte mit einem Stemmeisen die Tür aufgebrochen.

Mit zitternden Händen holte ich mein Handy heraus.

»Komm schon, Dad. Geh ran.«

Langsam öffnete ich die Tür. Jemand war hier gewesen und dieser Jemand war nicht sehr rücksichtsvoll vorgegangen. Alle Küchenschränke standen offen, die Sofakissen lagen auf dem Boden. Die wenigen Familienfotos, die nicht runtergefallen waren, hingen schief an ihren Nägeln. Ich trat ein.

»Hallo?« Ich zuckte zusammen, als sich Dads Stimme im Telefon meldete.

»Dad, bei uns wurde eingebrochen.«

»Was? Geht's dir gut? Wo bist du?«

»Mir geht's gut. Ich komme gerade nach Hause. Ich glaube nicht, dass sie noch da sind.«

»Verlass sofort das Haus. Ruf die Polizei. Ich bin schon unterwegs.«

»Aber Dad, was ist mit Della?«

»Ich rufe sie an. Sie hat irgendwas von Gesangsstunden an der Uni gesagt. Ich glaube, dort wollte sie hin. Jetzt raus mit dir.«

Ich tat, was er sagte. Ich verließ das Haus und rief die Polizei. Alle, mit denen ich sprach, sagten mir, ich solle ruhig bleiben. Dann erklärte jemand, dass sie einen Wagen schickten. Als ich auflegte, hatte ich eine SMS von Dad – Della gehe es gut. Sie war bei ihrer Musikstunde in der Stadt. Mir kamen fast die Tränen vor Erleichterung.

Von der anderen Straßenseite, wo ich auf die Polizei wartete, starrte ich die Haustür an. Genauso hatte ich meine Schranktür angestarrt, als ich noch klein war und an Monster glaubte. Als würde in dem Moment, in dem ich wegsah, die Tür aufgehen und etwas Schreckliches herauskommen.

Wir hatten dreißig Grad im Schatten und ich zitterte wie Espenlaub.

Das mussten die Männer im silbernen Mercedes gewesen sein. Sie gehörten zu Chronos. Es musste so sein. Deswegen konnte ich sie heute Morgen nicht entdecken. Sie hatten abgewartet, bis alle aus dem Haus waren. Ich drückte die Kuriertasche fester an meine Brust. Die Typen suchten nach der Delgado-Akte.

Endlich hörte ich Polizeisirenen in der Ferne und noch nie hatte etwas so süß in meinen Ohren geklungen.

Mit Blaulicht fuhr ein Streifenwagen vor und zwei Beamte stiegen aus, ein junger Mann und eine etwas ältere Frau.

»Ich bin Officer Ross und das ist Officer Tulley. Bist du das Mädchen, das den Einbruch gemeldet hat?«, fragte die Frau. Sie trug das dunkle Haar in einem strengen Pferdeschwanz, aber ihre Augen strahlten warm. Endlich atmete ich wieder normal. Officer Tulley blieb beim Wagen. Er wirkte nicht sehr kinderfreundlich.

Ich nickte und zeigte auf das Haus. »Da drüben.«

»Ist noch jemand im Haus?«

»Ich weiß es nicht. Ich war nicht richtig drin. Jedenfalls ist niemand rausgekommen.«

»Gut. Du bleibst hier, während wir das Haus überprüfen. Sind deine Eltern da?«

»Mein Vater ist unterwegs.«

Ich sah den beiden nach, als sie unser Haus betraten.

Eine Minute mit der Hand auf der heißen Herdplatte fühlt sich an wie eine Stunde. Eine Stunde nett unterhalten fühlt sich an wie eine Minute. So ungefähr hat Einstein die Relativität erklärt und jetzt verstand ich, was er meinte. Jede Sekunde zog sich hin wie ein ganzes Jahr.

Gefühlte sechzig Jahre nachdem die Polizisten ins Haus gegangen waren, kam Dad. Er hielt auf der falschen Straßenseite und rumpelte auf den Bordstein, um den Verkehr nicht zu blockieren. Er sprang aus dem Wagen, war in zwei Sätzen bei mir und nahm mich fest in den Arm.

»Alles in Ordnung?« Dad drückte mich an sich und ließ mich nicht mehr los.

»Ja. Die Polizei ist gerade reingegangen. Was ist mit Della?«

»Ihr geht's gut. Sie kommt nach Hause.«

Tulley, der junge Polizist, steckte den Kopf zur Tür heraus und winkte uns herein.

»Es ist niemand mehr da.« Die Worte hätten mich beruhigen sollen, aber das taten sie nicht. »Können Sie bitte nachsehen, ob irgendwas gestohlen wurde?«

Dad wollte losgehen, doch er zögerte und sah mich an.

»Alles in Ordnung, Dad. Mach ruhig.«

Ich blieb im Wohnzimmer, während Dad einen Blick in sein

Arbeitszimmer warf und oben die Schlafzimmer checkte. Meine Knie waren weich.

»Ist es okay, wenn ich die Kissen wieder aufs Sofa lege? Ich glaube, ich muss mich setzen.«

Officer Tulley zuckte die Achseln. »Klar. Auf Cord finden wir sowieso keine Fingerabdrücke.«

Nach ein paar Minuten kam Dad zurück. »Ich glaube, es wurde nichts gestohlen. Der Computer ist noch da, der Fernseher auch. Sonst haben wir nichts, was irgendeinen Wert hat.«

»Wer immer hier eingebrochen ist, hat sich ziemlich genau umgesehen. Können Sie sich vorstellen, wonach er gesucht haben könnte?«

Dad schüttelte den Kopf.

»Ich glaube, ich weiß es.« Ich öffnete meine Kuriertasche und nahm die Delgado-Akte heraus. Sie enthielt alle Unterlagen, die Mr Delgado mir gegeben hatte, die Fotos aus Dr. Learners Wohnung und all meine Aufzeichnungen. »Es steht zwar nicht drin, wo Dr. Learner ist, aber das wissen die Leute, die mich verfolgt haben, nicht.«

Dad nahm mir die Akte aus der Hand und blätterte sie kurz durch, bevor er sie Officer Tulley reichte.

»Warte mal«, sagte er dann. »Dir ist jemand gefolgt? Warum hast du mir das nicht sofort erzählt?«

»Tut mir leid, Dad. Ich wollte es dir heute Morgen sagen, aber du warst weg, bevor ich dazu kam. Ich wusste ja nicht, dass sie bei uns einbrechen würden. Ich meine, in der Akte steht wirklich nichts Brauchbares drin.«

»Trotzdem hättest du es mir sagen müssen.«

»Geht es hier um den vermissten Wissenschaftler?« Officer Ross nahm ihrem Kollegen die Akte aus der Hand und schüttelte den Kopf. »Was für ein Schlamassel.«

Plötzlich ging die Tür wieder auf und ich zuckte zusammen, vielleicht weil ich dachte, die Männer aus dem Mercedes stürmten das Haus, um Officer Ross die Akte aus der Hand zu reißen. Doch es waren nur ein paar neue Polizisten, die statt der normalen Uniform dunkelblaue Hemden mit der Aufschrift »SPURENSICHERUNG« trugen. Officer Tulley zeigte ihnen, wo sie nach Fingerabdrücken suchen sollten.

Officer Ross ignorierte sie und sprach weiter. »Wir schicken heute Nacht jede Stunde einen Streifenwagen vorbei. Es könnte sein, dass die Täter zurückkommen, weil sie nicht gefunden haben, wonach sie suchten. An Ihrer Stelle würde ich die Akte an einem sicheren Ort verwahren. Und reden Sie mit jedem darüber, dass Sie die Akte nicht mehr hier im Haus haben. Sperren Sie ab jetzt zweimal ab, auch das Sicherheitsschloss, und schieben Sie Kette und Riegel vor. Der Einbruch gelang kinderleicht, weil die Tür nur ins Schloss gefallen war.«

Das lag an Della. Mom und sie wohnten in New York in einem großen Apartmentblock, wo es unten einen Portier gab, der aufpasste, wer rein- und rausging. Wahrscheinlich hatte sie heute Morgen die Tür einfach hinter sich zugeschlagen. Ich sagte ihr ständig, dass sie das Sicherheitsschloss abschließen musste, aber sie ließ sich einfach nicht reinreden.

»Melden Sie sich, wenn Ihnen irgendwas verdächtig vorkommt«, sagte Officer Ross. Sie gab Dad die Akte zurück und reichte jedem von uns ihre Visitenkarte. »Das ist meine Durchwahl.«

Und damit verabschiedeten sich Officer Ross und Officer Tulley. Dad und ich blieben noch lange draußen auf den Stufen stehen. Ich glaube, keiner von uns wollte reingehen, solange die Spurensicherung noch ihre Arbeit machte. Es fühlte sich nicht mehr an wie unser gemütliches Zuhause. Das hatten diese Männer zerstört.

Ich zählte Primzahlen und versuchte mir meinen nächsten Schritt zu überlegen. Erst bei neunundachtzig konnte ich wieder klar denken. Nach allem, was mir Sammy über Dr. Learner erzählt hatte, glaubte ich nicht, dass er mit Chronos zusammenarbeitete. Falls Dr. Learner untergetaucht war, dann weil er sich vor diesen Fieslingen versteckte, nicht weil er für sie arbeitete. Ich zählte weiter. Inzwischen war ich bei den dreistelligen: 101, 103, 107, 109. Falls die Chronos-Leute dachten, sie könnten mich benutzen, um Dr. Learner aufzuspüren, hatten sie sich gewaltig geirrt. 113. Ich würde Dr. Learner zuerst finden. 127. Und dann würde ich auf ihn aufpassen, Sammy zuliebe. 131. Ich würde dafür sorgen, dass es Chronos leidtat, sich je mit einem Mitglied der Familie Jones angelegt zu haben.

Und von dem Takt, in dem Dad mit den Fingern auf meine Schulter trommelte, wusste ich, dass er genau dasselbe dachte.

Neunzehn

Wir gingen erst ins Haus, als Della kam. Sie fuhr im Taxi vor, stieg aus und bat Dad den Fahrer zu bezahlen.

»Ist bei euch alles okay? Ich bin so schnell gekommen, wie ich konnte, aber um die Uni sind alle Straßen gesperrt, weil sie dort irgendein blödes neues Gebäude bauen. Wurde etwas geklaut?« Della trug ein langes besticktes Kleid und eine Sonnenbrille auf dem Kopf. Meine Sonnenbrille. Ich wusste, ich sollte froh sein, dass ihr nichts passiert war, aber es machte mich trotzdem wütend. Ich biss mir auf die Zunge und überließ das Reden Dad.

»Sieht nicht so aus«, sagte er.

»Ich schaue lieber nach. Ihr würdet es eh nicht merken, wenn etwas von mir fehlt.«

Ich erkannte das Haus von innen nicht wieder. Jede glatte Oberfläche bedeckte eine dünne, graue Pulverschicht, als wäre jemand in den Kamin geklettert und hätte einmal kräftig geniest.

»Wir sind gerade fertig«, erklärte der glatzköpfige Leiter der Spurensicherung. »Wir brauchen nur noch die Fingerabdrücke von allen, die hier wohnen, zum Aussortieren.«

»Das wären wir«, sagte ich.

Sie nahmen unsere Fingerabdrücke mit einem elektronischen Scanner. Erst Dads, dann Dellas, dann meine. Kaum hatte sie ihre Finger zurück, rannte Della nach oben. Das ganze Haus wackelte, als sie die Tür meines Zimmers aufriss und diese gegen die Wand knallte.

»Danke für Ihre Kooperation. Hier.« Der Techniker reichte Dad einen Fusselroller. »Damit kriegen sie den Staub am besten weg.«

Nachdem die Spurensicherung abgerückt war, schloss Dad zweimal hinter ihnen ab. Ich fühlte mich trotzdem nicht sicher. Von draußen blitzte Sonnenlicht durch die Scharten im Türrahmen, die das Brecheisen hinterlassen hatte. Mir wurde erst bewusst, dass ich zitterte, als Dad den Arm um mich legte. Ich wusste nicht, ob es Angst oder Wut war. Wahrscheinlich von beidem ein bisschen.

Ich schmiegte den Kopf an Dads Brust. Er wirkte müde und besorgt, seine blassen Wangen waren angespannt. Ich hatte ihn sehr lange nicht mehr so gesehen.

Oben polterte Della mit Schubladen und Schranktüren. Ich hörte, wie sie sogar das Bett verschob, und starrte genervt zur Decke. Hätte Della nicht vergessen das Sicherheitsschloss abzuschließen, dann wäre das alles nicht passiert.

Auch Dad sah zur Decke, dann zu mir.

»Also gut, Alice. Gib mir die Akte.« Er streckte die Hand aus.

»Was?«

»Die Akte, nach der die Einbrecher gesucht haben. Ab sofort ermittelst du nicht mehr. Ich rufe Mr Delgado an und sage ihm, dass du ihm nicht mehr helfen kannst. Warum hast du mir nichts von den Verfolgern erzählt? Was hast du dir dabei gedacht?«

»Aber Dad«, begann ich, doch bevor ich es erklären konnte, flog die Tür meines Zimmers auf und Della stürmte die Treppe herunter.

»Sie sind weg!«, heulte sie. »Sie haben meine Glücksohrringe gestohlen. Ruft die Polizei an, sie müssen sofort wiederkommen.«

»Della, beruhig dich.« Della hyperventilierte fast und Dad ging zu ihr. »Bist du dir ganz sicher, dass sie weg sind? Vielleicht liegen sie irgendwo auf dem Boden.«

»Ich bin doch nicht blöd! Ich habe überall gesucht. Ich hatte sie auf den Tisch gelegt, um sie morgen anzuziehen. Und jetzt sind sie weg. Ich fasse es nicht, dass mir das passiert. Ich brauche die Ohrringe für die zweite Runde.«

»Beruhig dich, Schätzchen. Ich kaufe dir neue. Wie sahen sie denn aus?«

Mit dem eiskalten Blick, den sie ihm zuwarf, hätte Della den Klimawandel aufhalten können.

»Es waren Diamantstecker. Mom hat sie mir gekauft, als ich meine erste Rolle am Broadway bekam. Es sind *Glücks*ohrringe. Du kannst mir nicht einfach neue kaufen. Du verstehst das nicht. Du verstehst nie was!«

Aufgebracht wandte sich Della von Dad ab. Und dann entdeckte sie mich.

»Das ist alles deine Schuld!«, rief sie und bohrte den Finger in meine Schulter.

»Meine Schuld? Wer von uns hat denn nicht richtig abgeschlossen? Ich nicht!«

»Wenn du ein normales Hobby hättest und nicht zum Spaß Verbrecher jagen würdest, dann müsste auch keiner bei uns einbrechen!«

»Ach, halt die Klappe, Dolores«, schoss ich zurück.

Della holte tief Luft und sah Dad entrüstet an. Sie hasste es, wenn ich ihren vollen Namen benutzte.

»Mit ihr rede ich überhaupt nicht. Ruf die Polizei an und sag, sie sollen zurückkommen. Ich brauche diese Ohrringe für mein Vorsprechen morgen!«

Doch damit kam sie bei mir nicht durch. »Hör auf, alles immer auf dich zu beziehen, Della! Warum verschwindest du nicht endlich nach Italien zu Mom? Da wärst du sowieso viel glücklicher.«

»Alice!«, rief Dad.

Della rannte die Treppe hoch.

Toll, dachte ich, als die Tür hinter ihr zukrachte. *Und wo soll ich hinrennen?*

Dad blickte mich finster an. Er ist einen Kopf größer als ich und in diesem Moment sah er wirklich bedrohlich aus.

»Rühr dich nicht vom Fleck«, sagte er. »Ich rede mit deiner Schwester, und wenn ich wieder runterkomme, will ich diese Akte haben und alles, was du zu Dr. Learners Verschwinden rausgefunden hast. Verstanden?«

Ich nickte. Ich hatte sehr gut verstanden. Aber wenn Dad glaubte, ich würde einfach kapitulieren, kannte er mich nicht so gut, wie er dachte.

Kaum war er weg, ging ich mit der Akte in sein Arbeitszimmer. Ich schätzte, mir blieben zehn Minuten, bis er wiederkam. Falls Della auf die Tränendrüse drückte, vielleicht mehr. Dads Computer brauchte immer ewig, um hochzufahren, aber glücklicherweise hatte er auch eines dieser Multifunktions-Drucker / Fax / Kopierer / Scanner-Geräte, die auch ohne Computer funktionieren. Damit kopierte ich die gesamte Akte zweimal. Die erste Kopie versteckte ich ganz unten im Papierfach des Druckers. Die zweite schob ich mir hinten in den Hosenbund und zog das T-Shirt drüber. Dann heftete ich das Original wieder ab und lief ins Wohnzimmer, bevor Dad die Treppe herunterkam.

»Deine Schwester ist sehr traurig.«

Ich sagte nichts. Dad seufzte.

»Sie telefoniert mit eurer Mutter.«

Na toll. Gleich wäre auch noch Mom wütend auf mich.

»Hör zu, Alice.« Dad nahm die Brille ab und sah mich müde an. »Ich weiß, es war nicht immer einfach, von deiner Schwester getrennt zu sein. Aber es ist wichtig, dass ihr euch versteht. Deine Mutter und ich werden nicht immer da sein. Ich dachte, dieser Sommer ist eine Chance für euch, sich wieder näherzukommen. Bitte geh zu ihr und vertragt euch.«

Dad blickte mich erwartungsvoll an. Aber falls er dachte, ich würde nach oben gehen und mich entschuldigen, lag er falsch. Della war genauso schuld an allem wie ich und diesmal sollte sie den ersten Schritt machen.

»Na schön«, seufzte er. »Ich habe verstanden. Macht, was ihr wollt. Und jetzt«, er setzte sich die Brille wieder auf und streckte die Hand aus, »gib mir die Akte.«

»Aber Dad, da stehen alle meine Notizen und Ideen drin. Ich bin ab jetzt vorsichtig. Ich schwöre es dir. Ich bin kurz vor der Lösung! Das spüre ich.«

»Pech gehabt, Kleine.« Er wackelte mit den Fingern.

»Was machst du damit?«, fragte ich.

»Ich bringe die Akte in die Redaktion. Da wird sie bewacht, falls irgendjemand kommt und sich an deinen Notizen vergreifen will.«

»Dad?«

»Keine Sorge. Ich verwende alles, was du rausgefunden hast, in meinem Exposé über Chronos. Ist mir egal, wie lange es dauert, bis die Rechtsabteilung den Artikel absegnet. Niemand bricht bei mir ein und kommt damit durch. Die werden ihr blaues Wunder erleben.«

Ich lächelte.

Dad lächelte zurück. »Außerdem, wenn alles in der Zeitung steht, gibt es auch keinen Grund mehr, dass jemand kommt und die Informationen klaut.«

Er schob sich den Hefter unter den Arm. Dann streckte er wieder die Hand aus.

»Und jetzt gib mir die Kopie.«

»Was?«

»Alice Jones, du bist mein Kind. Glaub nicht, dass ich nicht weiß, was du in meinem Arbeitszimmer gemacht hast. Also, her mit der Kopie.«

Wir starrten einander an. Dann senkte ich den Blick.

»Na gut.« Ich zog die Papiere aus meinem Hosenbund und reichte sie ihm. »Aber das ist unfair. Ich bin so nah dran. Und wenn ich Dr. Learner finde, hättest du die Story noch schneller fertig. Ich wette, dann würde er dir sogar ein Exklusiv-Interview geben.«

Dad nahm die Kopien und gab mir einen leichten Klaps auf den Hinterkopf. »Keine Chance. Hast du noch mehr?«

Ich schüttelte den Kopf, aber Dad suchte trotzdem. Er kennt mich wohl doch ziemlich gut. Er sah in meiner Tasche und in meinen Schulheften nach. Er zog alle Schubladen im Arbeitszimmer auf und hob sogar die schwarze Plastikmatte hoch, die den Teppich vor den Rollen seines Drehstuhls schützte.

»Gut, dann war es wohl die einzige Kopie«, stellte er fest. »Alice, ich weiß, wie sehr du es hasst, Dinge nicht abzuschließen, aber ich meine es ernst. Die Sache *ist* ernst. Aus irgendeinem Grund scheuen sich diese Männer nicht, das Gesetz zu brechen, um an die Akte zu kommen. Lass die Finger davon. Verstanden?«

»Ja, verstanden.«

»Gut. Ich bringe das hier jetzt in die Redaktion und suche jemanden, der uns eine neue Tür einbaut. Ich möchte, dass du hinter mir abschließt und die Kette vorhängst. Ruf an, wenn irgendwas passiert. Egal was.«

Ich schloss hinter ihm ab, verriegelte und legte die Kette vor. Dann winkte ich ihm durchs Fenster und er fuhr davon.

Ich huschte ins Arbeitszimmer und nahm die zweite Kopie aus dem Drucker. Ich hatte ein schlechtes Gewissen. Aber es war nicht stark genug, um mich umzustimmen. Wenn Dad uns schützen würde, indem er die Wahrheit veröffentlichte, würde ich ihm helfen die Wahrheit zu finden. Ich würde nicht zulassen, dass die Fieslinge von Chronos Dr. Learner und seinen Unsichtbarkeitsanzug vor mir fanden.

Ich lochte die Blätter und heftete sie hinter meinen Aufzeichnungen zur Goldbachschen Vermutung ab. Dort waren sie sicher.

Zwanzig

Ich verbrachte die Nacht wieder auf der Couch und morgens zierte ein neues Cordmuster mein Gesicht. Della hatte mich zwar nicht offiziell aus meinem Zimmer ausgesperrt, aber nur weil sich die Tür nicht abschließen ließ. Während sie unter der Dusche stand, schlich ich mich ins Zimmer und holte mir saubere Klamotten. Dad schraubte einen zusätzlichen Riegel an die Haustür, bis jemand kam, der eine neue Tür einsetzen würde. Trotzdem zuckten wir bei jedem Geräusch zusammen. Und mit jedem Zusammenzucken wurde ich wütender.

Della übte oben Steppen. Aber es klang, als würde sie das auf meiner Schädeldecke tun. Sie hatte in meinem Zimmer die Stelle gefunden, die genau über dem Sofa war, auf dem ich schlief. Anscheinend hatte sie dafür extra den Schreibtisch verschoben. Ich brauchte dringend einen Kaffee.

Ich zog mich an und kämmte mir mit den Fingern die Haare. Dad saß an der Küchentheke, aß Cornflakes und las Zeitung.

»Guten Morgen«, sagte ich. Er antwortete nicht und auf den zweiten Blick bemerkte ich, dass er sich Ohrstöpsel aus Papierservietten gedreht hatte. Die weißen Zipfel standen ihm aus den Ohren wie Alien-Antennen.

Ich bediente mich mit Kaffee und Cornflakes und zog den Unterhaltungsteil aus der Zeitung heraus. Er zuckte zusammen.

»Morgen, Dad«, sagte ich. Unter seinen Augen waren dunkle Ringe. Ich schätzte, ich hatte nicht als Einzige schlecht geschlafen. Oben hörte Della mit dem Steppen auf.

»Läuft die Show noch?« Er zeigte mit den Brauen zur Decke.

Ich schüttelte den Kopf.

Seufzend zog er sich die Servietten aus den Ohren, dann nahm er sich die Brille ab und massierte seine Nasenwurzel.

»Guten Morgen, mein Schatz.« Er setzte sich die Brille wieder auf und reichte mir einen Kuli, damit ich das Kreuzworträtsel und das Sudoku lösen konnte. Dad rückte die beiden zwar nicht gerne heraus, aber er hielt Wort. »Ich muss Della heute zum Vorsprechen bringen und bin nicht da. Kannst du jemanden anrufen, der vorbeikommt? Ich möchte nicht, dass du allein zu Hause bist.«

»Du meinst einen Babysitter?«

»Du weißt, dass ich es nicht so meine. Wenn dir niemand einfällt, warum kommst du nicht mit uns ins Theater?«

Ich verstand, dass Dad Della und mir helfen wollte Brücken zu bauen, aber es war noch zu früh. Ich wollte ihm gerade erklären, dass ich Zweifel hegte, ob Della über meine Gesellschaft erfreut wäre, aber da kam sie die Treppe herunter und sagte es ihm selbst.

»Das kann nicht dein Ernst sein, Dad. Ich brauche hundert Prozent positive Energie. Alice vergiftet die Aura, wenn sie mitkommt.«

»Della«, rügte Dad streng, aber die Idee begeisterte mich genauso wenig wie Della.

»Keine Sorge, Dad. Ich wollte sowieso in die Bibliothek. Da sind jede Menge Leute.«

»Na gut«, sagte er. »Aber ich habe mein Telefon die ganze Zeit bei mir. Auf Vibrationsalarm«, setzte er schnell nach, als er Dellas Blick sah. »Du rufst sofort an, wenn du mich brauchst, verstanden?«

»Verstanden.«

»Okay. Ich dusche schnell und dann fahren wir zum Theater. Und bis dahin vertragt ihr euch wieder.«

Ich hatte das Gefühl, Dad wollte noch etwas sagen, wahrscheinlich irgendwas von wegen, wir hätten diese ganz besondere Zwillingsverbindung und so, aber er besann sich eines Besseren. Er stellte nur seine Schale in die Spüle und ging nach oben.

Della setzte sich an die Küchentheke. »Sieh mich nicht an, sprich nicht mit mir, denk nicht mal an mich. Bis das Vorsprechen vorbei ist, existierst du für mich nicht.«

»Ganz ehrlich, ich habe mir echt Mühe gegeben, damit du dich hier zu Hause fühlst. Ich habe dir mein Bett überlassen und dir deine Kohlenhydrate gekocht. Vielleicht könntest du versuchen auch ein kleines bisschen Verständnis für mich zu haben. Neben dir gibt es noch andere Menschen auf der Welt, weißt du?«

Della schnaubte und warf sich das schöne blonde Haar zurück, doch sie antwortete nicht.

Na gut, dachte ich. *Wenn sie es auf die harte Tour will, kann sie das haben.*

Ich sah Della an und hängte mir ganz ruhig die Tasche über die Schulter.

»Ich gehe jetzt. Ich bin erst heute Abend wieder da. Ach, und Della …« Ich glaube, sie wusste, was ich sagen würde, bevor ich es tat. Vielleicht haben wir doch eine Zwillingsverbindung. Jedenfalls hob sie die Hände, um sich die Ohren zuzuhalten, doch es war zu spät. »Viel Glück!«

Ich packte mein Fahrrad und lief zur Tür hinaus, während Della hinter mir tobte. Einer Schauspielerin Glück wünschen war das Schlimmste, was man ihr vor einem Vorsprechen antun konnte. Leider fühlte ich mich danach kein bisschen besser. Es gab nur eins, was mir helfen würde: den Fall lösen. Und das hieß, ich musste Dr. Learner finden und beweisen, dass er sein Labor ohne Unsichtbarkeitsanzug verlassen hatte. Oder den Anzug mit eigenen Augen sehen.

Es herrschte Berufsverkehr. Abgase und wütendes Hupen erfüllten die Luft. Der Himmel war dunkel und sah aus, als ballte sich ein Gewitter zusammen. Ich schob mein Rad über den Bürgersteig. Bei so vollen Straßen hatte Fahrradfahren keinen Sinn, es sei denn, man wollte unbedingt überfahren werden. Allerdings konnte mir durch den dichten Verkehr der silberne Mercedes unmöglich folgen. Redete ich mir zumindest ein. Trotzdem erschrak ich höllisch, als Kevin Jordan nach mir rief.

»Hallo, Professor!«

Ich musste mein Herz erst wieder an seinen Platz zurückschieben, bevor ich mich umdrehen konnte.

»Hey, ganz ruhig!« Kevin lief mir nach. Mit einer Hand schob er das Fahrrad, mit der anderen zog er Sammy Delgado junior hinter sich her. Sammy wiederum zog einen ganzen Strauß heliumgefüllter Luftballons hinter sich her.

»Was ist?«, fragte ich. Ich stand nicht gern auf offener Straße herum. Jedes Mal wenn ein silberner Wagen vorbeifuhr, klopfte mein Herz schneller. Aber keiner davon war ein Mercedes.

»Ich habe den Kerl hier erwischt, als er um euer Haus herumgeschlichen ist, und da dachte ich, vielleicht plant ihr was Spannendes.«

»Ich bin nicht herumgeschlichen! Ich helfe Alice bei einem Fall«, sagte Sammy, erst ziemlich laut und dann wurde er immer leiser, während Kevin auf ihn heruntersah.

»Tut mir leid, Sammy, aber ich wurde von dem Fall abgezogen. Hat dein Vater dir das nicht erzählt?« Ich wollte nicht lügen, aber ich hatte Angst, Sammy würde nicht dichthalten und mein Dad so um drei Ecken erfahren, dass ich immer noch ermittelte.

Sammy wurde rot. »Doch, ich weiß. Deshalb hab ich dir die hier mitgebracht.« Er hielt die Ballons hoch.

»Was ist das? Eine Entschädigung dafür, dass bei uns jemand eingebrochen ist?«

Er zog die Schultern hoch und nickte. Er sah aus wie eine verlegene Schildkröte. Typisch Sammy. Er hatte das Herz am rechten Fleck, nur sein Kopf war irgendwo anders. Unwillkürlich musste ich lächeln.

»Warte mal. Bei euch wurde eingebrochen? Warum hast du mich nicht angerufen?«, fragte Kevin.

Verblüfft sah ich ihn an. Ich wusste nicht, was absonderlicher war: Sammys Luftballons oder Kevins Sorge.

»Warum hätte ich dich anrufen sollen? Ich habe die Polizei gerufen.«

Wir standen mitten auf dem Bürgersteig und starrten einander an. Ein Mann in einem schicken Anzug und Turnschuhen drängte sich an uns vorbei und fluchte vor sich hin. Ich zog Kevin und Sammy an die Mauer.

»Hört zu, ich habe eine anstrengende Nacht hinter mir. Ich habe keine Geduld für irgendwelchen Quatsch. Sagt mir einfach, was ihr wollt.«

Sammy sah von mir zu Kevin. Er beugte sich vor, als wollte er mir etwas ins Ohr flüstern.

»Nicht nötig«, sagte ich und schob ihn weg. »Kevin weiß Bescheid. Du musst nicht den Geheimagenten spielen.«

Sammy sah mich an, als hätte ich ihm ein Messer in den Bauch gerammt.

»Na gut«, sagte er verletzt. »Es geht um das Ding, das ich suchen sollte. Ich habe es nicht gefunden. Obwohl ich das ganze Gebäude durchforstet habe. Tut mir leid.«

»Welches Ding?«, fragte Kevin. Wir standen auf einem Belüftungsgitter der U-Bahn. Unter uns fuhr ein Zug vorbei und blies heiße, muffige Luft nach oben, wie Mundgeruch.

»Sammy, es ist kein Geheimnis«, sagte ich. Jetzt war sowieso alles egal. »Auf einem der Fotos hatte die Überwachungskamera so eine komische Metallklammer. Sie war nicht mehr da, als ich mir das Labor angesehen habe. Sammy sollte danach suchen.«

Sammy plusterte sich auf. »Genau. Ich habe Dads Büro durchsucht und Dr. Learners Labor. Ich habe mich sogar in Graham Davidsons Kammer geschlichen, während seiner Mittagspause, und im Konferenzsaal habe ich auch gesucht. Keine Spur von dem Ding.«

»Vielleicht hat es jemand weggeworfen«, überlegte Kevin. »Hast du in den Mülltonnen nachgesehen?«

Sammy wurde still. Einen Moment lang fürchtete ich, er würde weinen. Sein Anblick war wirklich herzzerreißend.

»Ich muss gehen«, sagte er dann plötzlich. »Mir ist gerade was Wichtiges eingefallen. Hat nichts mit dem Fall zu tun. Was anderes. Wir sehen uns später.«

Er drückte mir die Ballons in die Hand und rannte los. Als er sich noch mal umsah, stolperte er beinahe. Ich war mir ziemlich sicher, dass sein Chauffeur irgendwo in der Nähe wartete. Sammy wirkte nicht wie ein großer Fußgänger.

»Seltsamer Vogel«, sagte Kevin.

»Musst du gerade sagen.«

Der Verkehr rollte wieder und ich stieg aufs Fahrrad. Ich wollte endlich in die Bibliothek.

»Ein Einbruch, hm? Ganz schön heftig. Geht's dir gut?«

»Alles in Ordnung.« Ich wollte nicht darüber reden, vor allem nicht mit Kevin. Nicht, nachdem ich ihm schon alles über Della und Dad und meine ganze Familiengeschichte erzählt hatte. Ich ging lieber auf Nummer sicher und hielt die Klappe.

»Geht's deinem Vater gut?«

»Ja.«

»Und deiner Schwester? Hatte sie heute nicht ihr Vorsprechen?«

Ich bremste so plötzlich, dass mein Hinterrad vom Boden abhob. Dabei glitten mir die Ballons aus der Hand und flogen davon, sieben rote Kreise, die langsam im grauen Himmel verschwanden. Ich versuchte nicht einmal, sie wieder einzufangen.

»Warum verfolgst du mich?«

»Ich verfolge dich nicht. Wir fahren nur zufällig in dieselbe Richtung.« Kevin strahlte mich engelsgleich an.

»Ich fahre in die Bibliothek«, sagte ich. »Und du?«

»Ich fahre auch in die Bibliothek.«

»Du willst in die Bibliothek? Im Sommer? Ausgerechnet du?«

»Ja. Ob du's glaubst oder nicht.«

Einundzwanzig

Kevin musste zuerst den Antrag für einen Bibliotheksausweis ausfüllen, also überließ ich ihn der grimmigsten Bibliothekarin diesseits der Ben-Franklin-Brücke und verschwand zwischen den Regalen.

Ich folgte dem Dewey-Dezimal-System bis zu den 510ern, der Mathematik-Abteilung. In dieser Ecke blieb es so schön ruhig und ich mochte die Bücher. Meine Lieblingsstelle war die Fensterbank zwischen der Arithmetik (511) und der analytischen Geometrie (516). Um die Bibliothek herum wuchsen mit der Zeit immer neue, höhere Gebäude empor und durchs Fenster sah man auf eine Backsteinmauer. Dadurch bildete meine Ecke sozusagen ein Geheimversteck mitten in der Stadt, wo mich niemand sehen konnte. Staubkörnchen schwebten in der Luft und fingen die Sommersonne auf. Ich versicherte mich noch einmal, ob mir wirklich niemand folgte. Dann holte ich den Hefter mit der Goldbachschen Vermutung heraus.

Der Spiegel, den ich heimlich aus Mr Delgados Büro mitgenommen hatte, lag immer noch unten in meiner Tasche, von Bleistiftkrümeln und Staub bedeckt. Ich wischte ihn mit meinem T-Shirt sauber und schob ihn in die Plastiktasche vorne im Hefter. Dann blätterte ich zu meiner Kopie der Delgado-Akte. Dad hatte gesagt, ich sollte die Finger davon lassen. Genauso gut hätte er verlangen können, dass eins und eins fünf macht. Aber ich war nicht dumm. Ich würde nicht durch die Stadt laufen und nach Dr. Learner suchen. Ich hatte alle Informationen hier auf meinem Schoß. Falls ich einen Hinweis oder eine Spur fand, würde ich Mr Delgado anrufen. Und dann konnte er übernehmen. Solange er Dad die Exklusivrechte an der Story gab.

Bevor ich loslegte, verweilte ich wehmütig auf der letzten Seite meiner Goldbach-Rechnungen. Eigentlich hatte ich vorgehabt einen ruhigen Sommer mit der Goldbachschen Vermutung zu verbringen. Ich hatte auch vorgehabt ein paar Nächte in meinem eigenen Bett zu schlafen. Mit beidem hatte ich kein Glück gehabt. Seufzend blätterte ich die Seite um und konzentrierte mich auf den Fall.

Ich tippte mir mit dem Kuli an die Wange und zählte beim Denken. Der Schlüssel zum Learner-Fall lag ganz bestimmt darin, *wie* er verschwand. Wenn ich den Trick entlarvte, würde sich der Rest der Gleichung von allein ergeben. Im Gegensatz zu Graham Davidson weigerte ich mich so lange zu glauben, dass Dr. Learner in einen Unsichtbarkeitsanzug geschlüpft war, bis mir anderweitige Beweise vorlagen. Andererseits kannte ich Dr. Learner nicht. Vielleicht war er wirklich so ein Genie, wie alle behaupteten. Doch dann schüttelte ich den Kopf. Nein, selbst wenn er der intelligenteste Mensch auf der Welt war und einen funktionierenden Anzug hergestellt hatte, ergab das alles keinen Sinn. Warum sollte er damit verschwinden? Mit welchem Motiv?

Ich schlug eine neue Seite auf und schrieb alle möglichen Gründe auf, die mir dafür einfielen, ein unmögliches Verschwinden zu inszenieren.

Vielleicht wollte er sich vor jemandem verstecken. Das konnte ich verstehen. Ich hatte den silbernen Mercedes zwar heute Morgen nicht gesehen, aber irgendwo lauerte er. Sich unsichtbar machen klang verlockend. Trotzdem, dafür einen Millionen-Dollar-Unsichtbarkeitsanzug zu erfinden war eine ziemlich drastische Lösung.

Vielleicht wollte er einfach nur beweisen, dass seine Erfindung funktionierte. Aber wenn dem so wäre, hätte er ihn einfach irgendwem zeigen können. Was er vielleicht getan hatte. Sammy schien ziemlich überzeugt von der Existenz des Anzugs. Andererseits glaubte Sammy wahrscheinlich auch noch an die Zahnfee.

Und falls es den Anzug nicht gab, worum ging es dann überhaupt? Und warum hatte sich Dr. Learner wie Houdini in seinem Labor in Luft aufgelöst? Es handelte sich um ein klassisches Paradox. Ich schloss die Augen. Paradoxe waren in der Theorie eine feine Sache, aber wir befanden uns hier in der echten Welt. Es musste eine logische Erklärung geben, ich hatte sie nur noch nicht entdeckt.

Ich holte mein Handy heraus und sah mir noch mal die Fotos an, die ich in Dr. Learners Wohnung aufgenommen hatte. Vielleicht fand ich etwas, das mir bisher nicht aufgefallen war. Doch ganz gleich wie genau ich die Zettel an Dr. Learners Kühlschrank oder den unordentlichen Fußboden untersuchte, nichts stach mir ins Auge. Am längsten starrte ich das Bild von Dr. Learners Schlafzimmer an. Irgendwas störte mich an dem sauberen Rechteck auf dem Teppich. Doch ich konnte nicht sagen, was.

»Da bist du ja. Die Hütte ist riesig.« Kevin bog um die Ecke der Regale und redete viel zu laut für eine Bibliothek. Hastig steckte ich das Handy weg.

»Psst. Wir sind hier in einer Bibliothek, kapiert?«

Kevin verdrehte die Augen. »Ich bin nicht so blöd, wie ich aussehe.«

»Mich hattest du überzeugt«, murmelte ich in mich hinein. Aber wir waren hier in der Bibliothek, selbst ein Murmeln konnte man deutlich hören. Ich zuckte zusammen. »Entschuldigung.«

Meine Entschuldigung überraschte Kevin noch mehr als mich selbst. Er taumelte rückwärts, griff sich an die Brust und schnappte nach Luft, dann rutschte er an einem Regal herunter und blieb zuckend am Boden liegen.

Plötzlich musste ich lachen. Es fing mit einem Kichern an und dann geriet es außer Kontrolle. Ich lachte so laut, dass die Bibliotheksaufsicht kam, um mich zur Besinnung zu bringen. Mich! Ich konnte aber einfach nicht aufhören. Kevin sah mich besorgt an und die Tatsache, dass Kevin Jordan sich Sorgen um mich machte, ließ mich noch mehr lachen.

Irgendwann packte Kevin mich am Arm, kramte meine Sachen zusammen und zog mich durch die Regalreihen. Er schleppte mich prustend an der Bibliothekarin und allen empörten Besuchern vorbei. Vielleicht waren es ihre verdutzten Gesichter, die Tatsache, dass mir die Luft wegblieb, oder Kevins fester Griff um mein Handgelenk, das mich wieder auf den Boden zurückholte, vielleicht alles zusammen. Ich musste mich beherrschen.

Ich holte ein paarmal tief Luft und zählte Primzahlen. Als das nicht funktionierte, versuchte ich es mit der Fibonacci-Folge. Aber erst draußen (ich war bei F14=377) schaffte ich es endlich, mich zu beruhigen. Ich beugte mich vor, stützte die Hände auf die Knie und schnappte nach Luft. Mein Bauch tat weh. Ich konnte mich nicht erinnern, wann ich das letzte Mal so gelacht hatte.

»Hier.« Kevin hielt mir eine Wasserflasche hin und ich trank.

»Danke.«

Ich setzte mich auf die Marmorstufen. Das Gewitter kam näher und ich spürte das Gewicht des Wassers in den Wolken, das auf uns herunterdrückte. Ich suchte die Straße ab, doch konnte keinen silbernen Mercedes sehen. Hauptsächlich war ich erleichtert, aber eine kleine Stimme in mir fragte: Wenn sie mir nicht folgten, wem dann? Und was planten sie? Sie hatten nicht einfach aufgegeben, das wusste ich.

Kevin setzte sich neben mich. »Ich hab dich gerade zum ersten Mal lachen gesehen.«

»Wirklich?« Ich dachte an das vergangene Jahr. Wahrscheinlich hatte er Recht. Die Schule war kein Comedy-Club.

»Sonst lächelst du immer nur, wenn du da reinschreibst.« Er zeigte auf den Ordner mit der Goldbach-Vermutung. »Was ist das eigentlich?«

Ich sah ihn an und versuchte mir eine Welt vorzustellen, in der ich Kevin von der Goldbachschen Vermutung erzählen konnte, ohne einen verständnislosen Blick oder einen blöden Spruch zu ernten. Beinahe gelang es mir. Das ganze Gelächter hatte offenbar irgendwas in meinem Gehirn verschoben.

»Es ist nur ein Mathe-Rätsel, an dem ich gern arbeite. Nicht wichtig.«

Kevin zog die Braue hoch, als glaubte er mir nicht, aber er hakte nicht nach.

»Und was willst du heute in der Bibliothek?«, fragte ich, um das Thema zu wechseln.

»Ach so. Ich brauche deine Hilfe. Hiermit.«

Kevin zog einen dicken Papierstapel aus der Tasche. Er war in einer Ecke zusammengetackert und ein bisschen nass, wahrscheinlich von seiner undichten Wasserflasche. »Rektorin Chase ist ziemlich sauer geworden, weil ich am letzten Schultag abgehauen bin, ohne ihr einen Besuch abzustatten.«

»Nachvollziehbar.« Ich wusste nicht, worauf Kevin hinauswollte.

»Sie ist völlig durchgedreht. Hat sogar bei mir zu Hause angerufen. Glücklicherweise bin ich rangegangen, nicht meine Eltern. Ich musste alle meine Geschütze auffahren, um sie zu beruhigen.« Bei der Vorstellung, wie Kevin Rektorin Chase um den Finger zu wickeln versuchte, bekam ich fast wieder einen Lachanfall. »Sie hat gesagt, wenn ich diese Aufgaben bis nächste Woche löse, muss ich nicht zum Nachsitzen diesen Sommer.«

»Ja, und?«, sagte ich. »Dann mach es doch einfach.«

»Ich brauche eine Lösungsrate von über neunzig Prozent.« Er sah mich an und klimperte mit den Wimpern.

»Das ist nicht dein Ernst, oder? Ich erledige doch nicht deine Strafarbeit für dich.«

»Ach, bitte. Hilf mir. Immerhin ist es deine Schuld. Wenn ich nicht versucht hätte dich zu retten, hätte ich auch keine Strafarbeit.«

»Warum erklärst du ihr nicht, was passiert ist?«

»Was, dass zwei Gorillas in schwarzen Anzügen dich in einen Wagen gestoßen haben und weggefahren sind? Ich habe es probiert. Sie hat mir kein Wort geglaubt. Jetzt komm schon. Du bist so schlau. Hilf mir einfach ein bisschen. Ich bin blöd, schon vergessen?«

Ich warf einen Blick auf seine Aufgaben.

»Komm schon«, bettelte Kevin. »Ich kaufe dir auch eine Brezel.«

»Na gut. Ich helfe dir. Aber auf die Lösungen musst du selber kommen.«

Kevin bei den Mathe-Aufgaben zu helfen hatte ein bisschen was von Zähneziehen.

»Hier steht: *Lösungsweg angeben!* Die Hälfte der Note ist der Rechenweg.«

»Wen kümmert der Rechenweg, wenn am Ende das richtige Ergebnis dasteht?«

»Bei Mathe geht es aber nicht um das Ergebnis. Es geht um das Verfahren. Wenn du nur das Ergebnis hinschreibst, hast du es vielleicht einfach hinten abgeschrieben.«

»Du meinst, die Ergebnisse stehen hinten?« Kevin schlug die letzte Seite auf und seufzte. »Ich wusste, es wäre zu schön, um wahr zu sein.«

Ich drückte mir die Handballen gegen die Augen. Wir machten keine Fortschritte. Ich hätte nachvollziehen können, wenn Kevin die Ergebnisse sehen wollte, um von dort aus rückwärts zu rechnen, aber so war es nicht. Er verstand einfach nicht, dass bei Mathe der Spaß darin bestand, herauszufinden, *wie* man zur Lösung kam.

Plötzlich stutzte ich.

Genau das war mein Fehler gewesen! Wie konnte Dr. Learner verschwinden? Die Frage hatte mich so beschäftigt, dass ich alles andere außer Acht gelassen hatte. Die eigentliche Frage zum Beispiel. Wo befand sich Dr. Learner jetzt? Ich musste nicht das Rätsel seines Verschwindens lösen. Ich musste das Rätsel seines derzeitigen Aufenthaltsortes lösen. Genau das versuchten auch die Männer von Chronos. Sie hatten meine Verfolgung nicht aufgegeben, sondern folgten wahrscheinlich einer anderen Spur, einer Spur, an die ich noch gar nicht gedacht hatte. Doch ich weigerte mich zuzulassen, dass sie Dr. Learner zuerst fanden. Dies war *mein* Fall, nicht ihrer.

»Kevin, du bist ein Genie«, sagte ich. Er war zu geschockt für eine Antwort.

Ich nahm mein Smartphone heraus und suchte im Internet nach Dr. Adrian Learner. Hauptsächlich erschienen Zeitungsberichte über sein Verschwinden. Ganz oben auf der Liste stand Dads Artikel, das würde ihn freuen.

Doch ich wollte keine neuen Nachrichten. Ich wollte etwas über sein Leben wissen. Ich scrollte nach unten. Da.

Ein Artikel im Ehemaligen-Magazin der Universität von Pennsylvania: *Penns Erfolgsstorys in Forschung und Technik*. Es ging vor allem um Dr. Learner und Mr Delgado. Ich überflog den Text.

»Er hat das Beakman-Stipendium gewonnen …«

»Mann, sieh dir die Koteletten an!« Kevin zeigte auf ein Foto des jungen Dr. Learner im Laborkittel mit einer Gruppe von Studenten. Sie standen vor einem großen Fenster in einem Universitätsgebäude und im Hintergrund glitzerte die Skyline von Philadelphia. Als ich näher hinsah, erkannte ich neben Dr. Learner eine jüngere, schlankere Version von Mr Delgado.

Gemeinsam mit seinem ehemaligen Kommilitonen Samuel Delgado wird Dr. Adrian Learner im September das neue Delgado-Learner-Wissenschaftszentrum einweihen. Der neue Trakt bietet Büros für den wissenschaftlichen Lehrkörper, acht Seminarräume und vier hochmoderne Labors.

Und da war, was ich die ganze Zeit gesucht hatte. Eine Spur.

Alle sagten immer, Dr. Learner sei ein brillanter Mann, der sich zu hundert Prozent seiner Forschung verschrieben hatte. Er wäre niemals mitten in einem Projekt freiwillig verschwunden. Deswegen machte sich Sammy solche Sorgen. Aber was, wenn es ein Versteck gäbe, in dem er heimlich weiterarbeiten konnte?

Zweiundzwanzig

Das ist es«, sagte ich. »Das muss es sein. Eins der Labors in dem neuen Forschungstrakt.«

»Wie, du meinst, er ist hier, an der Uni? Hätte man da nicht längst nachgesehen?«

»Das Gebäude wird seit einem Jahr gebaut. Es ist immer noch nicht ganz fertig. Erst gestern hat sich Della beschwert, weil wegen der Baustelle mehrere Straßen gesperrt sind. Und Graham Davidson sagte, Dr. Learner würde seine Experimente nie aus den Augen lassen. Falls er aus freiem Willen verschwunden ist, dann würde er sich nur an einem Ort verstecken, wo er weiterarbeiten kann. Und wenn es sein muss, würde Dr. Learner sogar im Labor auf dem Boden schlafen. Es wäre ein Leichtes, sich auf dem Uni-Gelände zu verstecken. Dort gehen ständig Leute ein und aus und er sieht aus wie ein ganz gewöhnlicher Professor.«

Ich wählte Mr Delgados Nummer.

»Hallo?«

Andrew, Mr Delgados androider persönlicher Assistent, nahm ab.

»Hallo. Hier spricht Alice Jones.«

»Oh, Miss Jones. Wie kann ich helfen?« Ich verstand ihn kaum, weil im Hintergrund Menschen redeten und Klavier gespielt wurde.

»Ich muss mit Mr Delgado sprechen.«

»Tut mir leid, aber er kann gerade nicht ans Telefon kommen. Wir haben hier eine kleine Feier.« Er sprach undeutlich und ich fragte mich, ob er zu viel Sekt getrunken hatte.

»Was feiern Sie denn?«

»Es ist noch nicht offiziell, aber es sieht aus, als hätten wir den Zuschlag bekommen. Morgen, wenn die Verträge unterschrieben sind, geben wir es offiziell bekannt. Das ist ein echter Coup für Delgado Industries.«

Es überraschte mich, dass Andrew so offen mit mir redete. Ich wusste von dem Vier-Millionen-Dollar-Auftrag, den die Regierung zu vergeben hatte, aber nur, weil Dad heimlich in Dr. Learners E-Mails herumgeschnüffelt hatte. Doch wenn sie es morgen offiziell bekannt gaben, war es wohl nicht mehr so streng geheim. Außerdem hatte ich andere Sorgen.

»Na dann, herzlichen Glückwunsch«, sagte ich. »Aber ich muss trotzdem mit Mr Delgado sprechen. Ich glaube, ich habe eine Spur zu Dr. Learner.«

»Ach ja?«, antwortete Andrew. »Tut mir leid, im Moment geht es wirklich nicht. Aber du kannst es mir sagen und ich richte es ihm so schnell wie möglich aus.«

»Na gut. Sagen Sie ihm, ich glaube, Dr. Learner könnte sich im neuen Wissenschaftstrakt an der Uni verstecken. Das Gebäude, das Delgado Industries gespendet hat.«

»Der neue Wissenschaftstrakt. Schön. Ich richte es ihm aus«, sagte Andrew und unterdrückte einen Schluckauf.

»Bitte sagen Sie es ihm so schnell wie möglich. Ich glaube, die Männer von Chronos sind immer noch auf der Suche nach ihm.«

Andrew gluckste in sich hinein, wie es Erwachsene tun, wenn Kinder »erwachsen spielen«. Meine Nackenhaare sträubten sich.

»Ich sage es ihm gleich«, sagte er und dann legte er auf.

Ich hatte kein gutes Gefühl.

»Das war's?«, fragte Kevin. »Hey, wenn du die Belohnung bekommst, kaufst du mir ein neues Fahrrad? Meine Bremsen sind kaputt.«

Die Sache gefiel mir nicht. Vielleicht verbrachte Mr Delgado den ganzen Nachmittag auf dieser Feier. Vielleicht vergaß Andrew ihm die Nachricht auszurichten. Vielleicht waren die Männer im Mercedes schon unterwegs.

Ich wählte Dads Nummer, ging auf und ab und zählte meine Schritte, während es klingelte. Bei neunzehn schaltete Dads Handy auf Voicemail.

»Anscheinend hat Della gerade ihr Vorsprechen«, murmelte ich und legte auf.

Ich lief die Treppe runter zum Fahrradstellplatz.

»Hey, warte, was hast du vor?«, fragte Kevin.

»Ich fahre zur Uni. Vielleicht sind die Chronos-Typen auch schon dahintergekommen.«

Kevin stand wie angewurzelt oben an der Treppe, während ich mein Fahrrad aufschloss und mich auf den Sattel schwang.

»Was ist?«, rief ich. »Bist du dabei oder nicht?«

Endlich löste Kevin sich aus seiner Starre und rannte hinter mir her. »Okay, aber wenn wir ihn finden, schuldest du mir ein neues Fahrrad.«

Schweigend durchquerten wir die Stadt. Ich musste dauernd an Sammy denken, wie er bei Delgado Industries die Mülltonnen filzte. Er erzählte mir vielleicht nicht alles, aber er wollte unbedingt den Fall lösen. Wahrscheinlich würde er ganz in den Müllcontainer steigen, wenn es half Dr. Learner zurückzubringen. Es war komisch – noch vor einer Woche konnte ich Sammy nicht ausstehen und jetzt wollte ich ihn auf keinen Fall hängenlassen.

Ich trat fester in die Pedale und Kevin hielt mit.

Nachdem wir auf der Walnut-Street-Brücke den Schuylkill River überquert hatten, landeten wir direkt auf dem Uni-Gelände.

Die Baustelle des Delgado-Learner-Wissenschaftszentrums befand sich auf der Westseite des Campus. Die Hälfte des Gebäudes war noch eingerüstet, aber die Teile, die man sehen konnte, schienen fertig zu sein. Zwei junge Ulmen standen rechts und links vom Eingang und warfen Schattentupfen auf die Hälfte des Messingschilds mit dem Institutsnamen. Ich fragte mich, ob Mr Delgado die Bäume fällen lassen würde. Wenn man ein Gebäude nach sich selbst benannte, wollte man schließlich vor allem, dass die Leute den Namen sehen konnten.

»Das ist es«, sagte ich.

Ich zog an dem großen Metallgriff der Tür, doch der Delgado-Learner-Bau war abgeschlossen. Dann trat ich einen Schritt zurück und legte den Kopf in den Nacken, um nach einem Lebenszeichen zu suchen. Ich hätte wissen müssen, dass es nicht so leicht werden würde.

»Was machen wir jetzt?«, fragte Kevin.

»Es gibt bestimmt irgendeinen Weg hinein.«

Ich ging um das Gebäude herum, Kevin folgte mir. Der Campus war voller Studenten, doch keiner würdigte uns eines Blickes. Vielleicht brachten die Professoren öfters ihre Kinder mit. Oder sie hielten uns für Überflieger, die jetzt schon mit dem Studium anfingen.

Die Fenster an der Längsseite des Gebäudes waren hoch und schmal. Sie sollten viel Licht hereinlassen, ohne mit einer schönen Aussicht die Studenten abzulenken. Selbst Dad hätte Schwierigkeiten, von außen hineinzusehen.

»Hilf mir mal hier rauf.«

»Das ist der eigentliche Grund, warum du mich dabeihaben wolltest, oder?« Kevin ließ sich auf alle viere nieder und ich stellte mich auf seinen Rücken. Der Rasen unter ihm war frisch ausgerollt und man sah die Narben, wo das Gras noch nicht zusammenwuchs.

»Halt still.« Ich drückte die Nase an die Scheibe.

Der Raum war leer. An den Wänden liefen Arbeitsplatten entlang, aber bis auf eine dünne Staubschicht von den Bauarbeiten konnte ich nichts sehen. An den Wänden und von der Decke hingen Plastikplanen, die in der heißen Schwüle gespenstisch flatterten.

»Hier ist er nicht.«

Auch an den drei nächsten Fenstern hatten wir keinen Erfolg. Kevins Knie wurden immer schmutziger und seine Laune immer schlechter.

»Komm schon«, sagte ich.

»Du kannst dich bücken und ich klettere auf deinen Rücken.«

»Nein, danke.«

»Das Fahrrad, das du mir schenkst, muss verdammt cool sein«, grummelte er und kniete sich vor dem letzten Fenster auf dieser Seite hin.

»Ich glaube, das ist es«, rief ich.

Anders als in den vorherigen kahlen Räumen sah es hier tatsächlich aus wie in einem Labor. Zwar hingen auch hier noch die Plastikplanen von den Wänden, aber jemand hatte versucht sie zusammenzubinden. In den Regalen an den Wänden standen Geräte – die gleichen Geräte, wie ich sie in Dr. Learners Labor bei Delgado Industries gesehen hatte.

»Siehst du ihn?«

»Nein.« Ich machte ein Foto mit dem Handy, bevor ich von Kevins Rücken sprang. »Aber er war hier.«

»Woher weißt du das?« Kevin stand auf und rieb über die Grasflecken an den Knien.

»Weil ich hier die gleichen Geräte wie bei Dr. Learner im Labor gesehen habe.«

»Ach ja? Ich wette, viele Wissenschaftler benutzen das gleiche Zeug.«

»Vielleicht, aber lassen viele Wissenschaftler auch fünfzig Kaffeebecher überall rumliegen?«

Ich zeigte Kevin das Foto. Die Unordnung war zwar nicht so schlimm wie in der Wohnung, aber auch Kevin erkannte Dr. Learners Markenzeichen. Man konnte es nicht übersehen.

»Und noch was. Guck mal hier.« Ich zoomte die Ecke der Arbeitsplatte heran.

Kevin beugte sich über das Telefon. »Sieht aus wie eine Schmuckschatulle. Meine Mom bewahrt ihre Perlen in so was auf.«

»Es *ist* eine Schmuckschatulle. Genauso eine gab es auch in Dr. Learners Labor. Und weißt du, was drin war?« Ich machte eine theatralische Pause, doch dann fiel mir Della ein. Sie färbte langsam auf mich ab. »Diamanten. Zehn Stück.«

Kevin musterte das Foto, dann mich und dann das Fenster, als wollte er vorschlagen, dass wir einbrachen und uns die Diamanten unter den Nagel rissen.

»Dr. Learner hat eine Methode entwickelt, mit Hilfe von Diamanten das Licht des Lasers zu biegen. Anscheinend ist das vor ihm noch niemandem gelungen und deshalb versteckt er sich. Wir müssen nur hier warten, bis er zurückkommt.«

Kevin grinste. »Du meinst, eine richtige Belagerung? Cool.«

Ich musste lachen. »Du klingst schon wie Sammy.«

Wir gingen zurück zur Vorderseite des Gebäudes. Ein Regentropfen landete auf meiner Nase. Ich sah zum Himmel und stöhnte. So viel zum gemütlichen Warten auf einer Bank. Stattdessen mussten wir uns an die Mauer drücken, um nicht völlig nass zu werden. Solange der Wind nicht stärker wurde, waren wir sicher.

Ich versuchte es noch einmal bei Mr Delgado, aber es schaltete sich direkt die Voicemail ein. Offensichtlich tobte dort ein rauschendes Fest, wenn nicht einmal Andrew ans Telefon ging.

»Ich verstehe das nicht«, sagte Kevin. »Warum versteckt sich Dr. Learner hier? Warum nicht an einem Ort, den keiner kennt? Ich meine, das Gebäude gehört ihm und Mr Delgado, oder?«

Ich musste zugeben, dass er Recht hatte. Falls Dr. Learner freiwillig bei Delgado Industries verschwunden war, schien der Delgado-Learner-Bau ein seltsamer Ort, um sich zu verstecken. Und der erste Ort, an dem Mr Delgado nachsehen würde.

»Tja«, sagte ich, »hoffentlich taucht Dr. Learner bald auf, dann können wir ihn selbst fragen.«

Dreiundzwanzig

In wenigen Minuten hatte sich der Nieselregen in einen Wolkenbruch verwandelt. Ich wusste nicht, wie wahrscheinlich es war, dass Dr. Learner bei diesem Wetter auftauchte, aber wir konnten sowieso nirgendwohin, ohne klitschnass zu werden. Kevin und ich saßen fest.

Wir warteten eine Viertelstunde, dann brach Kevin das Schweigen.

»Und was hast du vor, wenn wir Dr. Learner finden? Ich meine, falls er auftaucht?«

»Ich rufe Mr Delgado an und dann besorge ich mir was zu essen.«

Das entsprach nicht ganz der Wahrheit. Denn eigentlich hatte ich vor, Dr. Learner über seine Forschung auszufragen. Alle schienen bisher überzeugt, dass Dr. Learner den Unsichtbarkeitsanzug wirklich gebaut hatte. Langsam kamen mir Zweifel an meinen Zweifeln. Doch ich hasste Zweifel und deshalb erzählte ich Kevin nichts davon.

»Das meinte ich nicht. Was hast du mit dem Rest des Sommers vor?«

Ich lehnte mich an die Mauer. Der Backstein war noch warm von der Sonne am Morgen und die Wärme an den Schulterblättern tat gut. Vom Dachvorsprung plätscherte der Regen herunter, als stünden wir hinter einem Wasserfall.

»Ich weiß nicht«, sagte ich. »Ich habe noch nicht darüber nachgedacht. Eigentlich hatte ich mich auf einen ruhigen Sommer mit meinen Mathe-Aufgaben gefreut, aber ich schätze, es hängt alles davon ab, ob Della ihre Rolle bekommt oder nicht.«

Ich schauderte und das lag nicht am Regen. Falls Della die Rolle nach meinen Glückwünschen heute Morgen nicht bekam, hatte ich mir ganz schön was eingebrockt. Ich fragte mich, ob es der Bibliothekarin auffallen würde, wenn ich mit meinem Schlafsack zwischen die hinteren Regale zog.

»Du willst den Sommer in der Bibliothek verbringen und Mathe-Aufgaben lösen? Ich verstehe ja, dass du schlau bist und auf solche Sachen stehst, aber mal im Ernst, es ist Sommer. Sollten Kinder da nicht lieber was anderes machen? Du weißt schon, irgendwas, das während der Schulzeit nicht geht?«

»Wieso, was hast du denn vor?«

»Ich? Ich gehe mit meinem Vater zelten.«

»Du? Zelten?« Ich schaute einer nassen Gestalt nach, die über den Parkplatz lief und in einem wartenden Auto verschwand. Sie sah nicht aus wie Dr. Learner, aber in dem Regen war es schwer zu erkennen.

»Ja, ich. Zelten ist toll. Du musst es mal ausprobieren.«

Ich verzog das Gesicht. In einem Zelt mit mindestens zehn Moskitos und hundert anderen Insekten entsprach nicht meiner Vorstellung von Erholung. »Nein, danke.«

Kevin seufzte. »Jedem das Seine.«

Seite an Seite beobachteten wir das leere Uni-Gelände und warteten. Über uns prasselte der Regen auf das Kupferdach und tropfte vor unseren Nasen zu Boden.

»Mom will, dass ich sie in Italien besuche«, sagte ich nach einer Weile. Jedenfalls hatte sie das vor meinem Streit mit Della gewollt.

»Im Ernst? Wahnsinn. Das Weiteste, wo ich bis jetzt war, ist New York City, um mir ein Spiel der Flyers anzusehen. Und? Fliegst du hin?«

»Ich weiß nicht. Wahrscheinlich will sie nur shoppen und ins Theater gehen. Mom und ich stehen nicht auf dasselbe Zeug.«

»Na und? Sie ist deine Mom. Du bettelst sie so lange an, bis sie macht, was du willst.«

Ich zuckte die Achseln. So hatte ich es noch nie gesehen. Vielleicht war da was dran.

»Es kommt jemand.« Ich richtete mich auf und blinzelte in den Regen. Eine Gestalt lief gebückt zum Delgado-Learner-Bau herauf. Ein Mann, aber nicht Dr. Learner, so viel konnte ich erkennen. Er war zu dünn. Doch wenn er uns reinließ, fanden wir vielleicht heraus, wo Dr. Learner steckte. Und mussten nicht mehr im Regen stehen.

Der Mann rannte ungelenk, als bewegte er sich nicht oft, und er hielt sich den Rucksack über den Kopf. Er sah aus wie eine Schildkröte. Kevin und ich lächelten, als er näher kam. Ich hoffte inständig, dass er uns mit reinnahm. Aber ich hatte kein Glück. Er besaß keinen Schlüssel, sondern zog nur an der Tür und machte ein enttäuschtes Gesicht, als sie nicht aufging.

»Sollte hier eigentlich offen sein?«, fragte ich.

»Nein.« Er trat zurück und musterte das Messingschild. »Aber einer meiner Kommilitonen meinte, hier wäre neulich ein Professor reingegangen, und da wollte ich es mal ausprobieren.«

»Ein Professor? Wie sah er aus?«

»Keine Ahnung. Ich habe ihn nicht gesehen. Ich wollte mir nur mal die Labors anschauen. Angeblich sind die der Wahnsinn.«

Ich ließ die Schultern hängen.

»Aber wenn ihr einen der neuen Professoren sucht, solltet ihr mal im Wohnheim nachsehen.« Er zeigte über die Wiese auf die andere Straßenseite. »Während der Bauarbeiten haben sie auch gleich das alte Wohnheim renoviert.«

Auf der anderen Straßenseite stand ein schlichtes dreistöckiges Backsteingebäude, zum Teil von einer riesigen Eiche verdeckt. Direkt daneben stand ein Umspannwerk. Wenn man dort wohnte, hörte man wahrscheinlich die ganze Nacht die Drähte summen. Aber der Wohnkomfort wäre Dr. Learners geringste Sorge.

»Das ist es! Das muss es sein!« Ich sah von Kevin zu dem Studenten. »Vielen Dank.«

»Keine Ursache«, antwortete er verwirrt, aber ich glaubte nicht, dass er länger über uns nachdenken würde. Wir waren nicht mehr als zwei Kinder, die nach irgendeinem Professor suchten. Er ahnte ja nicht, dass wir kurz davorstanden, das Rätsel des verschwundenen Wissenschaftlers zu knacken.

Wir überquerten den Rasen vor dem Delgado-Learner-Bau. Dicke Regentropfen platschten vom Himmel, doch ich merkte es kaum. Ich war klitschnass, aber ich hatte ein Ziel.

»Wo willst du hin?«, rief Kevin, der mir folgte.

»Verstehst du denn nicht? Die neuen Professoren ziehen erst ein, wenn im Herbst die Uni anfängt. Also steht hier ein völlig leeres Wohnheim direkt neben einem hochmodernen Labor mit Dr. Learners Ausrüstung. Das perfekte Versteck.«

An der Straße beugte ich mich keuchend vor und schnappte nach Luft.

»Du musst echt mehr Sport machen.« Kevin war kein bisschen außer Puste.

»Nicht jetzt«, ächzte ich.

»Ich verstehe deine Logik, aber sie hat einen Haken. Ich meine, hätte Mr Delgado nicht zuallererst hier nachgesehen?«

»Vielleicht«, sagte ich, »vielleicht auch nicht. Vielleicht ist es zu simpel – Dr. Learner versteckt sich in aller Öffentlichkeit und Mr Delgado hat sich einfach nicht die Mühe gemacht, nachzusehen. Oder ich liege völlig falsch und Dr. Learner ist nie hier gewesen. Nachsehen müssen wir aber auf jeden Fall.«

»Alice!« Ich war so damit beschäftigt, Kevin von meiner Theorie zu überzeugen, dass ich den Wagen nicht gesehen hatte. Kevin packte mich am Kragen und zog mich von der Straße ins Gebüsch, als der spiegelblanke silberne Mercedes vorbeifuhr. Ich sah, wie er um die Ecke verschwand. Sie fuhren direkt auf den Parkplatz des Delgado-Learner-Baus.

»Das ist er, oder?«, fragte Kevin. »Der Wagen, der dir folgt. Die Typen, die bei euch eingebrochen sind.«

»Ja«, keuchte ich. »Das sind sie. Komm, wir müssen uns beeilen.«

Ich wusste nicht, wie sie uns gefunden hatten. Den ganzen Tag war der silberne Mercedes nicht aufgetaucht, obwohl ich die Augen offen gehalten hatte. Als ich aufstehen wollte, griff Kevin mich fest am Arm.

»Was machst du denn?«, fragte er.

»Verstehst du nicht? Wenn die hier sind, sind wir garantiert auf der richtigen Spur. Wir müssen zuerst im Wohnheim sein. Falls Dr. Learner da ist, müssen wir ihn warnen. Und wenn er weg ist, müssen wir die Ersten sein, die seine Spuren finden, damit die Chronos-Leute uns nicht folgen können.«

»Alice, diese Typen sind bei euch eingebrochen. Sie lassen dir nicht einfach den Vortritt. Selbst wenn du Dr. Learner findest, was willst du dann tun?«

Kevin hatte Recht. Dad und Mr Delgado gingen beide nicht ans Telefon, wir waren nur mit Fahrrädern hier. Ich hätte mir Sammys Nummer geben lassen sollen, er wäre bestimmt erreichbar. Dann kam mir der rettende Einfall. Ich leerte meine Tasche aus. Alte Stifte und Papiere purzelten heraus, der ganze Kram, den ich längst wegwerfen wollte, aber mir nie die Zeit dazu nahm.

»Da!« Ich fischte Officer Ross' Visitenkarte aus dem Chaos. Meine Finger zitterten so stark, dass ich drei Versuche brauchte, bis ich ihre Nummer schließlich gewählt hatte. Sie nahm nach dem zweiten Klingeln ab.

»Officer Ross? Hier ist Alice Jones. Sie waren gestern bei uns, weil bei uns eingebrochen wurde.«

»Ja, ich erinnere mich. Ist etwas passiert?«

»Ich habe das Auto gesehen, das mich verfolgt.«

»Wo bist du?«, fragte Officer Ross. Ich hörte ihren Ohrring gegen den Hörer klicken, als sie mitschrieb.

»Ich bin auf dem Gelände der Universität. Sie parken gerade vor dem neuen Delgado-Learner-Bau.«

»Bist du in Sicherheit? Haben sie dich gesehen?«

Kevin stand dicht bei mir und versuchte mitzuhören, doch ich drehte mich weg, bevor ich antwortete. »Mir geht's gut. Ich bin an der Straße. Ich glaube nicht, dass sie mich entdeckt haben.«

»Gut. Hör zu. Ich will, dass du dich versteckst. Wir sind unterwegs. Ruf an, wenn irgendwas passiert.«

Ich versprach es und legte auf.

Dann sah ich Kevin an. »So. Bist du zufrieden? Und jetzt los.« Ich stand auf und wollte die Straße überqueren.

»Warte.« Kevin riss mich zurück ins Gebüsch. »Was zum Teufel hast du vor?«

»Willst du etwa hier im Regen sitzen bleiben? Wenn Dr. Learner da drin ist, müssen wir ihn warnen. Außerdem ist es da sicherer. Dort gibt es Türen. Türen mit Schlössern.«

Kevin wirkte noch nicht überzeugt.

»Bitte«, sagte ich. »Vertrau mir einfach.«

Kevin starrte mich an und ich starrte zurück. Vielleicht war es eine Sackgasse, aber ich musste nachsehen.

»Na gut, ich komme mit. Aber nur, weil du mich brauchst, falls du Schwierigkeiten kriegst. Und wenn wir diesen Typen begegnen, hauen wir ab, verstanden?«

Ich nickte.

Kevin schüttelte den Kopf, als könnte er nicht fassen, was er da tat. Doch ich ließ ihm keine Zeit, es sich anders zu überlegen.

Vorsichtig sah ich mich um. Der Mercedes war vom Wohnheim weg auf den Delgado-Learner-Bau zugefahren. Hoffentlich gab ihnen niemand den Tipp mit dem Wohnheim und Kevin und ich konnten Dr. Learner aus dem Gebäude bekommen, ohne ihnen in die Arme zu laufen. Rasch rannten wir über die Straße. Ich hielt die Luft an, bis wir hinter der mit Efeu bewachsenen Ecke auf der anderen Straßenseite verschwanden.

Jemand hatte ein Telefonbuch in die Eingangstür gesteckt, um sie aufzuhalten. Ich nahm es heraus und ließ die Tür hinter uns zufallen. Das Klicken des Schlosses klang wie Musik in meinen Ohren.

»Hier lang.« Ich zeigte zur Treppe. Wir würden in allen

Zimmern nachsehen müssen. Dr. Learner hatte wohl kaum ein Namensschild angebracht.

Ich nahm zwei Stufen auf einmal. Zwei mal elf. Zweiundzwanzig Stufen. Kevin war direkt hinter mir. Als wir oben ankamen, fühlten sich meine Beine an wie geschmolzenes Blei, aber wir hatten keine Zeit zum Ausruhen.

»Du siehst auf dieser Seite nach und ich auf der anderen.« Ich musste zugeben, dass es angenehm war, sich die Arbeit mit jemandem zu teilen.

Ich klopfte an die erste Tür. Keine Antwort. Schien nicht so, als wäre sie je geöffnet worden. Dann kniete ich mich hin und sah mir die Tür näher an. Auf der Türklinke klebte noch eine Plastikfolie, damit das Messing keine Kratzer bekam. Ich beschloss, nicht an alle Türen zu klopfen, sondern lief einfach den Flur hinunter, bis ich die Tür fand, deren Klinke nicht mehr mit Plastik umwickelt war. Apartment 213.

»Ich hab es gefunden«, rief ich und winkte Kevin herbei.

»Woher weißt du das?«

»Das ist die einzige Tür, deren Klinke nicht mehr originalverpackt ist.«

Ich klopfte.

Einen Moment lang herrschte Stille.

Dann hörte ich Schritte.

Ich hatte Recht gehabt. Die Tür ging auf.

»Hallo, Dr. Learner. Wir haben nach Ihnen gesucht.«

Vierundzwanzig

Dr. Learner stand blinzelnd in der Tür. Er hatte einen Tablet-Computer in der Hand und einen dicken Papierstapel unterm Arm. Sein Haar stand noch wilder in alle Richtungen ab als auf den Fotos. »Ich habe keine Zeit«, sagte er.

Ich schaffte es, den Fuß in die Tür zu stellen, bevor er sie wieder schloss. »Sie verstehen nicht, Dr. Learner. Wir sind hier, um Sie nach Hause zu bringen.«

Er öffnete die Tür wieder und spähte heraus. »Hat Samuel euch geschickt?«

Ich brauchte einen Moment, bis ich verstand, dass er Mr Delgado meinte.

»Ja. Mr Delgado hat mich auf die Suche nach Ihnen geschickt. Ich heiße Alice. Und das ist Kevin.«

Dr. Learner rührte sich nicht. Er starrte mich an, als versuchte er sich an etwas zu erinnern.

»Wir gehen mit Sammy zur Schule. Er macht sich schreckliche Sorgen um Sie.«

Dr. Learner dachte einen Moment nach, dann ließ er die Tür los und ging zurück ins Apartment. Kevin sah mich mit hochgezogenen Brauen an, doch ich wusste auch nicht weiter. Ich zuckte nur die Achseln und folgte Dr. Learner.

Die Wohnung war kleiner als die in den Drake Towers, aber viel schöner. Der kleine Flur führte in ein Wohnzimmer. Links standen eine gemütliche Couch und zwei Sessel. Die Farben waren zurückhaltend, bis auf ein paar Akzente. Eine rote Decke hier, ein schwarzer Tisch dort. In der Ecke erblickte ich einen Gummibaum in dem hässlichsten geschmiedeten Metallübertopf, den ich je gesehen hatte. Es sollte wahrscheinlich Kunst sein, aber ich fand, er war gemeingefährlich. Wenn man nicht aufpasste, konnte man sich im Vorbeigehen das Bein aufschlitzen.

Kevin schloss die Tür ab und schob die Sicherheitskette vor. Er wollte kein Risiko eingehen.

Dr. Learner blieb in der Mitte des Zimmers stehen und starrte uns an. Es war merkwürdig. So wie Sammy über ihn redete, dachte ich, sie wären beste Freunde. Vielleicht hatte Sammy ein bisschen übertrieben, aber ich dachte auch an das Foto der beiden. Ich war mir sicher gewesen, es berührte Dr. Learner, wenn er hörte, dass Sammy sich Sorgen machte, aber irgendwie schien es ihm egal zu sein. Er reagierte kaum, als ich Sammys Namen erwähnte.

»Mr Delgado kommt auch gleich.« Ich hoffte, er hatte Andrews Nachricht inzwischen bekommen. Ich holte mein Handy heraus, aber kriegte nur ein schwaches Signal. Anscheinend störte das Umspannwerk nebenan das Handynetz. Ich probierte es mit dem Festnetztelefon an der Wand, doch es war noch nicht angeschlossen.

»Ihr versteht nicht«, sagte Dr. Learner. »Ich bin noch nicht so weit. Ich brauche mehr Zeit.«

Er ging zwischen dem Glastisch und der Couch auf und ab. Er wirkte wie jemand, der versucht einen Geruch zu beschreiben – als wüsste er, was er sagen wollte, aber konnte die richtigen Worte nicht finden. Unter ihm war der neue Teppich abgetreten. Ich fragte mich, wie oft Dr. Learner in den letzten paar Tagen auf dem kleinen Stück herumgetigert war.

»Alice.« Kevin stand hinter mir und flüsterte mir ins Ohr. »Bist du dir sicher, dass das der Richtige ist? Er kommt mir ein bisschen unterbelichtet vor.«

»Es ist Dr. Learner«, flüsterte ich zurück. »Ich erkenne ihn von den Fotos. Aber du hast Recht, irgendwas stimmt hier nicht.«

Draußen hörte ich Polizeisirenen. Sie waren noch weit weg, aber sie kamen näher. Das musste Officer Ross sein. Jetzt hieß es abwarten, bis sie die Männer im silbernen Mercedes verhaftet hatte. Dann konnten wir drei hier rausspazieren und das ganze Durcheinander hätte ein Ende. Andererseits blieb mir nicht viel Zeit, um aus Dr. Learner herauszubekommen, wie er das Labor verlassen konnte und wie weit er mit seiner Unsichtbarkeitsforschung wirklich war.

»Okay, Dr. Learner. Am besten sammeln wir schon mal Ihre Papiere ein.« Ich streckte die Hand nach den Notizblöcken aus, die auf dem Couchtisch lagen, als Dr. Learner plötzlich ausrastete.

»Nicht!«, schrie er und schubste mich zur Seite. Für einen alten Mann war er stark und ich taumelte und hätte fast das Gleichgewicht verloren.

»Hey!« Kevin trat zwischen mich und Dr. Learner. »Beruhigen Sie sich. Alles ist gut. Sie wollte nichts Böses, sondern Ihnen nur beim Aufräumen helfen.«

Dr. Learner sah mich an wie ein wildes Tier. Ich hob entschuldigend die Hände.

»Nur ich kenne die Ordnung«, stammelte er.

»Schon gut, sie wird nichts anfassen.« Kevin warf mir einen Blick zu und ich zog mich zurück. Vielleicht hatte Dr. Learner ein bisschen zu viel an seiner neuen Erfindung gearbeitet.

Kevin wartete einen Moment, dann wich er langsam von der Couch zurück, bis er neben mir stand.

»Alles in Ordnung?«

»Ja. Aber ich weiß nicht, ob bei ihm alles in Ordnung ist.«

Dr. Learner war sichtlich aufgeregt. Nach jedem dritten Schritt blieb er stehen, ging nervös seine Unterlagen durch und tippte in sein Tablet. Ich hatte keine Ahnung, was er da tat, aber es schien, als hinge sein Leben davon ab.

Plötzlich stoppte er. »Ich muss zurück. Er muss noch irgendwo sein.« Er hielt das Tablet hoch, als hätte er eine Entdeckung gemacht, aber ich befürchtete, er wollte nur weg von uns. Oder besser, weg von mir.

»Einen Moment«, sagte ich. Er durfte nicht gehen, bevor

wir sicher waren, dass die Chronos-Typen nicht mehr frei herumliefen. Er drückte sich das Tablet an die Brust und beäugte mich misstrauisch.

Ich sah Kevin an. »Pass auf ihn auf. Ich versuche eine Stelle zu finden, wo mein Telefon funktioniert, und rufe Mr Delgado an. Er ist sein Freund. Vielleicht weiß er, wie man mit ihm umgeht.«

Kevin nickte. Er nahm die rote Decke von der Couch, damit Dr. Learner sich setzen konnte. Dann redete er sanft auf den Wissenschaftler ein und stellte ihm Fragen zu seiner Arbeit, während ich auf der Suche nach einem Handysignal durch die kleine Wohnung geisterte.

Im Flur hatte ich einen Balken auf dem Display, auf der Feuerleiter keinen und auf dem Stuhl in der Miniküche endlich drei. Doch egal wie viele Balken ich hatte, Mr Delgado ging nicht ans Telefon. Ich stieg wieder herunter. Dann stieg ich wieder hoch und versuchte es bei Officer Ross. Sie antwortete auch nicht. Ich hoffte, sie war gerade damit beschäftigt, die zwei fiesen Einbrecher festzunehmen.

Kurz überlegte ich, ob ich Dad anrufen sollte, doch er wäre sicher sauer, und dafür hatte ich im Moment keine Zeit. Ich musste zu Ende bringen, was ich begonnen hatte, und mich darauf konzentrieren, Dr. Learner wohlbehalten hier rauszubekommen. Ich schickte Mr Delgado eine SMS, in der ich erklärte, wo wir Dr. Learner gefunden hatten, und hoffte, er checkte bald sein Telefon.

»Alice, bring mir ein Glas Wasser«, rief Kevin aus dem

Wohnzimmer. Die Küche war winzig, vielleicht einen Meter breit, so dass ich nicht lange brauchte, bis ich die Gläser gefunden hatte. Sie standen im zweiten Schrank, den ich öffnete, neben einer Reihe von Pillendosen. Wahrscheinlich die, die in Dr. Learners Wohnung fehlten. Die meisten waren leer, bis auf eine. Ich drehte sie um und las das Etikett. *Zelcore*. Der Name sagte mir nichts, aber ich war auch kein Arzt. Schnell machte ich ein Foto des Medikaments und griff nach einem Glas.

Kevin hatte es geschafft, Dr. Learner zu beruhigen. Die viele Übung, wie man Leute um den Finger wickelte, kam ihm dabei zugute.

»Hier.« Ich reichte ihm das Glas, dann setzte ich mich gegenüber in den Sessel. »Dr. Learner, wir müssen warten, bis Mr Delgado uns abholt. Verstehen Sie mich?«

Er schaute mich an, als würde er mich zum ersten Mal sehen. Seine braunen Augen glänzten traurig. »Ich verstehe. Es ist gut. Wahrscheinlich war es ohnehin zu spät. Ich wollte doch nur …« Seine Stimme brach. Er scrollte über den Bildschirm. Wenn ich mich streckte, sah ich Seiten über Seiten komplexer Gleichungen. Dr. Learner musterte die Kolonnen der Zahlen und Symbole stirnrunzelnd, als suchte er einen Fehler, der sich irgendwo in seinen Berechnungen verbarg. »Wenn ich ihn nur noch einmal sehen könnte …«

»Wenn Sie wen noch einmal sehen könnten, Dr. Learner?«

Er antwortete nicht, sondern starrte nur auf die Gleichungen.

»Dr. Learner, wonach suchen Sie? Hat es etwas mit dem Unsichtbarkeitsanzug zu tun?« Ich versuchte mir den Frust nicht anhören zu lassen. »Warum sind Sie aus Ihrem Labor verschwunden? Und wie haben Sie es gemacht?«

Doch Dr. Learner antwortete nicht. Er trank sein Wasser und versank in Gedanken. Ich presste die Zähne zusammen und seufzte. Meine Aufgabe, Dr. Learner zu finden, war erfüllt. Mr Delgado hatte nie geglaubt, dass ich so weit käme. Trotzdem reichte es mir nicht. Ich wollte Antworten.

Ich wollte ihn noch einmal fragen, da klopfte es an der Tür.

»Glaubst du, das ist die Polizei?«, fragte Kevin.

Ich schüttelte den Kopf. »Nein, die habe ich zum Delgado-Learner-Bau geschickt.«

»Dann ist es vielleicht Mr Delgado?«

»Er, oder Chronos.« Ich legte den Finger an die Lippen und schlich zur Tür. Meine Schuhe machten kein Geräusch auf dem weichen Teppich.

Ich drückte mich an die Wand, damit man meinen Schatten nicht unter der Tür sah. Das Schloss sah neu aus und die Kette wirkte stabil. Falls wirklich die Leute von Chronos dort warteten, waren wir hier relativ sicher. Doch die Vorstellung beruhigte mich ungefähr so sehr wie eine Umarmung eines kalten Fischs. Ich beugte mich zum Türspion und sah hindurch. Dort stand Andrew. Ich wäre ihm am liebsten um den Hals gefallen. Mr Delgado hatte die Nachricht also bekommen und seinen Assistenten geschickt, um uns abzuholen.

Ich schob die Kette zurück und öffnete die Tür.

»Bin ich froh Sie zu sehen«, sagte ich. »Dr. Learner ist hier. Er wirkt ein bisschen durcheinander. Sie müssten ihn vielleicht zu einem Arzt bringen oder …«

Die Worte blieben mir im Hals stecken.

Hinter Andrew standen die beiden Männer aus dem silbernen Mercedes.

»Tut mir leid, Miss Jones«, sagte Andrew. »Ich wollte die Nachricht an Mr Delgado weitergeben, aber es muss mir was dazwischengekommen sein.«

Fünfundzwanzig

Wie versteinert stand ich in der Tür und mein Gehirn weigerte sich zu begreifen, warum Panik in mir aufstieg. Andrew sollte hier sein, um Dr. Learner zu Mr Delgado zurückzubringen. Warum hatte er die Männer aus dem Mercedes dabei? Und wie hatten sie uns gefunden? Dann begannen sich die Rädchen wieder zu drehen und ich fühlte mich wie vom Zug überrollt. Andrew arbeitete schon die ganze Zeit mit den Männern aus dem Mercedes zusammen. Er wusste, wo wir waren, weil ich ihm gerade per SMS die Adresse geschickt hatte.

Ich versuchte den Eingang zu blockieren, aber vergeblich. Die zwei Männer stürmten, ohne mit der Wimper zu zucken, an mir vorbei.

»Mach jetzt kein Theater, Kleine«, sagte Andrew. Er hatte die dienstbeflissene Maske abgelegt wie einen Hut. »Wir wollen nur einen kleinen Ausflug mit Dr. Learner und seinen Aufzeichnungen machen. Wir wollen ihm nicht wehtun.«

Er hielt eine schwarze Sporttasche hoch, als redete er von

einem Campingwochenende. Ich drehte mich um, suchte nach einem Fluchtweg, aber es gab keinen. Bevor ich einen Schritt gemacht hatte, packte Andrew meinen Arm und drehte ihn mir auf den Rücken.

»Lauf, Kevin!«, rief ich, als Andrew ins Wohnzimmer marschierte. Wenn Kevin es raus schaffte, konnte er Hilfe holen.

Doch Kevin hörte nicht auf mich. Statt wegzulaufen, stürzte er sich auf Andrew. Die Männer aus dem Mercedes gingen dazwischen. Kevin schubste einen von ihnen über den Couchtisch, dann ging er auf den zweiten los.

»Hey!«, rief Andrew. »Halt still oder ich breche deiner Freundin den Arm.« Er riss meine Hand weiter zurück. Ein rasender Schmerz schoss in meine Schulter und ich schrie auf.

Kevin erstarrte. Zum ersten Mal sah ich Angst in seinen Augen. Mein Herz raste und ich wusste nicht, was größer war, meine Verblüffung oder meine Wut.

»Schon besser.«

Dr. Learner hatte während der ganzen Zeit schweigend auf dem Sofa gesessen. Sein Blick ging ins Leere und ich fragte mich, ob er mitbekam, was hier ablief.

»Du«, Andrew machte eine Kopfbewegung zu einem seiner Handlanger, »geh mit Learner ins Schlafzimmer und sammle seine Aufzeichnungen ein. Sorg dafür, dass alles dabei ist. Irgendwo müsste ein Aktenkoffer stehen. Und du«, er sah den anderen an, »bring mir zwei Stühle.«

Der Mann holte die Stühle aus der Küche, dann schickte

ihn Andrew ins Schlafzimmer zu seinem Kollegen. Einen Augenblick lang hoffte ich, Dr. Learner würde uns alle retten, indem er explodierte, wenn die Männer seine Aufzeichnungen anfassten, aber jetzt wirkte er eingeschüchtert und zahm wie ein Lamm.

Andrew kniete sich neben seine Tasche und holte eine Rolle Klebeband heraus. Dann rückte er die Stühle Lehne an Lehne zusammen.

»Ich sage euch, was jetzt passiert.« Andrew klopfte auffordernd auf eine der Sitzflächen. »Sobald wir Dr. Learners Unterlagen eingepackt haben, machen wir mit ihm einen Ausflug. Unsere guten Freunde bei Chronos haben großes Interesse an dem kleinen Unsichtbarkeitsspielzeug, das er entwickelt hat.«

Er bedeutete Kevin, sich auf den anderen Stuhl zu setzen. Ich spürte Andrews schweren Atem.

»Sie sind also ein Spion.« Ich versuchte das Zittern in meiner Stimme zu unterdrücken. »Und arbeiten für Chronos.«

»Genau genommen bin ich selbstständig. Chronos hat mir nur den besten Preis geboten.«

»Ihr Plan geht nicht auf. Sie können die gestohlenen Forschungsergebnisse sowieso nicht verwenden. Es wird alles ans Licht kommen.« Ich musste ein Gespräch anfangen, ihn ablenken, irgendwas. Hauptsache, er fesselte mich nicht an den Stuhl.

»Theoretisch, ja«, sagte Andrew. »Aber Chronos weiß nicht, dass die Ergebnisse gestohlen sind. Zumindest nicht, bevor es zu spät ist. Denn im Moment seid ihr die Einzigen, die davon wissen. Und ihr haltet die Klappe. Vorerst jedenfalls.« Spielerisch hielt er das Klebeband hoch. »Chronos wird nur erfahren, dass ich Dr. Learner überzeugt habe aus freien Stücken mitzukommen. Und bevor jemand ihnen andere Gerüchte auftischt, bin ich längst über alle Berge.«

»Sie müssen Ihnen viel Geld angeboten haben.«

Hinter mir ruckelte Kevin auf dem Stuhl. Ich musste mir einen Plan einfallen lassen, ehe er irgendwas Gefährliches versuchte.

»Sehr viel.« Andrew drückte meine Arme auf die Lehnen.

»Wenn ich das Land erst mal verlassen habe, rufe ich die Polizei an und sage ihnen, wo sie euch finden. Es sollte nicht länger als vierundzwanzig Stunden dauern, also keine Sorge. Seht ihr? So böse bin ich gar nicht, oder?«

»Warten Sie!«, rief ich, als er den ersten Klebestreifen von der Rolle riss. Es machte ein ratschendes Geräusch.

»Was ist?«

»Sie wollen uns für vierundzwanzig Stunden aneinanderkleben?«, fragte ich.

»Das habe ich gerade gesagt. Angeblich bist du doch so schlau.«

Ich senkte den Blick und setzte meine beste verlegene Miene auf. »Darf ich vorher aufs Klo gehen?«

Andrew lachte laut. Es war ein gemeines Lachen voller Schadenfreude.

»Klar, Schätzchen. Ich verstehe. Ich würde mir auch nicht gern vor jemandem in die Hose machen.«

Jetzt wurde ich wirklich rot, aber es war mir recht, dass er lachte. Andrew packte mich am Ellbogen und führte mich zum Bad.

Ich sah Kevin durchdringend an und riss die Augen auf. Hoffentlich begriff er das Signal.

Dann holte ich tief Luft und warf mit aller Kraft den Kopf nach hinten. Mit einem satten Krachen traf ich Andrews Kinn. Er taumelte rückwärts. Kevin reagierte sofort, sprang auf und stürzte sich auf Andrews Rücken. Dann schlang er ihm die Arme um den Hals und umklammerte seine Knie mit den Beinen.

»Verschwinde!«, rief Kevin mir zu. Auf allen vieren krabbelte ich davon. Ich wusste, dass ich nicht mehr als ein paar Sekunden hatte, bevor die zwei Männer kamen und mich packten. Also versuchte ich erst gar nicht die Tür zu erreichen, sondern kroch zu Andrews Sporttasche und schob schnell mein Handy unter die Kleider und Papiere.

Ich drehte mich zu Kevin, aber meine Hilfe kam zu spät. Er lag bäuchlings auf dem Boden und Andrew drückte ihm das Knie in den Rücken. Seine Handlanger packten mich an den Armen und setzten mich wieder auf den Stuhl. Einer hielt mich fest, während der andere Andrew half Kevin herbeizuschleppen. Ihn fesselten sie zuerst.

»Damit kommen Sie nicht durch«, sagte ich zu dem Mann, der mich fixierte. »Die Polizei ist Ihnen auf der Spur.«

Doch er grinste nur hämisch.

»Und geben Sie meiner Schwester ihre Ohrringe zurück.«

»Darf ich ihr den Mund zukleben?«, knurrte er über meine Schulter.

Andrew kam um den Stuhl herum. »Was, die Kleine setzt dir zu? Na schön, sammel die Papiere ein. Ich erledige das hier.«

Andrew kniete sich vor mich. Als ich seine aufgeplatzte Lippe sah, wo ich ihn mit dem Kopf getroffen hatte, grinste ich. Andrew grinste ungerührt zurück. Dann fesselte er meinen rechten Arm mit Klebeband an die Lehne.

»Netter Versuch, Kleine.« Er wandte sich meinem linken Arm zu. »Ich nehme es dir nicht übel. Ich habe sogar Respekt. Nur hast du leider dein Recht verspielt, aufs Klo zu gehen.«

Er sah nach, ob das Klebeband fest saß, dann bückte er sich und klebte meine Knöchel an den Stuhlbeinen fest. Zuletzt nahm er die Rolle, wickelte sie uns um die Brust und klebte Kevin und mich Rücken an Rücken zusammen.

Wir saßen schweigend da, während Andrew und seine Männer ein letztes Mal das Apartment durchsuchten, um auch den letzten Schnipsel von Dr. Learners Unterlagen einzustecken.

»Sieht aus, als hätten wir alles. Ich schätze, es ist Zeit zum Aufbruch. Ich nehme nur noch eure Handys mit, dann bin ich weg. Würdet ihr mir sagen, wo sie sind, oder soll ich euch durchsuchen?« Er lächelte, als würden wir uns ganz normal unterhalten.

»Ich habe kein Handy dabei.« Mein Herz klopfte so stark, dass ich es bis in die Fingerspitzen spürte.

»Ach, Alice. Ich weiß doch, dass das nicht stimmt. Du hast mich vorhin angerufen, schon vergessen?« Er zog sein Smartphone heraus und deutete auf meine Nummer. »Siehst du?«

»Ich hab's unterwegs verloren.«

Andrew seufzte. »Alice, du gefällst mir. In deinem Alter war ich dir sehr ähnlich. Aber ich habe keine Zeit für Spielchen.«

Er sah mir in die Augen und drückte dann auf meine Nummer. Ich biss mir auf die Zunge. Ich hatte mein Handy nicht mehr auf lautlos stellen können.

Ich wartete. Das Adrenalin ließ meine Nerven knistern. Doch es passierte nichts. Andrew warf einen finsteren Blick auf sein Handy. Er hielt es hoch und lief durch den Raum. »Verdammt«, sagte er. »Kein Netz. Na ja, dann muss ich mir auch keine Sorgen machen, dass ihr die Polizei ruft.«

Er schob sich das Handy wieder in die Tasche und schnippte mit den Fingern.

»Zeit zum Abflug, Jungs.« Er hielt die Tür auf und die Männer führten Dr. Learner hinaus. Er wirkte wie ein Kind, das sich im Supermarkt verlaufen hatte, aber das schien Andrew nicht zu stören.

»Seid schön brav, Kinder.« Er grinste wie ein Versicherungsvertreter, dann schlug er die Tür hinter sich zu.

Sechsundzwanzig

Genau deswegen hätten wir im Gebüsch bleiben sollen«, knurrte Kevin. »Warum bist du nicht abgehauen, als ich es gesagt habe? Du hättest Hilfe holen können.«

»Dann wäre es zu spät gewesen. Außerdem habe ich einen Plan. Ich hab ihm mein Handy in die Tasche geschmuggelt. Könntest du aufhören so zu zappeln? Das Klebeband wird immer enger.«

»Entschuldige bitte. Es ist das erste Mal, dass mich jemand mit Panzerband an einen Stuhl gefesselt hat. Also, du hast ihm dein Handy gegeben. Was ist das denn für ein Plan?«

»Es hat GPS. Wir müssen nur raus hier, dann können wir es von der Polizei orten lassen.«

»Nicht schlecht.«

»Tut mir echt leid, dass ich dich hier mit reingezogen habe. Aber wir müssen jetzt zusammenhalten und hier rauskommen. Oder willst du vierundzwanzig Stunden warten, bis Andrew jemand anruft, der uns befreit? Falls er das tut.«

Kevin dachte ernsthaft einen Moment nach. Ich konnte es nicht glauben. Die Männer hatten Dr. Learner weggeführt wie einen herrenlosen Hund. Ich wusste nicht, was Dr. Learner fehlte, aber ich wusste, ein Ausflug mit Andrew und seinen Lakaien würde ihm nicht helfen.

Durchs Fenster sah ich das Blaulicht auf der anderen Straßenseite. Es tanzte über die Decke. Irgendwo da draußen war Officer Ross und versuchte in den Delgado-Learner-Bau hineinzukommen. Doch wenn sie nichts fanden, würden sie nicht lange bleiben. Wir mussten hier raus, und zwar schnell.

»Kevin, ich brauche deine Hilfe.«

»Na schön.«

Endlich.

»Aber wenn das hier vorbei ist, haben wir ein Hühnchen zu rupfen. Was soll ich tun?«

Ich atmete tief ein, wollte mich beruhigen. Ich musste klar denken.

»Erst mal müssen wir diese Stühle loswerden. Ich glaube, zerreißen können wir das Klebeband nicht.«

Ich sah mich nach etwas Scharfem um. Da. In der Ecke.

»Wir müssen da rüber. Zum Gummibaum.«

Die Stühle waren schwer. Wir brauchten fast zehn Minuten, um uns ächzend und ruckelnd einen Meter über den Teppich bis zur Ecke vorzuarbeiten.

»Kannst du mal mit dem Zählen aufhören? Du machst mich wahnsinnig.« Kevin pausierte und ich merkte, dass er die meiste Arbeit leistete. Ich fand mit den Zehen einfach keinen Halt.

»Tut mir leid. Schlechte Angewohnheit.« Mein T-Shirt klebte mir am Rücken und das Tape über der Brust erschwerte mir das Atmen. »Kannst du weitermachen?«

Ich spürte, wie Kevin nickte.

Wir ruckelten schweigend weiter.

Als wir endlich die Ecke erreichten, brauchten wir noch zwei Minuten im Rückwärtsgang, bis ich es schaffte, mit dem Handgelenk den scharfen Rand des metallenen Blumentopfs zu erreichen. Ich bewegte den Arm so, dass der Rand am Klebeband sägte.

Diesmal zählte ich im Stillen. Bei 57 gab das Klebeband endlich langsam nach. Bei 86 riss es durch. Mein Arm flog durch die Luft und landete am Topf. Das scharfe Metall schnitt mir die Haut auf. Blut tropfte, aber egal. Ich war frei.

»Alles in Ordnung?« Kevin drehte sich um, so weit es ging, und das Klebeband über meiner Brust wurde eng.

»Alles gut. Warte kurz.« Mit der freien Hand pulte ich mir das Klebeband vom anderen Handgelenk. »Lehn dich so weit nach hinten, wie du kannst. Ich versuche mich rauszuwinden.«

Kevin drückte sich an die Lehne und ich hielt das Klebeband mit den Händen von meinem Körper, so weit es ging, und rutschte auf dem Stuhl nach unten. Als ich vom Stuhl glitt, ratschte ich mit dem Rücken über die Kante. Dann endlich bekam ich das Klebeband von meinen Knöcheln und half Kevin.

»Was ist mit deiner Hand?«

»Nichts. Halt still.«

Als ich seine linke Hand befreit hatte, heulte die Polizeisirene einmal kurz, dann wurde es still. Auch das Blaulicht erlosch. Officer Ross fuhr weg.

»Warte«, sagte ich. Ich rannte zum Fenster. Von der Feuerleiter konnte man den Delgado-Learner-Bau sehen. Die Streifenwagen standen direkt auf der anderen Straßenseite.

»Hey!«, schrie ich, als ich die Schiebetür öffnete, und wedelte mit den Armen. Doch ich war zu weit weg. Der Regen prasselte zu laut.

»Was machst du da?«, fragte Kevin, als ich an ihm vorbeilief und mir die Decke vom Sofa griff. Ich antwortete nicht, sondern rannte mit der leuchtend roten Decke zurück zur Feuerleiter. Wie eine Stierkämpferin schwang ich sie durch die Luft.

Die Streifenwagen setzten sich träge in Bewegung und rumpelten vom Parkplatz auf die Straße. Ich hatte nur eine Chance, sie auf mich aufmerksam zu machen. Ich wischte mir den Regen aus den Augen und trocknete mir die Hände an den Shorts ab. Dann kletterte ich auf die untere Sprosse des Balkongeländers, um die rote Decke noch höher zu halten. Die Sohlen meiner alten Schuhe rutschten unangenehm auf dem Metall.

»Bist du verrückt?«, rief Kevin. »Komm sofort da runter. Mach mich los, damit wir hier wegkommen und Hilfe holen können.«

»Wir haben keine Zeit. Sobald Andrew sein Geld von Chronos hat, taucht er unter. Wenn er das Land verlässt, werden sie ihn niemals kriegen. Und was wird aus Dr. Learner?«

Ich stieg noch eine Sprosse höher. Meine Schienbeine drückten gegen die oberste Stange. Ich hielt mich an der Feuerleiter fest und lehnte mich noch ein kleines Stück vor. Die Decke war inzwischen klitschnass und schwer wie Blei. Die Polizeiautos erreichten die Kurve. Ich konnte nur noch in Textaufgaben denken. Zwei Polizeiwagen, die fünfzig Stundenkilometer fahren. Sie konnten mich genau fünfzehn Sekunden lang sehen, bevor sie abbogen. Ich lehnte mich so weit vor, wie ich konnte, und schrie aus vollem Hals.

Zum ersten Mal in diesem ganzen verflixten Fall war das Glück auf meiner Seite.

Der erste Polizeiwagen bremste, wobei er auf der nassen Straße ins Schleudern kam. Der nächste konnte ihm gerade noch ausweichen. Dann flackerte das Blaulicht wieder auf und die Tür ging auf.

»Hier oben!«, schrie ich heiser. »Hilfe!«

Ich sah zu Kevin. Er hatte seine zweite Hand befreit und machte sich an seinen Knöcheln zu schaffen. »Sie haben angehalten. Siehst du. Ich habe dir doch gesagt, es funktioniert.«

Ich hätte besser vom Geländer steigen sollen, bevor mir der Triumph zu Kopf stieg.

Vielleicht war es die Erleichterung, vielleicht war ich einfach mit den Kräften am Ende. Jedenfalls rutschte mir die nasse Leiter aus der Hand. Die schwere nasse Decke in der anderen Hand brachte mich aus dem Gleichgewicht, ich fiel über das Geländer und flog in einer perfekten Parabel durch die Luft.

Es dauerte lange. Während des Fallens stellte ich mir Kevin vor, der mir immer wieder »Ich hab's dir ja gesagt« vorhalten würde, sobald er das Hühnchen fertig gerupft hatte. Ich hörte auch die Rufe der Polizisten. Ein Regentropfen platschte auf meine Wange und schien mich noch schneller Richtung Boden zu drücken. Den Boden hatte ich ganz vergessen. Ich ließ die rote Decke los und sah, wie der Wind sie fortriss.

Ich landete hart. Mir blieb die Luft weg. Dann spürte ich das Prasseln des Regens auf meiner Haut und hörte Schritte, die von der Straße in meine Richtung liefen. Die Polizei schwärmte aus, stellte Fragen, für die ich keine Kraft mehr hatte.

Ich schaffte es gerade noch, »Apartment 213« zu ächzen, dann schloss ich die Augen.

Dad würde mich umbringen.

Siebenundzwanzig

Als ich die Augen öffnete, erwartete ich Wolken, aber stattdessen blickte ich auf die weißen Quadrate einer Deckenverkleidung. Solche, wie man sie in Zahnarztpraxen oder Krankenhäusern sieht.

»Alice?« Das war Dads Stimme.

Ich hörte, wie er aufstand und die Tür öffnete, aber ich konnte den Kopf nicht drehen, um hinzusehen. Jemand hatte meinen Kopf mit Schaumstoffblöcken fixiert. Ich stöhnte. Nicht schon wieder Tape.

»Sie ist wach«, rief Dad. Dann kam er zurück und stellte sich an mein Bett.

»Hallo, Dad.« Meine Zunge fühlte sich zwei Nummern zu groß für meinen Mund an.

Sanft drückte er meine Hand. »Ich dachte, ich hätte dir gesagt, du sollst die Finger von dem Fall lassen. Was hast du dir bloß dabei gedacht?« In seiner Stimme war eine Mischung aus Wut und Erleichterung. Man musste kein Detektiv sein, um zu erraten, dass ich für den Rest des Sommers Hausarrest hatte.

Das Zimmer füllte sich mit Ärzten und Krankenschwestern, die mich an verschiedenen Stellen abtasteten und piekten. Ich kam mir vor wie ein Versuchskaninchen. Jeder führte irgendeinen Test mit mir durch. Ich zählte drei verschiedene Schwestern, die meinen Puls fühlten. Oder vielleicht war es nur eine, die dreimal meinen Puls checkte. Schwer zu sagen, denn ich konnte ja nur die Decke sehen.

»Tut mir leid«, sagte ich. »Ich dachte wirklich nicht, dass es gefährlich wird. Aber immerhin habe ich Dr. Learner gefunden.«

Dr. Learner. Ich konnte den Kopf einen Zentimeter heben, bevor mein Kopf wieder zurück in die Halterung gezogen wurde.

»Können Sie bitte das Ding abmachen?«, bat ich einen der weißen Kittel. Er antwortete nicht. »Ich muss mit Officer Ross sprechen. Sie muss mein Telefon orten lassen. Sagen Sie Mr Delgado, dass Andrew ein Spion ist.«

»Ganz ruhig, Alice.« Dad beugte sich über mich und befühlte meine Stirn. Er sah noch schlimmer aus als heute Morgen. »Kevin hat der Polizei alles erzählt. Sie haben dein Telefon schon geortet und konnten Andrew und die anderen Männer auf der Autobahn I-95 nach Norden abfangen. Sie hatten Dr. Learner bei sich. Du hast es geschafft, Schätzchen. Ich bin sehr stolz auf dich. Aber du musst mir versprechen, dass du so was nie wieder tust. In Ordnung?«

Dr. Learner war in Sicherheit. Die Polizei hatte Andrew und die Männer aus dem silbernen Mercedes erwischt. Erleichterung rollte über mich, so dass ich das Klebeband sogar vergaß und zu nicken versuchte.

»Ich verspreche es«, ächzte ich. »Nie wieder.«

Dad drückte mir die Hand und gab mir einen Kuss auf die Stirn.

»Ich wette, jetzt wollen sie deinen Artikel haben«, sagte ich.

»Er ist schon fertig. Eine Doppelseite in der Sonntagsausgabe.« Ich hörte das Grinsen in seiner Stimme. »Die Chefredakteurin will, dass ich deine Geschichte übernehme. Du gibst mir doch die Exklusivrechte, oder?«

»Für dich tue ich alles, Dad.« Ich lachte. Es tat gut, meinen alten Reporter-Dad wiederzuhaben.

Eine Gruppe weißer Kittelträger ging und die nächste kam. Dad musste Formulare ausfüllen und ich starrte wieder die Decke an. Ich hatte die Quadrate dreimal gezählt, als mir endlich jemand das Klebeband abnahm. Es war der schönste Moment des ganzen Tages.

Langsam setzte ich mich auf. Jeder Zentimeter meines Rückens schmerzte, aber es fühlte sich nichts gebrochen an. Ich konnte meine Finger und Zehen bewegen. Als ich vorsichtig den Kopf nach rechts und links drehte, entdeckte ich auch, wer mich befreit hatte. Della.

Sie stand in der Ecke hinter der Tür und drückte sich einen Packen Papier an die Brust.

»Hast du die Rolle bekommen?«, krächzte ich.

Della starrte mich an, die Braue kunstvoll ungläubig nach oben gezogen.

»Du Idiot!« Dann stürzte sie zu mir und schlang mir die Arme um den Hals. »Ich hatte solche Angst um dich.«

»Autsch«, wimmerte ich. »Vorsicht, Della, ich bin gerade von einem Balkon geflogen.«

Sie drückte mich noch einmal, dann löste sie sich und sah mich aus Armeslänge an. Ich wusste genau, dass sie mein Gesicht verinnerlichte, um es später benutzen zu können, falls sie mal eine Krankenhauspatientin spielen musste. Ich lächelte. Das war eben meine Schwester.

»Tut mir leid, dass wir uns gestritten haben«, sagte ich.

»Mir auch.« Della setzte sich auf den Bettrand. »Ich habe mich so in das Vorsprechen reingesteigert. Ich hab mich dir gegenüber widerlich verhalten, und Dad gegenüber auch. Tut mir echt leid.«

»Schon gut.« Auch wenn sie die weltgrößte Diva war, Della blieb immer noch meine Schwester. »Ich habe versucht deine Ohrringe zurückzubekommen. Aber sie hatten mich an einen Stuhl gefesselt.«

»Ist schon gut, Alice.«

»Aber wir kriegen sie zurück. Dad meinte, Officer Ross hat die Männer geschnappt, die bei uns eingebrochen sind.«

»Alice, es ist okay. Ich brauche die Ohrringe nicht mehr.«

Sie starrte mich erwartungsvoll an. Als ich nicht schnell genug schaltete, seufzte sie theatralisch und verdrehte die Augen.

»Ich hab die Rolle!« Triumphierend warf sie mir den Stapel Papiere auf den Schoß, den sie gehalten hatte. Es war das Textbuch von *Annie*.

»Wirklich?«

»Ja.«

»Das ist super!« Erleichterung machte sich in mir breit. »Ich hatte schon Angst, dass du nicht weitergekommen bist, nachdem ich dir ›Viel Glück‹ gewünscht habe.«

Della sah mich finster an, doch dann grinste sie wieder. »Schon in Ordnung. Irgendwie habe ich es wohl verdient. Außerdem hast du es ja nicht im Theater gesagt, also musste ich nur auf die Straße spucken und drei Mal fluchen, bevor ich reinging. Dad ist knallrot geworden, als er mich gehört hat. Ich habe mich nicht getraut ihm zu sagen, dass ich das von Mom habe.«

Ich lachte.

»Apropos Mom«, sagte Della. »Sie macht sich Sorgen um dich. Ich musste ihr versprechen, dass du sie sofort anrufst, sobald du aufwachst.«

Ich stöhnte, aber Della zeigte keine Gnade.

»In Italien ist es mitten in der Nacht.«

»Ich habe es ihr versprochen. Sobald du aufwachst.«

Sie nahm ihr Handy aus der Tasche, reichte es mir und wartete. Ich seufzte. Irgendwann musste ich sowieso mit Mom reden. Da konnte ich es genauso gut gleich hinter mich bringen. Also drückte ich auf ihre Nummer und lauschte dem Klingeln.

»Della?« Bevor das erste Klingeln verhallte, war Mom am Apparat. Ihre Stimme klang viel zu nah für Italien. »Gibt es was Neues? Wie geht es ihr?«

»Mom«, sagte ich. »Ich bin's.«

»Oh, Alice! Ich dachte, es wäre deine Schwester. Wie fühlst du dich? Bist du verletzt? Was in aller Welt hast du getan? Du bist ein Kind! Du solltest keine Verbrecher jagen.«

Wahrscheinlich hätte ich das Telefon weglegen und mich von Kopf bis Fuß röntgen lassen können, ohne dass Mom es bemerkt hätte. Doch anstatt einfach zu verschwinden, unterbrach ich sie.

»Mir geht es gut, Mom. Wirklich.«

Sie wurde still. Ich wusste, dass sie mit den Tränen kämpfte. Dellas dramatische Gene stammten von Moms Seite der Familie.

»Mom, es geht mir *wirklich* gut. Du musst dir keine Sorgen um mich machen.«

»Keine Sorgen!« Mom schnaubte. Ich konnte hören, wie sie jenseits des Atlantiks den Kopf schüttelte. »Warte, bis du selbst ein Kind hast, dann weißt du, wie das ist.«

Damit brachte sie mich zum Schweigen. Jedes Mal.

»Aber auf jeden Fall bin ich froh, dass es dir gut geht. Und dass du dich nicht verletzt hast. Lassen sie dich bald aus dem Krankenhaus?«

»Ich weiß nicht«, sagte ich. »Ich glaube schon.«

»Hat Della dir gesagt, wie sehr ich mich freuen würde, wenn

ihr am Ende der Sommerferien für ein oder zwei Wochen zu mir nach Italien kommt?«

»Ja, hat sie.«

»Und was meinst du? Klingt das nicht herrlich? Florenz ist wunderschön. Ich weiß genau, dass es dir gefällt. Und es wird dir guttun, eine Weile wegzukommen.« Mom ließ eine hoffnungsvolle Pause.

»Ja«, sagte ich langsam. »Italien klingt toll.«

»Oh, Liebling, das freut mich. Es gibt so viele Plätze, die ich dir und deiner Schwester zeigen möchte. Warte nur, bis du das Theater siehst, an dem ich arbeite. Es ist einfach atemberaubend. Und die Läden hier ... Ach, ich freue mich so. Wir drei werden uns prächtig amüsieren.«

Ich seufzte. Also doch nur Theater und bummeln gehen. Oder? Ich holte tief Luft. Fragen kostet nichts.

»Klingt schön, Mom. Aber meinst du, ich kann auch ein paar Sachen aussuchen, die wir machen? Ich meine Sachen, die *mich* interessieren?«

»Oh. Aber natürlich, Schätzchen. Was du willst. Ich besorge euch die Flugtickets und du machst eine Liste aller Dinge, die du sehen willst.«

»Gut.« Ich war fassungslos. Ein Leben lang hatte ich versucht es Mom recht zu machen, indem ich tat, was sie wollte. Dabei zögerte sie nicht mal einen Moment, als ich sie bat etwas anderes zu tun. Kevin wäre stolz auf mich.

»So, aber jetzt musst du dich ausruhen. Ruf mich an, sobald du wieder zu Hause bist. Ich hab dich so lieb, mein Schatz.«

»Ich hab dich auch lieb, Mom.«

Ich legte auf und gab Della das Telefon zurück.

»Wir fahren also nach Italien«, stellte sie fest.

»Sieht so aus. Und Mom sagt, ich darf auch ein paar Dinge aussuchen, die wir uns ansehen.«

Dellas Gesicht war ein Meisterwerk des gespielten Grauens.

»Hübsch«, sagte ich. »Aber mach dich auf ein bisschen Bildung gefasst.«

»Wie wäre es damit: Ich versuche das Beste draus zu machen, wenn wir deine Sachen tun, und du meckerst nicht rum, wenn wir meine Sachen tun.«

»Abgemacht.«

Wir gaben uns die Hand darauf und machten den Handel offiziell.

Achtundzwanzig

Den Rest des Abends rollte man mich in verschiedene Untersuchungszimmer, wo jeder Quadratzentimeter meines Körpers auf mögliche Schäden untersucht wurde. Wie man mir sagte, kam Mr Delgado für die Rechnung auf und seine Anweisung an die Ärzte lautete, keine Kosten zu scheuen. Das Krankenhauspersonal nahm ihn da wohl beim Wort. Ich glaube, sie dachten sich sogar ein paar neue Tests nur für mich aus. Am Abend hatte ich mehr Scans hinter mir, als ich Primzahlen kannte. Und das ist eine Menge.

Im Grunde hatte ich mir nichts getan. Die Diagnose lautete: eine leichte Gehirnerschütterung und ein paar geprellte Rippen, deshalb mussten sie mich zur Beobachtung ein paar Tage hierbehalten. Doch nichts davon war ernst. Ich fragte mich, wie viel ein Tag »unter Beobachtung« im Krankenhaus kostete. Aber ich zog mein Krankenhausbett einer weiteren Nacht auf der Couch gerne vor.

Auch nach Ende der Besuchszeit wollte Dad nicht gehen.

Er versuchte mit allen Mitteln die Schwestern zu überreden ihm ein paar Kissen zu bringen, damit er es sich auf dem Boden bequem machen konnte.

»Wie könnte ich dich allein lassen? Wenn etwas passiert! Vielleicht brauchst du mich mitten in der Nacht.«

Man hätte meinen können, ich wäre vier. Was ich ihm nach dem, was ich angestellt hatte, nicht übel nehmen konnte. Doch im Krankenhaus auf dem Boden schlafen? Das ging zu weit.

Della stand ungeduldig in ihrer Ecke und hielt das Textbuch und Dads Jacke hoch. »Dad, es geht ihr gut.«

»Wenn ich was brauche, drücke ich hier auf den Knopf und rufe die Schwester. Mr Delgado hat das Verwöhnprogramm gebucht. Ich wette, die ganze Belegschaft kommt angerannt.«

Dad rührte sich nicht.

»Was ist mit der Doppelseite? Musst du nicht mit dem großen Artikel anfangen?«

Immer noch keine Reaktion.

Della kam aus ihrer Ecke und nahm Dad am Arm.

»Komm schon, Dad. Wir wollen doch das Haus für Alice' Heimkehr vorbereiten, da haben wir viel vor.«

Erschrocken sah Dad meine Schwester an.

»Denk dran«, sagte sie, »wir müssen einkaufen, damit der Kühlschrank voll ist, und vielleicht besorgen wir ein paar neue Mathebücher, damit Alice was zu lesen hat, während sie sich ausruht, oder ein paar DVDs.«

Ab da fraß Dad ihr aus der Hand. Er schien nur bestürzt, dass er nicht selbst darauf gekommen war.

»Und dann habe ich gedacht …«, den Hammer hatte sich Della für den Schluss aufgehoben, »vielleicht solltest du den Computer in dein Schlafzimmer stellen.«

»Meinen Computer?«

»Und den Schreibtisch auch. Alice und ich sind ein bisschen zu groß, um uns ein Zimmer zu teilen.«

»Aber ihr habt immer in einem Zimmer geschlafen, wenn du da bist. Ich dachte, es macht euch Spaß.«

»Na ja, für ein Wochenende oder so ist es lustig, aber niemand sollte länger als eine Woche auf einer Luftmatratze schlafen müssen. Und jetzt, wo ich die Hauptrolle habe, brauche ich Platz zum Üben.« Della zwinkerte mir zu. »Das gehört zur Verinnerlichung meiner Rolle.«

Dad sah von Della zu mir und wieder zu Della.

»Wir haben viel zu tun! Am besten helfen wir Alice, wenn wir sie hier gut schlafen lassen und in der Zwischenzeit nach Hause gehen und alles vorbereiten.«

Dad nickte nachdenklich. Meine Schwester war ein Genie.

»Du hast Recht, Della«, stimmte er zu. »Und du bist dir sicher, dass du allein zurechtkommst, Alice?«

»Ganz sicher, Dad. Ich bin in guten Händen.«

»Also gut. Ich fahre aber gleich morgen früh wieder her. Ich hab dich lieb, mein Schatz.« Er gab mir einen Kuss auf die Stirn.

Della schob Dad aus dem Zimmer, bevor er es sich anders überlegte. An der Tür drehte sie sich noch einmal um und zwinkerte mir zu.

Lautlos sagte ich: *Danke.*

Della grinste und nickte, machte eine kleine Verbeugung und dann fiel die Tür zu. Und ich war endlich allein.

Ich strich das Laken glatt und starrte an die Decke. Es war noch viel zu früh zum Schlafen, aber ich hatte einen langen Tag hinter mir. Ich schloss die Augen und versuchte mich zu entspannen. Dr. Learner war in Sicherheit, Andrew verhaftet, alles war wieder in Ordnung.

Eigentlich hätte ich sofort einschlafen müssen, aber mein Hirn hörte einfach nicht zu rattern auf. *Okay*, schien es zu sagen, *du hast Dr. Learner gefunden, aber die Gleichung hast du nicht gelöst. Zeig uns den Rechenweg, Alice. Wie hat Dr. Learner das Labor verlassen? Und warum? Gibt es den Unsichtbarkeitsanzug wirklich? Und falls ja, wo in aller Welt ist er?*

Ich schlug die Augen auf und starrte wieder an die Decke. Ich versuchte die Deckenfliesen in Einer-, Zweier- und Dreiergruppen zu zählen, doch es nutzte nichts. Ich musste das Geheimnis lösen. Also setzte ich mich auf und nahm meine Tasche vom Nachttisch.

Ich legte mir den Ordner mit den Goldbach-Berechnungen auf den Schoß und schlug ihn hinten auf.

Die Delgado-Akte war weg.

All meine Aufzeichnungen und Kopien.

Dad musste sie herausgenommen haben, während ich bewusstlos war.

Enttäuscht schob ich den Hefter in die Tasche zurück und ließ sie auf den Boden fallen. Ich konnte Dad keinen Vorwurf machen. Ich wunderte mich nur, dass er die Akte gefunden hatte.

Vielleicht sollte ich einfach abwarten, bis Gras über die Sache gewachsen war, und ihn dann überreden mir die Akte zurückzugeben. Oder ich könnte mit Dr. Learner reden und er würde mir sagen, wie er es gemacht hatte. Aufgeschoben, nicht aufgehoben. Nur, irgendwann musste ich dahinterkommen. Sonst würde ich nie wieder gut schlafen.

Ich konzentrierte mich gerade noch mal aufs Einschlafen, als die Tür aufflog und Kevin Jordan ins Zimmer rollte. Er hatte eine Vase mit Blumen auf dem Schoß, die bei jeder Bewegung fast umkippte.

Ich setzte mich auf. Die Ablenkung kam mir gerade recht. Schlafen konnte ich eh nicht.

»Hey«, begrüßte mich Kevin. »Endlich hast du die ganzen Tests hinter dir. Hübsches Kleid!«

Ich sah auf mein blaues Krankenhausnachthemd herunter.

»Ja, ich weiß.« Ich verdrehte die Augen. »Aber deins ist auch nicht schlecht.«

Ich betrachtete Kevin in seinem Rollstuhl. Sein rechtes Bein war eingegipst und hochgelegt.

»Warte mal«, sagte ich dann. »Was ist denn mit dir passiert? Sag nicht, du bist mir hinterhergesprungen.«

»Nicht ganz. Ich wollte nach dir sehen, als du vom Balkon geflogen bist, aber ich habe vergessen, dass mein Bein immer noch an dem Stuhl festklebte. Und da hat es *knack* gemacht.«

Ich zuckte zusammen, aber Kevin schien guter Dinge, denn er redete einfach weiter.

»Mann, dieser Mr Delgado ist stinkreich, oder? Mein Vater hätte mir einfach einen Gips verpassen lassen und dann ab nach Hause. Aber Delgado hat dafür gesorgt, dass ich über Nacht bleibe und morgen von einer Physiotherapeutin behandelt werde.«

»Er hat wahrscheinlich ein schlechtes Gewissen, weil wir auf der Suche nach Dr. Learner verletzt wurden.«

Kevin schnaubte und er hatte Recht. Mr Delgado gehörte nicht zu dem Typ, der ein schlechtes Gewissen bekommt. Es ging wohl eher um sein Image, falls er sich nicht um uns kümmerte. Außerdem waren wir tolle Werbung für ihn.

»Hier«, sagte Kevin und reichte mir die Vase. »Die hat mir meine Mutter mitgebracht, aber sie stinken. Ich habe gedacht, vielleicht freust du dich darüber.«

»Oh, danke.« Ich stellte die Vase auf den Nachttisch. Der Strauß war sehr hübsch, aber ich fand es seltsam, dass Kevins Mom ihm rosa Blumen schenkte.

»Mann, ich bin fast gestorben, als du über das Geländer geflogen bist. Im Ernst, ich dachte, ich kriege einen Herzinfarkt. Du bist wohl aus Titan oder so was.«

»So hoch war der Balkon ja nicht und ich glaube, der Regen hatte den Boden schon ziemlich aufgeweicht.«

»Egal. Jedenfalls war es ziemlich cool. Und am Ende haben wir den Fall gelöst. Meinst du, wir kommen in die Zeitung?«

»Kann sein.« Wenn der eigene Vater als Reporter arbeitet,

ist es nicht wahnsinnig aufregend, in die Zeitung zu kommen, aber ich wollte Kevin den Spaß nicht nehmen.

»Was ist? Warum freust du dich nicht?«

»Ich weiß nicht. Ich habe gehofft, Dr. Learner würde uns verraten, wie er es gemacht hat. Vielleicht kann ich Della überreden mir die Akte zu besorgen ...«

»Sag nicht, du zerbrichst dir immer noch den Kopf darüber, wie der Typ aus dem Labor gekommen ist? Das ist doch wurst. Du hast ihn gefunden. Ende der Geschichte. Fall abgeschlossen.« Kevin klatschte in die Hände. Dann grinste er mich an. »Worüber du eigentlich nachdenken solltest, ist: Was machst du mit deiner Hälfte der Belohnung?«

»Wie bitte?«

»Du hast mich verstanden. Ich wurde an einen Stuhl gefesselt. Ich habe die Hälfte verdient.«

Ich sah Kevin an. Er strahlte mit Engelsmiene zurück. Zum ersten Mal wirkte sein Charme auch bei mir.

»Na gut«, sagte ich. »Wir teilen. Aber das Fahrrad kaufst du von deiner Hälfte.«

Neunundzwanzig

Zum Frühstück besuchten mich Mr Delgado und Sammy. Dad durchforstete gerade das Krankenhaus nach richtigem Kaffee für mich und Della saß in dem grünen Sessel am Fenster und studierte ihre Rolle ein. In einer Woche begannen die Proben zu *Annie* und bis dahin wollte sie ihren Text beherrschen. Ich ahnte, dass ich wieder in Miss Hannigans Rolle schlüpfen müsste, bevor der Tag zu Ende ging. Aber nach Dellas genialer Idee gestern Abend hatte sie ein paar Wünsche gut.

»Und, wie geht es unserer kleinen Detektivin heute Morgen?« Mr Delgado tätschelte mir den Kopf wie einem Hund, der gerade ein Kunststück vorgeführt hatte. »Ich hoffe, du bekommst die beste Pflege. Der Krankenhausleiter ist ein enger Freund von mir. Er hat mir versprochen, dass er sich bestens um dich kümmert.«

Dann überreichte er mir einen großen Strauß Rosen. So groß, dass ich kaum noch was sah, als ich ihn auf dem Schoß hielt. Della warf mir einen Blick zu und verdrehte die Augen.

Sie nahm mir den Strauß ab und machte sich auf die Suche nach einem passenden Gefäß. Einem Eimer vielleicht. Ich sah ihr nach und wünschte, ich könnte auch abhauen, aber ich steckte hier fest und Mr Delgado wartete auf eine Antwort.

»Alle sind sehr nett zu mir.«

»Das hoffe ich doch. Dieses Krankenhaus ist mir verpflichtet.« Er wippte strahlend auf den Fersen vor und zurück. Auch Sammy strahlte.

»Ich hab's dir doch gesagt, oder, Dad? Alice ist einfach toll.«

Ich spürte, wie ich rot wurde. Wie lange brauchte Della bloß, um eine Vase zu finden?

»O ja, das ist sie«, sagte Mr Delgado. »Auch wenn es mir lieber gewesen wäre, du hättest mich angerufen, anstatt auf eigene Faust loszuziehen. Es hätte viel schlimmer ausgehen können ...«

Und das wäre schlecht fürs Image gewesen, beendete ich den Satz im Kopf.

»Sie hat doch versucht dich anzurufen, Dad! Sie hat Andrew eine Nachricht für dich gegeben.«

Sammy hätte lieber nichts gesagt, denn bei dem Namen seines verräterischen Assistenten erlosch Mr Delgados Strahlen und er blickte finster drein.

»Ach ja. Andrew.« Er spuckte den Namen aus wie Galle. »Ich fasse es nicht, dass die Chronos-Leute es gewagt haben, mein Labor zu infiltrieren. Meinen persönlichen Assistenten zu bestechen. Und unseren besten Wissenschaftler zu entführen. Die werden von meinen Anwälten hören, darauf können sie Gift nehmen.«

Mr Delgado war stinksauer, doch etwas, das er sagte, ergab keinen Sinn.

»Aber sie haben Dr. Learner gar nicht entführt«, warf ich ein.

Mr Delgado unterbrach seine Tirade und sah mich durchdringend an. »Was redest du da? Natürlich haben sie ihn entführt. Er wurde von der Polizei bei ihnen im Auto gefunden.«

Mein Herz klopfte schneller. Hoffentlich kam Dad endlich mit dem Kaffee. Ich rieb mir die Schläfen und versuchte meine Gedanken zu ordnen. »Ja, sie haben ihn aus dem Wohnheim entführt. Aber nur weil sie von mir wussten, dass er dort war, also konnten sie ihn nicht vorher entführt haben.«

Mr Delgado kniff die Augen zusammen und kam auf mich zu. Einen Augenblick lang dachte ich, er würde mich beißen. Selbst Sammy wirkte leicht nervös. Aber Mr Delgado biss mich nicht. Er streckte die Hand aus und befühlte meine Stirn, dann lächelte er.

»Du musst aufhören dir den Kopf zu zerbrechen, Kleine. Mach dir keine Sorgen. Davon bekommt man nur Falten.«

Bevor ich antworten konnte, ging die Tür auf und Dad und Della kamen zurück – Dad mit einem anständigen Kaffee vom Coffee Shop auf der anderen Straßenseite und Della mit einem großen Plastikkrug für die Rosen. Sie stellte Mr Delgados Blumen auf den Nachttisch hinter die von Kevin. Sie sagte nichts, aber das war auch nicht nötig. Ihr Grinsen hätte ich vom anderen Ende des Krankenhauses gesehen.

»Mr Jones.« Mr Delgado schüttelte Dads Hand. »Ich habe mit den Ärzten gesprochen. Alle sind sich einig, dass Alice unbesorgt nach Hause kann. Doch sie soll sich eine Weile schonen. Es kommt bald jemand und spricht mit Ihnen.«

Dad lächelte matt. Ich fragte mich, ob er auch nur ein Auge zugemacht oder die ganze Nacht an seinem Artikel gesessen hatte.

»Hauptsache, ich kann sie heute mitnehmen«, sagte er. Dann meldete sich sein Reporterinstinkt. »Hätten Sie vielleicht einen Moment Zeit für ein paar Fragen? Ich würde wahnsinnig gern einen Kommentar von Ihnen für die Story bekommen, die ich gerade über einen Ihrer Konkurrenten schreibe.« Dad zog den Notizblock aus der Hosentasche. Es tat gut, zu sehen, dass er wieder im Spiel war.

»Natürlich«, sagte Mr Delgado huldvoll. Ich sah ihm an, dass er sich innerlich die Hände rieb. Er konnte es kaum erwarten, Dad alles über die Missetaten der bösen Chronos-Leute zu erzählen. »Morgen halte ich übrigens noch eine Pressekonferenz ab, eine ganz kleine. Ich möchte bekannt geben, dass Adrian in Sicherheit ist. Und natürlich möchte ich Alice ihre Belohnung überreichen.« Er sah mich lächelnd an. »Ich habe gehört, dass du sie teilen möchtest?«

»Ja, ich hatte Hilfe.« Ich wich Sammys Blick aus. Wenn er mich mit seinem Hundeblick ansah, bekäme ich ein schlechtes Gewissen, weil ich die Belohnung nicht auch mit ihm teilte.

Das Geld wäre Sammy piepegal. Er wollte nur mein Partner sein. Doch ich blieb bei meiner Antwort. Sammy war ein netter Kerl, aber seine Anbetung fand ich einfach ziemlich anstrengend. Wenn ich überhaupt einen Partner brauchen konnte, dann einen, der mir die Stirn bot und mir auch sagte, wenn ich mal danebenlag.

»Schön, dann bring deinen Helfer mit.« Mr Delgado wandte sich wieder an Dad. »Und jetzt, Mr Jones, stehe ich Ihnen ganz zur Verfügung. Ich lade Sie auf einen Kaffee ein und erzähle Ihnen alles, was Sie über die Halunken von Chronos wissen müssen.«

Dad folgte Mr Delgado mit gezücktem Bleistift aus dem Zimmer und nur Sammy blieb verlegen an meiner Bettseite zurück.

»Ich wusste, dass du es schaffst.« Dann reichte er mir eine kleine blaue Geschenktüte mit einem komplizierten Knoten aus Kräuselband. »Du brauchst es jetzt nicht mehr, aber ich dachte, vielleicht hättest du es trotzdem gern.« Sammy rutschte ein Stück näher. »Ich habe es so gut gewaschen, wie ich konnte. Tut mir leid, wenn es immer noch stinkt.«

Ich spähte in die Tüte und schloss sie schnell wieder. Ein Blick genügte und ich wusste, was sie enthielt. Es war ein L-förmiges Stück Metall. Die Klammer von der Überwachungskamera. Sammy hatte den Regenbogenfrosch gefunden. Und dem Geruch nach zu urteilen, hatte sie tatsächlich im Müll gelegen, wie Kevin geraten hatte.

»Danke, Sammy.«

Mr Delgado wäre nicht begeistert, wenn er wüsste, dass Sammy mir weitere Spuren lieferte. Und ich wusste auch, warum. Für Mr Delgado war alles wunderbar ausgegangen. Er hatte einen lukrativen neuen Auftrag und seinen Spitzenforscher zurück. Und sein Hauptkonkurrent wanderte hinter schwedische Gardinen. Mr Delgado wollte nicht, dass ich jetzt noch die Pferde scheu machte. Aber für meinen Geschmack gab es noch zu viele lose Enden.

Ich betrachtete die Metallklammer, als hielte sie die Antwort für mich bereit. Doch sie blieb stumm.

»Sammy?«, fragte ich, ohne aufzublicken. »Glaubst du, dass Dr. Learner von Chronos entführt wurde?«

Sammy tänzelte von einem Fuß auf den anderen, das ganze Bett wackelte schon davon. »Ich weiß nicht.« Er zuckte mit den Schultern. »Aber es ist doch jetzt auch egal. Onkel Adrian ist wieder da.« Sammy klang glücklich, aber ich hörte noch etwas anderes in seiner Stimme. Erleichterung.

»Sammy, was, dachtest du, hätte ich in der Wohnung finden sollen? Dr. Learner hat auch so etwas gesagt. Er meinte, er müsse noch mal zurück, um *ihn* zu holen.«

Sammy antwortete nicht. Oder er konnte nicht antworten. Er stand stumm da und leckte sich nervös über die Lippen.

»Hat er den Unsichtbarkeitsanzug gemeint?«

»Nein! Ich weiß nicht. Ist doch egal.« Ganz beiläufig versuchte Sammy rückwärtszugehen, aber er war nicht gut darin. »Dad hat Recht, du machst dir zu viele Sorgen. Onkel Adrian ist wieder da. Jetzt ist alles gut.« Mit einem dumpfen Knall prallte er gegen die Wand. »Ich muss los. Bis morgen auf der Pressekonferenz. Dad sagte, vielleicht komme ich auch in die Zeitung. Das wird toll!«

Und damit öffnete er die Tür und floh.

Obwohl die Ärzte gesagt hatten, ich könnte gehen, mussten wir noch drei Stunden warten, bis endlich jemand die Entlassungspapiere unterschrieb. Sie gaben mir ein Rezept für Schmerztabletten, die ich nicht brauchte, aber wir gingen trotzdem in die Krankenhausapotheke.

Dad brachte die Blumen und Genesungskarten zum Auto, während Della und ich in der Apotheke Schlange standen. Della behauptete, sie wollte aufpassen, dass ich nicht in Ohnmacht fiel, aber ich glaube, in Wirklichkeit brauchte sie eine Pause von Dad.

»Sein Tippen, Alice! Ich habe kein Auge zugemacht. Wie kann er so viel Krach beim Tippen machen?«

»Ich höre Dads Tippen gern. Ich finde es irgendwie beruhigend.«

»Wenn das dein Ernst ist, will ich das Zimmer unten, und du kannst dein Zimmer wiederhaben.«

»Mir recht.« Ich reichte dem Apotheker mein Rezept. »Und danke. Für die Idee mit den Zimmern, meine ich.«

»Keine Ahnung, wovon du redest. Ich brauche Platz. Hast du nicht gehört? Ich muss meine Rolle verinnerlichen.« Della zwinkerte mir anmutig zu.

Hinter der Theke standen drei riesige Regaltürme, die sich

drehen ließen, so dass der Apotheker sich nicht vom Fleck bewegen musste. Er fand meine Pillen, zählte sie ab und füllte sie in eine kleine orange Plastikdose.

Genau so eine, wie ich sie in Dr. Learners Wohnung gesehen hatte.

»Haben Sie schon mal von Zelcore gehört?«, fragte ich.

Der Apotheker runzelte die Stirn. »Nein.«

Della zwickte mir in den Arm. »Warum fragst du solche Sachen?«

Ich ignorierte sie. »Ganz sicher? Vielleicht habe ich es nur falsch ausgesprochen.« Ich rief mir die Schrift auf der Dose bei Dr. Learner in Erinnerung und betonte den Namen noch mal anders. Als der Apotheker immer noch nicht wusste, wovon ich sprach, buchstabierte ich es.

Er schüttelte den Kopf. »Tut mir leid, ich kann dir nicht helfen.« Er reichte mir die weiße Papiertüte mit meinen Tabletten über die Theke. »Versuch es mal im Internet. Vielleicht ist es ein Medikament, das noch nicht auf dem Markt ist. Wir bekommen nur die Arzneimittel, die rundum getestet und zugelassen wurden.«

»Danke. Das mach ich.«

»Alice«, sagte Della, als wir gingen, »was sind das für geheimnisvolle Pillen?«

»Ich habe das Zeug bei Dr. Learner gesehen. Vielleicht ist es eine Spur. Aber vielleicht habe ich mir den Namen falsch gemerkt. Auf meinem Handy ist ein Foto davon, doch das hat noch die Polizei.«

»Gott, Alice. Du kannst es einfach nicht lassen, oder? Du und Dad, ihr seid beide gleich schlimm.«

Dad wartete am Ausgang auf uns. Kevin saß neben ihm und versuchte mit dem Rollstuhl ein Kunststück.

»Hey, Professor. Schau mal. Die Physiotherapeutin hat mir einen Lolli geschenkt.«

»Wie alt bist du noch mal?«

»Ich habe noch mehr. Willst du einen?«

Er hielt uns eine Handvoll Lutscher hin. Della und ich griffen sofort zu.

»Gibt es irgendwen, den du nicht bezirzen kannst?«, fragte ich grinsend.

»Nein.« Kevin strahlte.

»Kevin müsste warten, bis seine Mutter von der Arbeit kommt und ihn abholt, da habe ich angeboten, dass ich ihn mitnehme und bis heute Abend bei uns durchfüttere. Ist euch das recht?«, fragte Dad und nahm sich einen Zitronen-Lolli.

Ich zuckte die Achseln. Warum nicht? Eine Stunde mehr mit Kevin würde mich nicht umbringen, oder?

Natürlich bereute ich die Entscheidung, als mir klar wurde, dass ich auf der Heimfahrt Kevins gebrochenes Bein auf dem Schoß halten musste, während Della vorne saß und kicherte. Ich glaube, sogar Dad kicherte, doch er konnte es besser vertuschen. Es war das erste Mal im Leben, dass ich mir wünschte, Dad würde schneller fahren.

Dreißig

Nach dem Mittagessen schnappte sich Dad eine Wasserflasche aus dem Kühlschrank, ermahnte Della und Kevin, dass sie auf mich aufpassen sollten, und ging nach oben, um seinem Artikel vor Redaktionsschluss den letzten Schliff zu verpassen. Ich seufzte. Es würde lange dauern, bis Dad mich wieder unbeaufsichtigt ließ.

Della wartete, bis die Tür zu Dads Schlaf-/Arbeitszimmer zufiel. Dann blickte sie Kevin mit ihrem Eine-Million-Dollar-Blick an. »Wie fändest du es, einem Theaterstar bei ihrem Debüt in Philadelphia zu helfen?«

Selbst Kevin Jordan konnte zu meiner Schwester nicht Nein sagen.

Della hatte schon Kopien der Seiten gemacht, die sie mit uns üben wollte. Sie teilte sie mit professioneller Geste aus und führte uns zur Couch. Dann ließ sie sich majestätisch nieder. Kevin setzte sich daneben und legte das Bein auf die Armlehne. Für mich blieb nur der Platz auf dem Teppich.

Es hätte kein Problem sein sollen. Aber egal wie sehr ich mich versuchte zu konzentrieren, ich konnte nur an Dr. Learners unmögliches Verschwinden denken.

Das klassische Rätsel des verschlossenen Raums. Ich hatte mich mit eigenen Augen im Labor umgesehen und war überzeugt, dass es bis auf die eine Tür keinen Ausgang gab. Und doch zeigte die Überwachungskamera, dass Dr. Learner hineinging, aber nicht herauskam.

(ein Ausgang) + (Überwachungsvideo) + (verschwundener Mann) = x

Ich ging die Gleichung wieder und wieder durch, aber ich kam der Lösung nicht näher als am Anfang. Della musste mich jedes Mal mit dem Zeh anstupsen, wenn ich mit meinem Text dran war. Ich spürte, wie ich wieder abdriftete, bevor ich die Zeile überhaupt fertig gelesen hatte.

Wenn ich die richtige Kombination der Variablen fand und sie an den richtigen Platz schob, hätte ich die Lösung.

(ein Ausgang) + (verschwundener Mann) = x – (Überwachungsvideo)

Vielleicht hatte Dr. Learner die Kamera doch irgendwie manipuliert. Er war Wissenschaftler und erforschte Laser und Licht. Vielleicht hatte er die Kamera überlistet oder sich in das Sicherheitssystem gehackt?

Oder musste es eher heißen:

(ein Ausgang) + (Überwachungsvideo) = x – (verschwundener Mann)

Dr. Learner hatte sich mit Hilfe seiner Erfindung unsichtbar gemacht, wie Graham Davidson behauptete. Vielleicht wusste er, dass Chronos hinter ihm her war, und wollte ihnen entwischen. Was allerdings nicht erklärte, warum er Mr Delgado nicht Bescheid sagte. Und auch nicht, warum er sich so seltsam verhielt, als wir ihn fanden.

»Alice? Alice!« Ich zuckte zusammen. »Du bist dran.«

»Tut mir leid, ich habe nachgedacht.« Ich schüttelte mich ins Hier und Jetzt. Kevin bettelte mich mit einem Blick um Rettung an. Ich schätzte, Daddy Warbucks Part zu lesen war nicht seine Vorstellung eines lustigen Nachmittages zu Hause. »Wo sind wir?«

Della verschränkte die Arme und legte den Kopf schräg. »Es bringt nichts, oder?«, sagte sie. Dann stand sie auf und kniete sich vor die Couch. »Ich mache das nur, weil ich weiß, dass du nicht zu gebrauchen bist, ehe du dieses blöde Rätsel nicht gelöst hast.«

Sie zog eine Klarsichtfolie voller Papiere unter der Couch hervor. Als ich das Deckblatt sah, machte mein Herz einen Hüpfer. Es war die Delgado-Akte.

»Hier«, sagte sie. Ich streckte die Hand aus, aber Della zog sie weg. »Lass dich bloß nicht von Dad erwischen.«

»Versprochen.« Natürlich durfte ich ihm nicht verraten, dass ich immer noch an dem Fall arbeitete. Aber Della hatte Recht: Wenn ich nicht herausfand, wie Dr. Learner aus dem Labor verschwinden konnte, würde ich mich nie erholen.

»Und nächste Woche musst du mir mit meinem Text helfen.«

Ich nickte so heftig, dass mir der Nacken wehtat.

»Und«, Della hielt die Akte hoch, »bei der Premiere will ich Rosen.«

»Ja, ja, alles, was du willst. Jetzt gib schon her.«

Ich schnappte mir die Klarsichtfolie und schüttelte die Papiere heraus. Selbst der Spiegel aus Mr Delgados Büro war noch da. Della musste alles aus dem Goldbach-Hefter genommen haben, bevor Dad auf die Idee kam, ihn zu durchsuchen. Meine Schwester war ein Genie.

»Kannst du mir bitte mal die blaue Tüte da geben«, bat ich Kevin.

Er reichte mir Sammys Geschenktüte und ich zog die Metallklammer heraus. Der Spiegel passte perfekt hinein.

»Was ist das?«, fragte Kevin.

»Die Klammer war an der Überwachungskamera vor Dr. Learners Labor befestigt. Das ist der Schlüssel. Ich weiß nur noch nicht genau, wie er funktioniert.«

»Lass mich mal sehen.« Della streckte die Hand aus und ich gab ihr die Klammer. Sie hielt sich den Spiegel vors Gesicht und starrte hinein, dann schob sie sich eine Haarsträhne hinters Ohr.

»Es ist wie die magische Kiste.«

»Die was?«

»Ein alter Bühnentrick.«

Della erzählte uns eine Geschichte irgendeiner Off-Broadway-Inszenierung von *Der Zauberer von Oz*, bei der sie mitgewirkt hatte. Und weil das winzige Theater keine Falltür hatte, durch die die böse Hexe des Westens verschwinden konnte, installierten sie einen Spiegel so auf der Bühne, dass es aussah, als würde die Hexe sich in Luft auflösen.

Ich schloss die Augen und versuchte mich an etwas zu erinnern. Hatte Mr Delgado nicht irgendetwas von Zauberei erwähnt? Nein, es war ein Foto. Er und Dr. Learner, die zusammen als Zauberer auftraten.

»Es hat ewig gedauert, bis sie den Spiegel im richtigen Winkel hatten«, fuhr Della fort. »Bei der Premiere sah es aus, als wären da plötzlich zwei böse Hexen des Westens. Eine Katastrophe!«

Das war's!

Ich blätterte durch die Seiten, bis ich den Grundriss von Delgado Industries fand. Dann stellte ich den Spiegel auf das Blatt, an die Stelle, wo die Überwachungskamera hing. Bei meiner provisorischen Versuchsanordnung auf dem Teppich war der Winkel zwar nicht exakt, aber nahe genug dran. Der Spiegel veränderte das Kamerabild. Ich erinnerte mich an unseren ersten Besuch im Labor, als Andrew sich beschwerte, dass an den ganzen Türen die Namensschilder fehlten. Alle Türen sahen gleich aus. Und die Überwachungskamera hatte die ganze Zeit die geschlossene Tür *neben* Dr. Learners Tür gefilmt.

Ich richtete mich auf und holte Luft. Ich fühlte mich, als wäre ich lange unter Wasser gewesen und tauchte endlich wieder auf. Die anderen glaubten so fest an den Anzug, dass ich fast selbst angefangen hätte daran zu glauben. Jetzt freute ich mich, dass ich mit meinem Zweifel die ganze Zeit Recht behalten hatte. Es gab keinen Hightech-Unsichtbarkeitsanzug! Die beiden alten Freunde hatten einfach gezaubert. Und der Spiegeltrick war einer der ältesten Zaubertricks der Welt.

Einer stand im toten Winkel der Kamera und wartete, bis Dr. Learner das Labor betrat. Dann schob der Komplize den Spiegel in die Klammer, die an der Kamera befestigt war. Im richtigen Winkel veränderte der Spiegel den Blick der Kamera so, dass sie die falsche Tür filmte und Dr. Learners Tür im toten Winkel lag. Sobald der Spiegel an Ort und Stelle war, konnte Dr. Learner ungehindert aus dem Labor herausmarschieren und niemand würde je davon erfahren. Dann mussten sie nur noch den Spiegel wegnehmen und *Tada!* Dr. Learner war spurlos verschwunden.

Und jetzt, da ich wusste, wie der Trick funktionierte, wusste ich auch, wer dahintersteckte.

Der Spiegel erlaubte es Dr. Learner, ungesehen aus seinem Labor zu kommen, aber nicht aus dem Haus. Jedenfalls nicht durch den Haupteingang. Der einzige andere Weg aus dem Gebäude führte durch Mr Delgados Büro. Und der Einzige, der einen Schlüssel dafür besaß, war Mr Delgado.

Er hatte das Ganze arrangiert. Ich wusste nur nicht, warum.

»Della, darf ich mal dein Smartphone benutzen? Meins ist noch bei der Polizei.«

Ich tippte Zelcore ein. Die Suchmaschine lieferte ein Ergebnis. Einen Artikel von der Medizinischen Fakultät der Universität von Pennsylvania.

Zelcore ist eine neue Klasse von Cholinesterase-Hemmern, die momentan die zweite Phase der klinischen Prüfung am Klinikum der Universität von Pennsylvania durchläuft. Zelcore zeigt vielversprechende Ergebnisse bei der Verzögerung der Symptome der Alzheimer-Krankheit um neun bis achtzehn Monate. Vorläufige Ergebnisse der Phase eins sowie zwei Studien zeigen, dass Zelcore bedeutend wirksamer ist als derzeit zugelassene Medikamente.

Endlich wusste ich, wovor Dr. Learner davonlief. Vor sich selbst. Ich schauderte. Ich konnte mir nichts Schlimmeres vorstellen als eine Krankheit, die langsam das Gehirn zersetzt. Es erklärte auch, warum Mr Delgado Dr. Learner aus dem Weg haben wollte. Niemand vergibt einen Multi-Millionen-Dollar-Auftrag an eine Firma, deren Spitzenwissenschaftler gerade seine geistigen Fähigkeiten verliert.

Alle Puzzleteile passten zusammen. Die Gleichung ging auf und ich hatte meine Antwort. Ich wusste nur nicht, was ich als Nächstes tun sollte.

Einunddreißig

Am Morgen vor der Pressekonferenz tat Della ihr Bestes, um mich kameratauglich zu machen. Sie verbot mir meine gewohnte Sommer-Uniform – Shorts und T-Shirt – und eskortierte mich stattdessen zum Schrank, wo ich mir ein Kleid aussuchen musste.

»Das kann nicht dein Ernst sein«, protestierte ich beim Anblick der Rüschen und Volants auf der Stange.

»Alice, du kommst ins Fernsehen. Entweder du suchst dir selbst eins aus oder ich tue es für dich.« Della griff nach einer besonders glitzernden rosa Nummer und wedelte drohend damit vor mir herum.

»Schon gut«, sagte ich. »Aber ich trage keine hohen Schuhe.«

Ich zog den Kleiderbügel mit dem schlichtesten Kleid heraus, das ich finden konnte. Es war hellgrün und der weiche Stoff federleicht. Wenigstens würde ich darin atmen können.

Als Della mich endlich nach unten führte, hatte sie mich so

aufgebrezelt, dass ich mich selbst nicht erkannte. Dad fiel die Kinnlade herunter.

»Du siehst so erwachsen aus«, stammelte er. Er hatte Tränen in den Augen.

»Reiß dich zusammen, Dad.« Unter dem Puder, mit dem Della mich bestäubt hatte, juckte mir das Gesicht. Doch das war nicht der einzige Grund, warum sich meine Nerven zum Zerreißen spannten. Ich hatte die ganze Nacht überlegt, was ich zu Mr Delgado sagen sollte. Und ich wusste es immer noch nicht.

Dads Plymouth wirkte wie immer fehl am Platz, als wir vor der Villa parkten. Kevin und seine Familie warteten schon an der Treppe. Kevin trug einen Anzug.

»Wehe«, sagte er, als er meinen Blick sah. »Wenn du dir den Kommentar sparst, spar ich mir meinen auch.«

Ich blickte kurz an mir hinunter. »Abgemacht.«

Während wir die Stufen hinaufgingen, kam uns Sammy entgegen. Auch er trug einen Anzug, doch bei ihm wirkte es ganz normal. Wahrscheinlich hatte er mit einem Jahr seinen ersten Anzug bekommen. Ich lächelte, aber dann fiel mir ein, was ich Mr Delgado sagen musste, und mein Lächeln gefror. Ich drückte meine Tasche fester an mich. Della hatte vergeblich versucht mich zu einer ihrer Handtaschen zu überreden, doch ich brauchte eine, in die all meine Zettel und Aufzeichnungen passten.

»Kommt rein, es ist ein bisschen hektisch heute.« Sammy hielt uns die Tür auf.

In der großen weißen Eingangshalle tummelten sich unzählige Menschen, die in Grüppchen herumstanden und leicht verloren wirkten. Diesmal sah ich drei verschiedene Fernsehteams, sogar einen überregionalen Nachrichtensender. Ich schätzte, Mr Delgado und ich hatten unterschiedliche Vorstellungen von dem »klein«. Bruno und Brutus waren auch da und hielten die Journalisten in Schach, während ich mit Dad, Della, Kevin und seinen Eltern durch die Halle ging.

»Es wird super!«, sagte Sammy. »Kommt, mir nach.« Er führte uns an den eingepferchten Reportern und ihren Fragen vorbei in den Konferenzsaal. Als sich die schwere Eichentür hinter uns schloss, klingelte die Stille in meinen Ohren.

»Schön hier, Sammy. Hast du bei der Vorbereitung geholfen?«, fragte Dad.

Sammy gluckste vor Stolz. »Nein. Mein Vater hat eine neue PR-Firma angeheuert, nachdem er Andrew … äh … gefeuert hat. Und eine neue persönliche Assistentin hat er auch. Sie ist echt nett. Ich mag sie.«

Anscheinend hatte Mr Delgado große Pläne für Delgado Industries. Ich fragte mich, wann er die PR-Firma ins Boot geholt hatte, aber das war nicht so wichtig. Ich wusste alles, was ich wissen musste.

»Möchte jemand was trinken? Oder was zum Knabbern? Ich kann euch alles besorgen. Dad will, dass ich ein guter Gastgeber bin.«

»Warte mal, Sammy.« Ich hielt ihn am Ärmel fest, bevor er abzischte. »Wo ist dein Vater? Ich muss mit ihm reden.«

»In seinem Büro.« Sammy zeigte auf die Tür hinter dem großen Schreibtisch am Ende des Saals. Dieselbe Tür, durch die Mr Delgado bei der letzten Pressekonferenz gekommen war. Ich erklärte den anderen, dass ich gleich wieder da sei. Dad wollte mir folgen, aber ich schüttelte den Kopf. Ich musste mit Mr Delgado unter vier Augen sprechen. Er steckte hinter allem. Doch ich wollte ihm die Chance geben, reinen Tisch zu machen. So viel schuldete ich Sammy.

»Mr Delgado?« Ich klopfte, dann trat ich in das kleine Büro. Hier erledigte Mr Delgado seine Geschäfte, wenn er gerade keine Leute beeindrucken wollte.

»Ah, Alice, unser Gaststar heute Abend. Nur herein.« Er hatte Papiertücher im Kragen und trug ein dunkelblaues Nylon-Cape wie beim Friseur. Eine junge Frau mit knallrosa Haaren puderte sein großes, flächiges Gesicht.

»Schön, schön. Du bist ja ganz vorzeigbar, wenn du dich ein bisschen ins Zeug legst, was? Auch wenn du vielleicht ein bisschen mehr Puder bräuchtest. Die Lampen, die die Fernsehteams benutzen, sind gnadenlos. Und im Fernsehen will natürlich niemand schlecht wegkommen. Setz dich. Sylvia kann bei dir weitermachen, wenn sie mit mir fertig ist.«

Sylvia lächelte mich an, aber ich schüttelte den Kopf. »Nein, danke.«

»Wie du willst.« Mr Delgado zuckte die Achseln. Sylvia hielt einen Spiegel hoch, damit er ihre Arbeit begutachten konnte. Er nickte nachdenklich. »Vielleicht noch ein bisschen an den Brauen. Ich will schließlich nicht aussehen wie ein alter Mann.«

Er lehnte sich zurück und schloss die Augen, während Sylvia mit einem Mini-Kamm seine Augenbrauen bürstete und die Enden mit einer Nagelschere stutzte. Als er die Augen wieder öffnete, schien er überrascht, dass ich immer noch da war. Offensichtlich passte es ihm nicht besonders. Mir wäre es auch nicht recht, wenn jemand zusehen würde, wie mir die Brauen gestutzt wurden.

»Wolltest du noch was, Alice?«, fragte er zerstreut, während er seine Brauen im Spiegel bewunderte.

»Ich muss mit Ihnen reden«, sagte ich. Ein besserer Einstieg fiel mir nicht ein.

»Worüber willst du reden?«

»Ich will über Dr. Learners Unsichtbarkeitsanzug reden.«

Mr Delgado lächelte. Er zog sich das Cape aus und reichte es Sylvia.

»Ich kann die Existenz eines Unsichtbarkeitsanzugs weder bestätigen noch abstreiten«, sagte er heiter, als amüsierte er sich über einen Witz, den nur er kannte. »Bist du dir sicher, dass du nicht nachgepudert werden möchtest?«

Ich ignorierte seine Frage. »Sie müssten nichts bestätigen oder abstreiten, Mr Delgado. Ich weiß, dass der Anzug nicht existiert. Ich weiß, dass Sie die Überwachungskamera mit einem Spiegel ausgetrickst haben, und ich weiß, an welcher Krankheit Dr. Learner leidet.«

Mr Delgado drehte sich ruckartig in seinem Sessel um und starrte mich an. Unter dem Make-up lief sein Gesicht dunkelrot an. »Danke, Sylvia«, sagte er. »Das wäre alles.«

Sie verstand die Aufforderung, fegte ihr ganzes Werkzeug in die Tasche und verschwand durch eine Seitentür.

Mr Delgado begann nicht sofort. Ich glaube, er zählte bis zehn. Erst dann lächelte er mich an. Er lächelte wie immer, aber es war nicht echt.

»Es ist nicht nett, vor fremden Leuten private Angelegenheiten zu besprechen.«

»Viele Dinge sind nicht nett.« Ich hielt den Riemen meiner Tasche fest, als hinge mein Leben daran.

»Ich weiß nicht, was du zu wissen glaubst, aber du könntest nicht weiter entfernt von der Wahrheit liegen. Falsche Anschuldigungen sind eine ernste Sache.« Er beugte sich im Sitzen vor.

»Ich mache keine falschen Anschuldigungen«, sagte ich. »Sie haben Dr. Learner geholfen aus dem Labor zu verschwinden und so die Öffentlichkeit getäuscht, weil sie nicht wollten, dass Dr. Learners Alzheimer-Erkrankung bekannt wird. Denn damit ist die Forschung an seinem Unsichtbarkeitsanzug am Ende. Vor allem die Regierung sollte nichts mitbekommen. Die hätten wohl kaum einen Vier-Millionen-Dollar-Vertrag mit Ihrer Firma abgeschlossen, wenn sie die Wahrheit kennen würden.«

»Wovon redest du? Adrian ist einer der brillantesten Wissenschaftler unserer Zeit. Jetzt, wo er wieder da ist, hat Delgado Industries sicher bald–«

»Ich habe seine Medikamente gesehen.«

Ich wusste nicht, ob er schreien oder lachen würde. Doch er

tat nichts dergleichen. Er schlug sich die Hände vors Gesicht und weinte.

Er weinte nicht wirklich. Wahrscheinlich wollte er sein Make-up nicht ruinieren, aber er ließ es ziemlich überzeugend aussehen. Della wäre beeindruckt.

»Du verstehst gar nichts.« Er holte tief Luft und sammelte sich, dann sah er mich mit großen bekümmerten Augen an. Der Blick erinnerte mich an Sammy. »Ich habe das alles nur getan, um Adrian zu schützen. Du musst das verstehen. Vor sechs Monaten, kurz nachdem er die Unsichtbarkeitsbox fertig stellte, zeigte Adrian plötzlich dieses seltsame Verhalten. Ich habe ihn überredet endlich zum Arzt zu gehen und dort erfuhren wir die Diagnose. Adrian war verzweifelt.« Mr Delgados Stimme wurde rau. Er wandte sich zur Seite und schluckte schwer.

Ich sagte nichts.

Nach einem Moment fuhr er fort. »Die Wissenschaft ist Adrians Leben. Er hatte schreckliche Angst, dass ihm alles entgleiten würde. Kannst du dir vorstellen, wie es ist, wenn man sein ganzes Leben der Physik widmet, und plötzlich erfährt, dass man langsam den Verstand verliert? Adrian *ist* sein Gehirn. Ihm ging es immer nur um die Wissenschaft. Und ich wollte ihm immer dabei helfen. Als er das Beakman-Stipendium bekam, dachten die Leute, ich wäre neidisch, aber ich kenne keinen Neid. Ich wollte Adrian immer helfen die Welt zu verändern.«

Mr Delgados Worte sprudelten nur so heraus, doch aus den

Augenwinkeln beobachtete er mich. Ich wusste genau, was er versuchte. Er wollte mir ein schlechtes Gewissen machen. Und ich gab es nicht gern zu, aber es funktionierte. Er fuhr sich mit der Zunge über die Lippen und redete weiter.

»Die Unsichtbarkeit war Adrians Lebenswerk. Er wollte der Welt etwas hinterlassen, bevor er nicht mehr in der Lage sein würde, zu arbeiten – das ist alles. Ich versprach ihm, falls er es nicht schaffte, sein Unsichtbarkeitsprojekt selbst fertigzustellen, würde Delgado Industries sich darum kümmern und sein Lebenswerk vollenden. Ich versprach ihm auch, dass Sammy nichts von seiner Krankheit erfahren sollte. Er wollte Sammy nicht das Herz brechen.«

Mr Delgado lächelte traurig und schüttelte den Kopf, ganz der loyale beste Freund und liebende Vater. Vielleicht glaubte er zum Teil selbst daran. Mit einem hatte er jedenfalls Recht: Es würde Sammy das Herz brechen. Fast wünschte ich mir, ich wäre nicht dahintergekommen. Kurz dachte ich daran, Mr Delgado zu sagen, er solle die ganze Sache vergessen. Aber dann stellte ich mir vor, wie ich jeden Morgen aufwachte und mit einer Lüge leben müsste. Auch wenn es eine nette, weiche, bequeme Lüge war, blieb es doch eine Lüge. Ich konnte einfach nicht.

»Nein«, sagte ich.

»Wie bitte?« Mr Delgado klang verwirrt. Ich schätzte, er hatte nicht oft mit Leuten zu tun, die Nein zu ihm sagten. Er sah mich an wie einen Alien.

»Es passt nicht zusammen. Sie hätten Dr. Learner und

Sammy auch anders schützen können. Sie mussten nicht das Gerücht in die Welt setzen, dass der Anzug funktionierte. Sie mussten auch die Regierung nicht austricksen, um den Vertrag zu unterschreiben. Das haben Sie für Delgado Industries getan. Sie wollten nicht auf Ihre Chance verzichten, eine der größten Forschungsstätten des Landes zu werden. Deswegen haben Sie die ganze Geschichte inszeniert.«

»Vorsicht, junge Dame. Ich habe nie behauptet, es würde einen Unsichtbarkeitsanzug geben. Es ist nicht meine Schuld, wenn die Leute Schlüsse ziehen. Wenn sie enttäuscht sind, ist es ihr Problem, weil sie die Fakten nicht geprüft haben. Außerdem bin ich fest überzeugt, dass wir jetzt, wo das Geld da ist, auch in kürzester Zeit einen funktionierenden Anzug produzieren werden.«

»Ich glaube nicht, dass die Leute von der Regierung auch so denken.« Ich verschränkte die Arme.

Mr Delgado kniff die Augen zusammen. Er sprang so plötzlich auf, dass ich zusammenzuckte. Mit zwei riesigen Schritten hatte er das Büro durchquert und baute sich vor mir auf, so dass ich nicht aufstehen konnte.

»Nein, das werden sie nicht. Sie werden überhaupt nicht darüber nachdenken. Ich weiß nicht, für wen du dich hältst oder was du mit deinem kleinen Auftritt hier vorhast, aber nett ist das nicht.«

Er beugte sich vor und packte die Armlehnen meines Stuhls. Unter seinem Puder war er jetzt lila vor Wut und seine Nasenlöcher blähten sich. Ich spürte, wie sich das Blut aus meinen Fingern und Zehen zurückzog. Mein Verstand wusste, dass er mir nichts tun konnte, nicht mit einem Saal voller Reporter auf der anderen Seite der Tür. Doch mein Instinkt riet mir zur Flucht.

Ich holte tief Luft und befahl meinen Knien mit dem Zittern aufzuhören. Mr Delgado war noch nicht fertig.

»Ich sage dir, was du jetzt tust«, erklärte er. »Du gehst da raus und lächelst nett in die Kameras. Und du schüttelst mir die Hand, wenn ich dir den Scheck mit der Belohnung überreiche. Und wenn die Reporter Fragen stellen, hältst du den Mund wie ein liebes kleines Mädchen. Ich bin ein sehr mächtiger Mann, und wenn du nicht brav bist, kann ich dir das Leben sehr schwer machen. Und deinem Vater auch. Habe ich mich klar ausgedrückt?«

Ich nickte. Klar wie Kloßbrühe. Mr Delgado wollte, dass ich den Mund hielt, sonst krachte es.

»Gut.«

Mr Delgado stand auf und rückte sich den Kragen zurecht. Er hatte die Papiertücher ganz vergessen. Jetzt riss er sie ärgerlich heraus und warf sie auf den Boden. Dann schüttelte er sich wie ein Hund, der aus dem Wasser kommt, und plötzlich sah ich vor mir wieder Mr Delgado, den charmanten Geschäftsmann. Er lächelte mich an, hielt mir die Tür auf und bedeutete mir vorauszugehen.

Ich nickte höflich. Mr Delgado hatte einen Fehler gemacht, aber ich hatte nicht das Gefühl, dass er darauf hingewiesen werden wollte. Er hatte mich gefragt, ob ich ihn verstand.

Und das tat ich. Ich verstand ihn sehr gut. Aber das hieß nicht, dass ich tun würde, was er wollte.

Ich schenkte ihm mein bestes braves Lächeln, dann trat ich durch die Tür ins Scheinwerferlicht.

Zweiunddreißig

Mr Delgado schob mich zu einem der Stühle hinter dem Tisch auf der Bühne. Der Saal war inzwischen voller Reporter. Ihre Fragen und Kameras klangen wirr wie das Schlagzeug einer Jazzband. Kevin saß schon da und wartete auf uns. Er sah aus, als wäre er Sylvia in die Arme gelaufen, nachdem Mr Delgado sie rausgeworfen hatte. Immer wieder betastete er seine Stirn und musterte seine Fingerspitzen, um zu sehen, ob es abfärbte.

Ich hörte nicht viel von Mr Delgados Rede, weil das Blut so laut in meinen Ohren rauschte. Mit jedem Herzschlag schien die Zeit langsamer zu werden und so konnte ich mir jeden Zuschauer im Saal in Ruhe ansehen. Die Frau von der *Times* kaute auf ihrem Bleistift. Der Mann vom *Independent* verdrehte bei jedem von Mr Delgados Witzen die Augen. Die langweiligen Gestalten von der ersten Pressekonferenz waren auch wieder da und diesmal wirkten sie ziemlich zufrieden mit sich selbst. Ich hatte meine Tasche auf dem Schoß und fuhr die Kontur der Delgado-Akte nach. Sie würden nicht lange so zufrieden bleiben.

In der ersten Reihe schob sich Della mit den Zeigefingern die Mundwinkel hoch, um mich ans Lächeln zu erinnern. Ich wischte mir die Handflächen an meinem Kleid ab und versuchte das Gefühl zu ignorieren, dass der Raum sich drehte.

Mr Delgados Hand auf meiner Schulter brachte mich in die Wirklichkeit zurück. Ich blinzelte und schnappte den Rest seines Satzes auf.

»... habe ich diesem brillanten jungen Mädchen dafür zu danken, dass sie uns Dr. Learner zurückgebracht hat.« Er lächelte mich an, als wären wir beste Freunde, aber ich sah die Drohung in seinen Augen und spürte sie im Druck seiner Fingerspitzen.

Als ich aufstand, fing ich Dads Blick auf. Alle anderen schienen Mr Delgado die Story abzukaufen, aber er nicht. Selbst wenn er ein Rührstück schreiben musste, würde er die Suche nach der Wahrheit niemals aufgeben. Das war mein Dad. Diesmal lächelte ich wirklich und ich nickte ihm unauffällig zu. Dad zuckte erwartungsvoll mit den Brauen. Ich fühlte mich wieder wie mit fünf bei der Miss-Friendship-Wahl. Dad wusste damals, dass ich etwas vorhatte, und er wusste es auch jetzt.

Mr Delgado redete immer noch. »Und nun habe ich die Ehre, Miss Jones im Namen von Delgado Industries ihre Belohnung zu überreichen.«

Ein Mitarbeiter von Mr Delgados Bank trat mit einem

übergroßen Pappscheck, wie man sie im Fernsehen sieht, vor. Mr Delgado streckte mir die Hand hin und erwartete, dass ich sie schüttelte. Kameras blitzten und surrten, als die Fotografen ihre Bilder schossen, und die Reporter, die nicht fotografierten, steckten sich den Notizblock unter den Arm, um klatschen zu können. Ich erhaschte einen Blick auf Sammy, der strahlend in der ersten Reihe saß und mich anhimmelte wie eine Superheldin.

Ich zögerte einen Moment. Was wäre so schlimm daran, Mr Delgado mit seiner Geschichte durchkommen zu lassen? Eigentlich hatte niemand Schaden genommen. Ja, Andrew und die Chronos-Männer wanderten ins Gefängnis, aber sie verdienten es auch. Sie waren bei uns eingebrochen, hatten Dr. Learner entführt und Kevin und mich an Stühle gefesselt. Ich sah Mr Delgado an, dann Sammy. Es war nicht fair. Am liebsten hätte ich den Kopf in den Sand gesteckt und gewartet, bis der Sturm vorüberzog.

Doch das ging nicht. Ich hatte das Rätsel gelöst und ich konnte die Wahrheit nicht zurückhalten. Ich wusste, was wirklich geschehen war. Schweigen bedeutete lügen.

Ich holte tief Luft und sah Mr Delgado in die Augen.

»Tut mir leid«, sagte ich leise. »Sie hatten Ihre Chance.«

Bevor er reagieren konnte, wandte ich mich an die versammelte Presse und gab meine Erklärung ab.

»Ich kann diesen Scheck nicht annehmen. Die ganze Geschichte ist ein Schwindel. Mr Delgado hat Dr. Learners Verschwinden selbst inszeniert, um der Welt weiszumachen, er hätte den Unsichtbarkeitsanzug fertiggestellt. Doch das stimmt nicht. Es gibt keinen Unsichtbarkeitsanzug.«

Ich versuchte so viele Wörter wie möglich mit einem Atemzug loszuwerden, weil ich wusste, dass Mr Delgado mich zum Schweigen bringen wollen würde, sobald er begriff, was ich gerade tat.

Und ich hatte Recht.

Kaum waren die letzten Worte ausgesprochen, spürte ich seinen Griff um meinen Arm, und seine Finger drückten so fest zu, dass ich blaue Flecken bekommen würde.

Er bemühte sich ruhig zu bleiben, aber ich wusste nicht, ob er es schaffen würde. Er sah aus wie ein Stier kurz vorm Angriff. Ich konnte mir beinahe ausmalen, wie er durch die Nasenlöcher Dampf ausstieß.

Mr Delgado funkelte mich an und öffnete den Mund. Ich nickte hastig in Richtung Publikum, um ihn daran zu erinnern, dass wir nicht allein waren. Er sah auf und starrte ausdruckslos in die Menge. Mindestens fünfzig Journalistinnen und Journalisten starrten zurück, abwartend, was er als Nächstes tat. Ich hatte noch nie einen Saal voller Presse so still gesehen. Mr Delgado schluckte. Dann ließ er meinen Arm los, strich sich nervös übers Haar und versuchte sich das Lächeln wieder ins Gesicht zu kleben. Es kam ein bisschen gequält heraus.

»Aber Alice, es ist nicht nett, solche Witze zu machen. Am Ende nehmen dich die Zuschauer noch ernst.«

»Ich meine es ernst.« Ich wandte mich wieder an die Presse. »Und beweisen kann ich es auch.« Ich holte die Delgado-Akte aus der Tasche und hielt sie über meinen Kopf. Dad sah überrascht aus, aber ich glaubte kaum, dass er mir später Vorwürfe machen würde. Ich servierte ihm gerade die Story seines Lebens auf dem Silbertablett.

Die Journalisten konnten nicht länger still sein und im Saal brach ein Sturm von Fragen los. Mr Delgado hob die Hand, um für Ruhe zu sorgen, aber niemand achtete mehr auf ihn. Hinten im Saal blickten die Regierungsleute finster drein, kramten hektisch nach ihren Smartphones und begannen wichtige Telefonate zu führen.

Mr Delgado beobachtete, wie um ihn herum das Chaos ausbrach. Dann sah er mich an. Die Person, die an allem schuld war. Ich wusste nicht, womit ich gerechnet hatte. So weit voraus hatte ich nicht geplant. Irgendwie war ich überzeugt gewesen, ein Mann wie Mr Delgado würde die Fassung bewahren.

Aber das tat er nicht. Er rastete völlig aus.

Er stürzte sich auf mich und wollte mir die Akte aus der Hand reißen. Ich wich zur Seite aus und rannte zum anderen Ende des Raumschiff-Schreibtischs. Ich brauchte ein festes Bollwerk zwischen uns. Mir gefiel der Blick in seinen Augen nicht. Ich hoffte, Mr Delgado erinnerte sich, wo er hier war, aber das tat er nicht. Oder er wollte nicht.

Er folgte mir um den Tisch, immer schneller. Es wäre lustig gewesen, nur dass ich nicht wusste, was passierte, falls er mich erwischte. Seine Augen traten hervor und kein Make-up der Welt konnte sein wutverzerrtes Gesicht kaschieren.

»Bleib stehen, du freches Gör«, brüllte er. »Weißt du überhaupt, wer ich bin? Ich ruiniere dich. Dich und deine mickrige Familie. Und alle deine Freunde. Du bist ein Nichts. Und jetzt gib mir die Akte, du nutzlose kleine …«

Doch ich erfuhr nie, wie er mich nennen wollte. Mr Delgados auf Hochglanz polierte Schuhe waren nicht fürs Rennen gemacht. Als er die Kurve um den Tisch zu schnell nahm, rutschte er spektakulär aus und riss die Hälfte von allem mit, was auf dem Tisch stand. Auch der übergroße Scheck ging zu Boden und brach mit einem lauten Knacks in der Mitte durch.

Ich beugte mich vor und holte Luft. Kevin hatte Recht, ich musste mehr Sport machen.

»Alles in Ordnung, Schätzchen?«, fragte Dad. Er tauchte neben mir auf. Ich nickte. Auch Della war da. Und sie war auf Krawall gebürstet.

Mr Delgados Hand tauchte an der Tischkante auf und ich zuckte zusammen, bereit wieder loszurennen. Er zog sich auf die Füße und klopfte sich den Staub von der Jacke. Dann schniefte er und bedachte mich mit dem kältesten Blick, den er zu Stande brachte. Als er sich übers Haar streichen wollte, erstarrte er.

Denn Mr Delgados glattes schwarzes Haar war aufgeklappt wie ein Mülltonnendeckel und entblößte die glatte weiße Kuppel seiner Glatze. Der ganze Saal kicherte. Mr Delgado wurde dunkelrot und schob sich hastig das Toupet zurück.

»Hören Sie sofort auf zu lachen«, rief er. »Und machen Sie die Kameras aus. Sie alle. Sie haben keine Erlaubnis, irgendwelches Material von heute zu verwenden.« Seine Stimme wurde schrill. Er hielt mit einer Hand sein Haar fest. Doch keiner hörte auf ihn und die Kameras liefen weiter. Nachrichten blieben Nachrichten, dagegen konnte selbst Mr Delgado nichts tun.

»Ich habe gesagt, stellen Sie sie ab! Wissen Sie nicht, wer ich bin?« Er nahm das Namensschild vom Tisch und wedelte damit herum. »Ich bin Dr. Samuel Delgado!« Dann nahm er das Namensschild und schmetterte es zu Boden. »Ich verklage Sie. Und Sie. Ich verklage Sie alle wegen Rufmord und Gewinnausfall! Ich lasse Ihre Zeitungen dichtmachen!« Mit jeder Drohung griff er nach einem Gegenstand vom Schreibtisch und warf ihn ins Publikum. Und mit jedem Geschoss machte er sich noch lächerlicher und das Lachen im Saal wurde lauter.

Dann fiel sein Blick auf eine Frau, die völlig verdattert hinten im Saal stand. Seine neue persönliche Assistentin. Sie sah aus wie Andrew 2.0.

»Sie!«, schrie er sie an. »Wofür bezahle ich Sie eigentlich? Sorgen Sie dafür, dass nicht mehr gefilmt wird.« Mr Delgados Stimme riss sie aus ihrer Starre, aber zu spät. Sie konnte nichts mehr tun. Stattdessen schlich sie sich raus. Mr Delgado heulte praktisch auf, als er sah, wie sich die Tür hinter ihr schloss.

Er schaute sich um wie ein wildes Tier, das in der Falle saß, dann stürzte er mit letzter Anstrengung ins Publikum und rannte wie ein Nashorn auf den nächsten Kameramann zu. Doch er kam nicht weit.

Seine persönliche Assistentin tauchte gerade noch rechtzeitig mit Bruno und Brutus auf. Die beiden Muskelmänner erwischten Mr Delgado halb im Flug und schleppten ihn schreiend und zeternd aus dem Saal. Der Rest der Anwesenden blieb schweigend zurück.

Dad war der Erste, der wieder klar denken konnte. Er flüsterte Kevins Mutter etwas zu. Sie nickte, packte Kevin und seinen Vater am Arm und zog sich mit ihnen zurück, während Dad die Aufmerksamkeit der Presse auf sich leitete. Kevin sah mich verwirrt an, aber ich gab ihm ein Zeichen, weiterzugehen. Das war seine letzte Chance, hier rauszukommen, bevor er von der Presse belagert wurde.

»Hallo, liebe Kolleginnen und Kollegen«, sprach Dad. »Was für eine Vorstellung, hm?«

Der ganze Saal lachte.

»Ich kenne viele von euch und ihr kennt mich. Ich weiß, wie sehr wir alle eine richtig gute Story lieben. Aber ich fürchte, selbst für Reporter steht die Familie an erster Stelle. Deshalb nehme ich jetzt meine zwei bezaubernden Töchter mit nach Hause, ohne dass sie irgendwelche Fragen beantworten müssen.« Er hob die Hände, bevor sich lautstarker Protest regte, während wir uns rückwärts zu der Tür hinter Mr Delgados Schreibtisch bewegten. »Alice wird eine Erklärung abgeben und ihre Beweise vorführen, nachdem sie mit den Behörden gesprochen hat.« Er grinste. »Und natürlich nachdem sie mit mir gesprochen hat.« Dann nahm er mich und Della an der Hand. »Okay, Mädchen«, flüsterte er. »Und jetzt los.«

Wir rannten durch die Tür in Mr Delgados Vorzimmer. Dad schob einen Sessel unter die Türklinke, um uns Zeit zu verschaffen, dann führte er uns durch die weiße Halle zum Eingang. Er öffnete das schwere Portal und wir liefen über den Parkplatz. Kurz bevor wir den Wagen erreichten, tauchte plötzlich Sammy auf.

»Alice, warum hast du das getan?«, fragte er. Er sah verwirrt und verletzt aus. Ich fühlte mich schrecklich.

»Sammy, es tut mir leid. Ich habe deinem Vater eine Chance gegeben, selbst die Wahrheit zu sagen, aber er hat sich geweigert. Ich hatte keine Wahl.« Ich wusste nicht, ob ich ihn überzeugen wollte oder mich selbst.

»Aber er lügt nicht. Es gibt den Unsichtbarkeitsanzug wirklich!«, entgegnete Sammy. Er packte meine Hand und zog mich zurück Richtung Haus. »Du musst ihnen sagen, dass du dich geirrt hast.«

Ich riss mich los und verschränkte die Arme. »Ich irre mich nicht, Sammy. Es gibt keinen Anzug.«

»Doch!« Er stampfte mit dem Fuß auf. »Du musst mir glauben.«

Ich sah zur Villa. Hinter mir drückte Dad auf die Hupe.

»Sammy, wenn du so überzeugt bist, dass es den Anzug gibt, wo ist er dann? Wenn der Anzug existiert, muss dein Dad ihn nur vorführen und beweisen, dass ich falsch liege.«

Sammy murmelte etwas und starrte seine Schuhspitzen an, als wären sie das Spannendste, was er den ganzen Tag gesehen hatte.

»Was hast du gesagt?«

»Ich habe gesagt, das kann er nicht. Ich habe ihn verloren.«

Dad hupte wieder. Ich hob die Hand, damit er wartete. »Das verstehe ich nicht.«

Sammy starrte weiter seine Schuhe an. Seine Schultern bebten, dann holte er tief Luft und begann zu erklären. »Onkel Adrian sollte mir bei meinem Physikprojekt dieses Jahr helfen. Als ich zu ihm ging, war er nicht da. Ich wusste, dass er viel zu tun hatte, und ich wollte bloß helfen …«

»Was ist passiert?«

»Ich habe für ihn aufgeräumt, das ist alles. Ich wollte wirklich nur helfen. Er hat immer so viel zu tun und seine Wohnung sah so unordentlich aus. Ich wollte einfach helfen.«

»Ich verstehe, Sammy.« Er wollte immer nur helfen.

»Nein, du verstehst nichts. Am nächsten Tag kam er nicht zur Arbeit, und als ich zu ihm ging, durchsuchte er gerade seine Wohnung. Er war außer sich. Er sagte die ganze Zeit, er fand ihn nicht oder dass ihn jemand gestohlen oder versteckt hatte. Verstehst du? Anscheinend habe ich beim Saubermachen den Unsichtbarkeitsanzug aus Versehen weggeräumt. Vielleicht habe ich ihn sogar weggeworfen. Ich habe so viel Müll rausgebracht.«

Das war es also. Ich wusste die ganze Zeit, dass Sammy etwas vor mir geheim hielt, und jetzt ergab alles Sinn. Sammy dachte, er sei schuld an Dr. Learners Verschwinden. Er dachte, er hätte den Anzug verloren und Dr. Learner wäre deswegen fortgegangen. Ich schüttelte den Kopf. Armer Sammy. Es muss schrecklich für ihn gewesen sein, vor allem mit einem Vater wie Mr Delgado. Kein Wunder, dass Sammy so verzweifelt auf meine Hilfe gehofft hatte. Er dachte, wenn ich Dr. Learner fand, würde ich auch seine Ergebnisse finden und niemand müsste erfahren, dass Sammy den Anzug verloren hatte. Aber hier lag das Problem: Sammy glaubte wirklich an den Anzug. Und ich wusste, dass er nicht existierte.

»Hör zu, Sammy. Dr. Learner …« Dann brach ich ab. Dr. Learner wollte nicht, dass Sammy von seiner Alzheimer-Erkrankung erfuhr. Aber es war unfair, Sammy glauben zu lassen, Dr. Learner hätte den Anzug fertiggestellt. Vor allem wenn er sich selbst die Schuld gab, ihn verloren zu haben. »Dr. Learner ist krank. Er hat den Anzug nicht gebaut. Er war nur verwirrt, weil du seine Sachen umgestellt hast. Wenn du auf etwas so Wichtiges gestoßen wärst wie den Anzug, hättest du es gemerkt. Außerdem war ich auch in der Wohnung und es gab keinen Anzug dort. Und falls jemand anderes ihn gefunden hat, wüssten wir es inzwischen.«

»Aber der Anzug ist unsichtbar! Wie sollst du etwas finden, das du nicht sehen kannst?«

Er sah mich so verzweifelt an, ich wusste, dass ich mit Argumenten nicht weiterkam. Mit einem Punkt hatte er allerdings Recht. Ein unsichtbarer Unsichtbarkeitsanzug – das wäre eine echt unpraktische Erfindung. Es wäre unmöglich, ihn nicht zu verlieren. Kein normaler Wissenschaftler würde so einen Anzug entwerfen, oder?

Sammy redete weiter. »Du solltest ihn *und* den Anzug finden. Du solltest alles wiedergutmachen, nicht alles noch schlimmer und meinen Vater in Schwierigkeiten bringen.«

Die Tür der Villa ging auf, das Team von Kanal 5 strömte auf den Parkplatz und zeigte in unsere Richtung. Dad drückte fest auf die Hupe. Die Zeit war um.

»Tut mir echt leid, Sammy, wirklich. Aber ich kann nicht lügen. Ich kann einfach nicht.«

Ich ließ Sammy in der Einfahrt stehen und lief zum Wagen. Als ich mich beim Einsteigen noch einmal umblickte, rannte Sammy bereits an den Journalisten vorbei ins Haus zurück. Ich wusste, ich hatte das Richtige getan, aber das half mir nicht gegen das schlechte Gewissen. Wer immer behauptet hat, die Wahrheit sei befreiend, hatte keine Ahnung. Dad trat aufs Gas, bevor die Tür ganz zugezogen war. Sie flog gefährlich weit auf, während wir uns im Kreisel vor der Villa in die Kurve legten, und schlug von allein zu, als sich Dad in den Verkehr drängte.

Dreiunddreißig

Wir fuhren schweigend nach Hause. Dad stellte keine Fragen, doch ich hörte, wie er beim Fahren mit den Fingern aufs Lenkrad trommelte. Ich legte den Kopf zurück und starrte an die Decke. Über mir hing der Stoff stellenweise herunter, wo der alte Kleber den Kampf gegen die Schwerkraft aufgegeben hatte. Ich wusste, wie sich der Kleber fühlte – schlaff und erschöpft.

Zu Hause folgte ich Dad in sein neues Schlafzimmer-Büro und erzählte ihm alles.

Ich erzählte ihm von dem Medikament in Dr. Learners Wohnung und was es bedeutete und wie und warum Mr Delgado das Ganze geplant hatte. Ich erzählte ihm von Mr Delgados Drohung und dass Sammy glaubte, er sei an allem schuld. Ich erzählte ihm, dass Dr. Learner seine Krankheit geheim halten wollte. Und ich erzählte ihm, dass die Enthüllung der Wahrheit ungefähr jedem Beteiligtem schadete: nicht nur Mr Delgado, der es verdiente, sondern auch den Menschen, die für ihn arbeiteten und Dr. Learner auch. Mit einem Stich erinnerte ich mich an Sammys Blick. Er würde mir nie verzeihen. Aber wenn ich Mr Delgados Geheimnis bewahrt hätte, wenn ich gelogen hätte … ich suchte nach den richtigen Worten, als hielten sie die Lösung bereit.

Dad sagte kein Wort. Er bewegte sich nicht einmal, außer um mir eine Packung Taschentücher zu reichen. Er hörte einfach nur zu und sah mich mitfühlend an.

»Es gab noch einen anderen Weg, oder? Einen Weg, mit dem alle froh gewesen wären?«

Dad legte den Arm um meine Schultern. »Es gibt nie einen Weg, mit dem alle froh sind«, sagte er. »Aber vergiss die anderen. Was macht *dich* froh? Wäre es leichter für dich, wenn ich die Story vergesse?«

Die Frage kam als ein solcher Schock, dass ich zu weinen aufhörte und ihn anstarrte. Ich konnte mir nicht vorstellen, dass Dad die Jahrhundert-Story einfach so unter den Tisch kehrte. Anscheinend sah er mir die Skepsis an.

»Hör zu, Schätzchen«, seufzte er. »Ich bin schon sehr lange Reporter. Glaub mir, ich weiß, wie schwer es sein kann, die Wahrheit zu sagen. Manchmal nehmen Menschen Schaden, Menschen, die nichts falsch gemacht haben. Wenn du nicht dazu beitragen möchtest, dass Sammy wehgetan wird, verstehe ich das. Alles, was du zu mir gesagt hast, bleibt unter uns und ich werde kein Wort davon schreiben.« Er blickte mich erwartungsvoll an.

Ich schniefte laut. Es war verlockend, aber es nutzte nichts.

Ich wusste, was ich tun musste. Ich weinte noch eine Weile, dann wischte ich mir den Rotz vom Gesicht.

»Schreib den Artikel«, sagte ich.

»Bist du dir sicher?«

»Die Wahrheit kommt sowieso raus.« Ich holte schaudernd Luft. »Es wäre mir lieber, wenn sie von dir kommt.«

»Das ist mein Mädchen.« Dad legte mir die Hand auf den Kopf, zog mich fest an seine Brust und küsste meinen Scheitel. Ich schniefte noch ein paarmal, aber ich weinte nicht mehr. Es tat weh, aber wenigstens war es ein sauberer Schmerz. Nicht die nagende Qual, wenn man ein Geheimnis bewahren muss, das viel zu schwer für einen allein ist.

Dad wartete, bis ich mich beruhigt hatte, bevor er anfing zu schreiben. Zuerst sah ich ihm beim Tippen zu, dann legte ich mich aufs Bett und lauschte. Die Tasten klackerten so schnell hintereinander, dass sie wie das Prasseln des Regens klangen, als würde Dad einen Sturm tippen, der die ganze Welt reinwaschen würde.

Am nächsten Tag erschien die Story auf der Titelseite. Und eine Woche später sah ich in den Nachrichten, wie Mr Delgado verhaftet wurde. Zwar hatte Dad versucht ihn in seiner Geschichte nicht allzu schlecht auszumalen, aber Fakten blieben Fakten. Mr Delgado hatte unter Vorspielen falscher Tatsachen einen Auftrag von der Regierung für seine Firma ergattert. Und die Regierung drückte in solchen Fällen kein Auge zu.

Als er abgeführt wurde, tat Mr Delgado sein Bestes, würdevoll auszusehen. Sein Anzug war perfekt gebügelt, die Schuhe auf Hochglanz poliert und sein Haar saß am richtigen Platz. Doch es half ihm wenig. Jemand hatte im Internet ein Video von der Pressekonferenz gepostet, wie er hinter dem Schreibtisch ausrutscht und ohne Toupet wieder hochkommt. Der Clip breitete sich im Netz so schnell aus wie ein Lauffeuer. Das Einzige, was die Menschen noch lieber sahen als einen Mann im Anzug, der hinfiel, war ein Mann im Anzug, der hinfiel und anschließend einen Mega-Wutanfall bekam. Selbst wenn Mr Delgado vor Gericht nicht verurteilt wurde, würde ihn nie wieder jemand ernst nehmen.

Ich suchte Sammy in der Menge, aber konnte ihn nicht entdecken. Später fand Dad heraus, dass man ihn zu seiner Tante nach Arizona geschickt hatte. Dad sagte, sie klinge nett und Sammy sei anscheinend glücklich dort. Hoffentlich stimmte das. Ich schrieb Sammy einen Brief und sagte noch einmal, wie leid mir alles tat, aber ich bekam keine Antwort. Ich nahm es ihm nicht übel. Ich an seiner Stelle hätte wahrscheinlich auch keine Lust, mit mir zu reden.

»Du kannst nichts dafür«, sagte Kevin. Er stand am Morgen nach Mr Delgados Verhaftung vor der Tür und verlangte, dass ich ihm beim Rest seiner Strafarbeit half. Er hätte längst abgeben müssen, aber wahrscheinlich war es ihm gelungen Rektorin Chase zu bezirzen, die Frist zu verlängern. Vielleicht hatte sie Dads Story in der Zeitung gelesen und ein schlechtes Gewissen bekommen, dass sie ihm nicht gleich geglaubt hatte.

»Wovon redest du?«

»Von dir. Du machst ein Gesicht, als wäre es deine Schuld, dass Mr Delgado vor Gericht muss. Aber das stimmt nicht. Du hast nichts falsch gemacht. Er ist selbst verantwortlich. Es ist nicht deine Aufgabe, alle zu beschützen.« Kevin hatte sich warmgeredet und seine blonden Locken hüpften. Ich stellte ihn mir vor mit einem Schwert in der Hand – er sah aus wie ein Ritter.

»Hey, was gibt es da zu lachen? Ich meine es ernst«, sagte Kevin. »Du hast ihm eine Chance gegeben. Er hätte reinen Tisch machen können.«

»Das wäre schön gewesen.«

Noch schöner wäre es gewesen, wenn Mr Delgado von Anfang an die Wahrheit über Dr. Learners Zustand gesagt hätte. Ohne seine Tricks, um den Wissenschaftler verschwinden zu lassen, hätte er uns nicht auf eine Gespensterjagd schicken müssen und nichts von dem ganzen Schlamassel wäre passiert.

»Tut mir leid, dass du keine Belohnung bekommen hast«, seufzte ich.

Kevin zuckte die Achseln. »Macht nichts. Im Moment kann ich sowieso nicht Fahrrad fahren.« Er wies auf sein Gipsbein. »Ich wünschte nur, wir hätten den Anzug gefunden.«

»Den Anzug gibt es nicht.« Ich verdrehte die Augen.

Kevin lehnte sich zurück und verschränkte die Hände hinterm Kopf. »Ich weiß nicht. Ich meine, Sammy ist zwar ein bisschen komisch, aber was er sagt, könnte doch stimmen. Vielleicht war der Anzug die ganze Zeit in Dr. Learners Wohnung und wir haben ihn einfach nicht gesehen.«

Mir lief ein Schauer den Rücken hinunter, als ich an das schmutzige Apartment dachte. Es war schwer genug, in dieser Unordnung Dinge zu finden, die man *sehen* konnte. Dann fiel mir plötzlich das seltsam saubere Rechteck auf dem Teppich neben dem Bett ein. Ich dachte, dass jemand etwas weggenommen hatte, aber wenn ich mich irrte? Was, wenn das Rechteck nicht leer war? Hätte der Anzug die ganze Zeit direkt vor meinen Augen liegen können? Einen Moment dachte ich über die Möglichkeit nach, aber dann schaltete sich mein Verstand wieder ein.

»Nein«, sagte ich. »Unmöglich.«

»Aha.« Kevin grinste. »Aber du kannst nicht beweisen, dass es unmöglich ist, oder?«

Ich starrte ihn verblüfft an. Er hatte Recht. Egal was ich glaubte, ich konnte nicht beweisen, dass er falschlag. Kevin trommelte mit dem Bleistift auf den Tisch wie ein Schlagzeuger. Ich hatte das Gefühl, er amüsierte sich.

»Hast du keine Hausaufgaben zu machen?«, fragte ich. Mir kam der Verdacht, er wollte mich ärgern, um mich von meinem schlechten Gewissen gegenüber Sammy abzulenken.

»Nur noch drei Fragen, Ma'am.« Er salutierte, dann beugte er sich über sein Heft.

Egal was Kevin sagte, ich fragte mich trotzdem, ob ich das Richtige getan hatte. Hätte ich den Mund gehalten oder Dad gebeten etwas anderes zu schreiben, hätte ich vielleicht doch alle froh machen können. Ich verbrachte Stunden auf der Couch und grübelte, welche Entscheidung ich dafür rückgängig machen müsste. Auf der Suche nach der perfekten Lösung.

Vielleicht machte mir deswegen Mathe solchen Spaß. Eine Gleichung konnte schwierig sein, aber dieses hübsche, saubere richtige Ergebnis auf dem Papier am Ende? Es gab einfach nichts Besseres.

Das Leben war nicht so einfach. Die Wahrheit zu sagen war wohl das Richtigste, das ich erreichen konnte.

Kevin hatte die letzte Aufgabe gelöst und streckte sich zufrieden.

Ich griff nach dem Arbeitsblatt, um seine Ergebnisse zu überprüfen. Ich spürte, wie er mich beobachtete.

»Deine Schwester hat bald Premiere, oder?«

»Dir hat sie es auch erzählt?« Ich blickte nicht auf.

»Gehst du mit jemandem hin?«

»Ich gehe mit meinem Dad hin.«

Kevin schwieg. Ich legte das Arbeitsblatt hin und starrte ihn an. »Warte mal. Du willst mit mir ins Theater gehen? Machst du Witze?«

Kevins Engelsgesicht färbte sich rot. »Ich habe deiner Schwester mit dem Text geholfen. Ich finde, ich sollte sie mir auf der Bühne ansehen.«

Ich lachte. »Na gut. Wir gehen ins Theater, wenn du mir versprichst, dass du irgendwann mit mir in die M.C.-Escher-Ausstellung im Franklin Institute kommst.«

Kevin machte ein schockiertes Gesicht. »Einen Moment, ich muss ins Theater *und* ins Museum?«

»Hey, du wolltest ins Theater.« Ich verschränkte die Arme.

»Na gut, aber du schiebst den Rollstuhl.«

Wir starrten einander so durchdringend an, dass beinahe Funken sprühten.

»In Ordnung.«

Ich nahm mir wieder seine Aufgaben vor. Er war gar nicht so schlecht. Ich fragte mich, was Kevin denken würde, wenn ich ihn bat zusammen mit mir die Goldbach-Vermutung zu beweisen. Die Vorstellung, wie er mit Primzahlen jonglierte, war so lustig, dass es fast den Versuch wert wäre.

Was soll ich sagen? Ich liebe die Herausforderung.

Danksagungen

Besonderen Dank an die Kids von der Dark Side (Dave, Vila/Celeste, Geoff und Deven) für ihre glorreichen Hinweise und die tatkräftige Hilfe dabei, die Handlungslöcher zu stopfen. Und an Lawrence und David für ihr Feedback als frühe Leser der Beta-Version.

Ich danke meiner wunderbaren Agentin Lindsey Fraser für die Ermutigung, Unterstützung und den redaktionellen Rat. Ein Kommentar von Lindsey gibt mir jedes Mal die Kraft für den nächsten Entwurf!

Außerdem danke ich dem Team bei Chicken House. Ich bin so glücklich wieder mit euch zu arbeiten, und auch wenn es ein paar neue Gesichter gibt, hat sich am Geist der Freude, der Fantasie und der Liebe zu guten Geschichten nichts geändert! Danke, Barry Cunningham, Rachel Leyshon und Kesia Lupo für die Hilfe dabei, das Fantastische im Blick zu behalten.

Und schließlich danke ich meiner ganzen Familie für ihre

Liebe und ihre Unterstützung – meinem Dad dafür, dass er mich mit ins Franklin Institute nahm und mir gezeigt hat, dass Lernen Spaß macht; meiner Mom dafür, dass sie immer ein Regal voller Krimis hat; und meinem Mann Chris dafür, dass er ein echter Matheexperte ist und dafür sorgt, dass ich (und Alice) nicht vom rechten Weg abkommen.

Von Sarah Rubin bereits erschienen:
Ein Traum und zwei Füße

MIX
Papier aus verantwortungsvollen Quellen
FSC® C014496

Ein *Chicken House*-Buch im Carlsen Verlag

Originaltitel: Alice Jones – The Impossible Clue
Aus dem Englischen von Sophie Zeitz
Lektorat: Leonie Busse
Umschlaggestaltung: Henry's Lodge, Vivien Heinz
Umschlagbilder: Fotolia / carlacdesign
Layout und Herstellung: Derya Yildirim
Satz: Pinkuin Satz und Datentechnik, Berlin
Lithografie: Margit Dittes Media, Hamburg
Gesetzt aus der Janson Text
Druck und Bindung: GGP Media GmbH, Pößneck
ISBN 978-3-551-52088-3
Printed in Germany

www.chickenhouse.de